译文经典

阴界与阳界

L’Envers et l’Endroit

Albert Camus

〔法〕加缪 著

沈志明 译

上海译文出版社

1939 年末，在阿尔及尔一处海滩。加缪跟西蒙娜·伊埃第一次婚姻失败后复元，与女友们“上演”海滩《唐璜》。

提帕萨废墟

编译者说明

Essai从法文严格意义上讲，可译为短评、评论、论文、随笔、漫笔等，从总体涵义上，我们将其译为“散论”。我们一般把狭义的文艺单指文学，广义的文艺兼指美术、音乐等。在称呼上，把作家称为文学家，而艺术家一般指画家、作曲家、歌唱家、演员、舞蹈家等。然而，加缪一开始创作就自我定格为文学艺术，自称艺术家，很少称自己是作家。有鉴于此，我们把他所谓Essai分成两类：以评论为主的文章称为“散论”，以创作为主的称为“散文”，包括叙事散文和抒情散文，或更多是两者兼而有之的散文，比如本书中的《阴界与阳界》和《良缘》。但由于加缪从初出茅庐到获得诺贝尔文学奖自始至终探讨文学美的本质以及文学艺术与现实之间的关系，故而我们认为把这类散文称为美文更为贴切：《阴界与阳界》和《良缘》美文集。

本书收集了加缪1933年至1939年创作的精华：《阴界与阳界》美文集，《良缘》美文集以及小说《幸福死亡》（生前未出版）。主题全部围绕生与死的形而上大问题，所以把《阴界与阳界》作为这部《加缪早期创作精选集》的总书名。

加缪早期创作精选集编译者题记

属于我的灵魂，如果它不燃烧
就是一团痛苦不堪的火。

——加缪引自斯当达

我们的世界不需要温暾的心肠，
而需要火热的心灵。(加缪语[①])

——转引自巴黎市十三区区长
杰罗姆·库梅亲笔签发 2018 年新年贺卡祝词

① 转引自1944年《战斗报》。

总目录

阴界与阳界

美文集

译者题记

我将以一切行动来珍惜人世，以全部怜爱和感恩来爱惜世人。在人世的阴界与阳界之间，我决不选择，也不乐意人家选择。

——加缪

献给让·格雷尼埃[1]

① 让·格雷尼埃（1898—1971），法国作家、评论家。加缪的恩师：指导加缪出色完成高中哲学毕业论文，引导加缪参加文艺社团和办报，推荐年轻加缪加入法国共产党。之后，一直关心和指点加缪创作，几乎伴随加缪一生写作生涯。加缪非常感激和敬重这位老师，每当取得成绩都会想起他提起他。这份感恩之情令世人感动，成为千百万读者喜欢加缪的原因之一。

目 录

译 序

——加缪，叩问死亡的大勇者。

《阴界与阳界》是加缪初出茅庐时的首部美文集，文笔尚稚嫩，甚至有点儿不得体，但充满真情实感，更难能可贵的是，小小年纪初露锋芒就直捣世人生与死的形而上大问题。难怪加缪刚得诺贝尔文学奖不久就明确指出：“我的源泉处于《阴界与阳界》之中。”正如他所说：“处在贫穷却光明的天地里，我生活其中很久，至今（时隔二十年）记忆犹新，使我免遭双重相反相成的危险：耿耿于怀与自满自足，两者对一切艺术家均有害无益。”确实，作为艺术家（加缪喜欢自称艺术家，很少自称作家）的一生，他在心灵深处始终保留着一种独善其身的源泉，正是这种永不枯竭的源泉滋养着他一生的言行。根据加缪笔录生活轶事和思想火花的《手记》所载，文集《阴界与阳界》（又译《反与正》或《反面与正面》）有关文章分别写于1933年至1936年，于1937年结集出版。我们不妨按顺序简要诠释五篇美文，然后概括其对世人的教益。

《嘲讽》，文中的嘲讽是暗喻希腊哲人苏格拉底所谓的嘲讽，系指用一连串的问题迫使对方承认自己无知，即对自己的命运无知，结果必然遭到命运的嘲讽。1950年3月加缪一篇《手记》指出："我所有的作品都是嘲讽的。"为什么？因为用加缪的话来说，既头脑清醒又含讥带讽的人使别人心烦意乱。这里，头脑清醒与含讥带讽组合在一起，因为生活本身包含种种矛盾风貌。用加缪喜欢常说的一句话来解释：应当睁大眼睛盯住"幸福"与"悲情"。他又说"在阴界阳界与我之间，我拒绝选择"，就像"如果看见一个人绝望的嘴唇上浮现一抹微笑，怎么把人与绝望的嘴唇分得开呢？此处，嘲讽在矛盾的面具下富有一种形而上价值，但这是一种具有行为的形而上。"有鉴于此，《嘲讽》作为《阴界与阳界》文集首篇，可视为给全集定下基调。其他四个短篇，尤其是《阴界与阳界》中老太太的葬礼与阳光明媚的天色形成巨大的氛围反差，一概突显对人生的嘲讽。一旦嘲讽是形而上的，就不再具有恶意和刻薄了，因为反讽者并不针对死亡的老太太本人，而仅仅表现反差。又如文中啰啰唆唆不停吹牛的老头儿，视而不见别人讽刺的眼光，听而不闻别人对他粗鲁的嘲弄。这种嘲讽并无恶意，当然也无好意。然而受到嘲讽的老头儿并不在乎别人嘲讽，并没有感到悲哀，仍一如既往吹牛，只是听众少了一些。结果反倒显得年轻的嘲讽者不省人事，令人无奈，也令人悲哀。

《若是若非》主要讲母亲的沉默是一种无可补救的凄楚，也是一座金矿，这不，沉默是金，但需要有大勇者去挖掘。

母亲因丈夫英年早逝，无奈回到娘家。她丈夫是为国捐躯的，大家都这么说。家里显眼的地方，一眼可见，有个金色镜框里挂着战争十字勋章和军功章。医院还给遗孀寄来从肉体中取出的小块弹片，寡妇一直保存着，但早就感觉不出悲痛了。儿子谈起父亲时心中无数。没有任何记忆，没有丝毫动情，大概是芸芸众生中一员吧。脑袋开了花，双目失明，垂死挣扎一周后，他的名字刻到了本镇阵亡士兵的纪念碑上。但，母亲从来不跟儿子谈起父亲，好像他没有存在过；也从来没有抚摸过他，因为她根本不会。但不知怎的，他久久凝视着母亲，朦胧若有所感，心里一阵冲动，以为对母亲的爱油然而生了。但当他面对母亲感到父亲从来没有存在过：形存则神存，形谢则神灭，于是备感与母亲形同陌路。儿子忽然听得一条拖轮拉响汽笛，低沉而柔和。一天天，世事就这么了断，天天如此，屡试不爽。怪不得这位古怪的母亲如此麻木不仁！儿子叹道："唯有人间广袤无垠的孤独让我掂量出这位母亲孤独的程度。"这不，沉默与孤独形影相随，形影相吊。终于儿子感到世界荒诞的单纯性统统躲进了这间屋子：假如孤独是存在的，人们就有权梦想孤独即天堂，天堂即金矿，儿子有权挖掘，有权正视自己的命运，有权梦想自己的前途。若是若非，走着瞧吧！反正儿子已长大成人，当上作家了：他终将把一个母亲难能可贵的沉默以及一个男子汉坚持不懈的努力置于这部作品的中心，并为之敞开心扉。通过艺术的曲径通幽，重新找回一个朴实而伟大的母亲形象，尽管路漫漫兮，还需长途跋涉。为掌握自己的命运必须迈出的第一步，就是毅然决然走出这个封闭的地方，出去体验大千世界的风光和体察有别于地中海文明的古老欧洲风貌。旅行每每让加缪豁然开朗，每到一处都会有不同的感受，逐渐成为他最重要的生活组成部分之一。

《心灰意乱》正是描述加缪参访布拉格和维也纳的观感。与其说这两座城市是加缪最不喜欢的欧洲城市，不如说出乎他的想象，可以说让他大失所望。比如在布拉格，他出神地流连于华丽的巴罗克风格教堂，感到陌生，觉得莫名其妙，怀疑自己选择错了，参观之后，更感空虚，更感落魄，因为他竭力从中找回故园风物，自找没趣，于是备感心灰意乱："在大教堂及其附殿的庇荫下，正值夕阳西下，我孤独的足音在街区回荡，察觉此情此景，不禁又一次毛骨悚然。"他参观教堂、宫殿和博物馆，试图以欣赏各种艺术品来缓解自己的焦虑，结果老一套小把戏，即是硬把自身的反抗化为悲情。此时，他顿时明白世人与世面之间存在极大的不和谐：更糟糕的是在维也纳待了一周，始终自囿门户，难以自拔。这使他十分纠结地想起位于地中海畔的故城，尤其眷念那夏日的傍晚，处在绿色的阳光下，到处有年轻漂亮的女人，特别让人感到温馨。是啊，那里，大千世界悦耳的声音容易进入较为脆弱的人心。在空无所有的心灵中，哪怕最幼小的孤树也变成最亲切最娇嫩的形象了。这种绝望的感受本身动人心弦，值得留连，正如饱经沧桑之后才明白多么留恋和热爱曾经度过童年的贫困故土。加缪写道："（布拉格和维琴察）都让我珍惜，也让我难分难舍：一边是我对阳光和生命的热爱，另一边是我暗自尽心竭力想描绘的绝望经历。"这时，作者才隐约感到太阳和故园给他的教益，正是太阳和故园见证了他生于斯长于斯。此时此刻，作者觉得自己的生命好像一个整体，要么抛弃，要么承受；要么心灰意乱，要么心旷神怡。他写道："我需要一种尊严。我找到了，那是在我极度失望和世上最美的山水风景的隐秘淡然之间的对峙中找到的。我从中吸取力量，变得既有勇气又有觉悟。"从极度失望一跃为迫切希望，进而开始学习热爱生活，寄情于山水之间。

《热爱生活》，腹稿产生于1935年夏游览西班牙巴利阿里群岛首府帕尔马，正值与第一任妻子西蒙娜·伊埃第一次分手之际。与上篇《心灰意乱》相呼应，地中海的重要性在加缪的心理上和精神领域越来越重要：从中欧布拉格与意大利维琴察的反差对比过渡到意大利维琴察与西班牙帕尔马的交相辉映，使他发现地中海各国之间的近缘关系，进而将其上升至意识形态，成为他于1937年阿尔及尔文化之家开馆仪式上演讲的主题思想。这篇文章包括并列的三个场景：一个酒吧小夜总会，一处光天化日下的隐修院，一个海湾港口的黄昏。作者加缪既是观察者和叙述者（第三人称），又是醒世作家、思考者（第一人称“我”），批判鞭辟入里的同时，也是被他自己描绘的观众之一，忍受着鞭打。反讽的语言所塑造的“每个形象都是一个象征”，为他象征现实主义的风格打下坚实的基础。有鉴于此，加缪深感醒世作家责任重大，在这个由五篇文章组成的集子中，唯有《热爱生活》没有反讽色彩，因为事关重大：“没有对生活的绝望，就没有对生活的热爱。”如何理解这句画龙点睛的名言？问题涉及生与死：生的希望意味着死的结果，有生必有死；人既然活着，就抱希望活下去，高高兴兴活着。但身不由己，人生难得秋前雨。主人公，他，幼年丧父，没有母爱，身患疾病，家境贫寒，但人要到绝望时才会奋起反抗，绝处逢生。加缪本人就是这样的杰出反抗者，他赋予自己天生的反抗权利，通过艰苦卓绝的努力，终于战胜了疾病和贫困，重新从母亲的沉默中发现母爱并在自己心灵深处发掘对母亲的深情挚爱。

《阴界与阳界》作为最后一篇被收入同名美文集，权充压舱石吧。文章的核心故事讲一位老妇人意外获得一笔钱，前思后想，决定为自己建造一座坟墓，从此把自己的时间分成两部分，多半在墓外度过，时不时去墓内待着。老太太过着如此荒诞的生活却觉得习以为常，小日子过得有滋有味。作者从这则故事发现世界的阴阳两面，即所谓阴界与阳界，进而把这个概念引伸为光与影，世界的光明与黑暗，可见性与不可见性，可感知性与不可感知性，总之，假象性与实在性。

作者一再表明，对于两者，概不选择。很明显，作者嘲讽老妇人所谓视死如归的行为。这种嘲讽在矛盾的面具下确实具有勇气的形而上价值。这个勇气不在于学老妇人所谓视死如归的行为。这种勇气不在于学老妇人躲避现世，像死人一样活着，而在于直面死亡，正视自己的命运，从而催化自己的新生，促使自己的自审意识。这篇文章之所以难产，是因为作者身为第三者审视“我”加缪本人如何死而复生，怎么从患肺结核死亡之不祥征兆中看着自己得救。途径只有一条：把自己融入大自然。我是谁？我能干什么？除非融入枝叶与阳光的嬉戏中，还能做什么？“我是香烟点燃时的亮光，洋溢于空气中的柔情蜜意。”加缪继续剖视自我精神世界：“我之所以企图触及自己，是因为身处阳光的末端；我之所以试图领略和品味泄露人世奥秘的清香，是因为在天地的尽头找到了自己。所谓我自己，系指我从背景中解脱时的那种惊心动魄。”“假如还有焦虑扣住我的心，我也会感觉这无情的瞬息如水银珠子似的从我手指间滑走。”一个世人在静观，另一个却在掘墓：怎能把两者分离呢？怎能将世人与其荒诞分离呢？好在天空绽露微笑，阳光充沛饱满起来，夏日将近了。他发誓：“我将以一切行动来珍惜人世，以全部怜爱和感恩来爱惜世人。在人世的阴界与阳界之间，我决不选择，也不乐意人家选择。”“让那些想弃世的人们自便吧。我依然无悔无怨，因为我见证自己出生。”总之，阳光、海水、岩石、山风、树木、花草、废墟、古迹给了年轻的艺术家第二次生命。

综上所述，加缪确实是个追求人生真理的勇者，因为他切身感悟到“不蕴含辛酸的真理是不存在的”。他是一个大勇者，因为身体力行了他对勇者的定义：“勇者，更愿意正视自己的命运”；“大勇者，自我认同，哪怕充满自我矛盾”；“大勇者，睁大眼睛盯住太阳，如同直面死亡”。

另外，加缪在这个集子中有关贫穷和疾病的论断发人深省。我们知道，加缪从出生到出道是在贫困和疾病中度过的，限于篇幅，我们只限列举他对贫困和疾病所发表的一些精彩论说，颇有教益，以飨读者。加缪写道：“在认识那些凄凉的市郊城镇之前，并不知道什么是真正的不幸。”“在我内心的隐秘之处，只在面对最贫困的人生或铤而走险的精神时，才有谦卑之感。在这两者之间，现如今则是令人耻笑的社会。”他亲眼目睹社会的贫困，从中得到的启示是，面对社会的贫困和个人的贫穷，算不了什么，应当做到“人穷志不短”：“贫穷，对我而言，从来都不是一种不幸。光明在贫穷中播撒财富。”必须名正言顺地反抗贫穷：“我的悖逆都昭然若揭，几乎始终昭昭在目，我以为可以毫不掩饰地说是为大众而悖逆，为了大众的生活在光明中得到提升。”况且，“贫穷不一定意味着妒羡，即使后来一场严重的疾病暂时夺去我的生命力，使我的内心面目全非，尽管从中发现无形的残疾和新增的缺陷，我内心产生了惧怕和气馁，但从未有过悲伤。这次患病恐怕使我原有的障碍增添了其他障碍，显得最为难熬。最终却有助于心灵自由，即与人间得失稍稍保持距离，使我始终预防怨恨”。但这个自由天性的儿子，形而上的反抗者，却心甘情愿充当艺术的奴隶：“作为严谨艺术传统的奴隶乃至顶礼膜拜的奴隶，是铭刻在心的，或许这一道戒心也是针对我的无政府主义沉疴，故而有益无害。”这位激进的年轻革命者通过文学艺术创作如此真诚剖析自己的思想根源，着实令人敬佩。

沈志明

2018年春末初夏于上海

作者前言

本卷叙事散文，写于1935年和1936年（我那年二十二岁），一年之后于阿尔及利亚发表，印数极少。该版早已绝迹，况且我一直拒绝再版《阴界与阳界》。

我的执拗并没有神秘的理由，虽然丝毫不否定拙文所表达的意思，但总觉得形式笨拙不堪。我不由自主对艺术抱有偏见（请看下文分解），故而长期憋着不想再版。看上去十分虚荣，似乎让人以为我的其他文章满足得了各种文学要求。难道还需要说穿完全不是如此吗？我只不过对《阴界与阳界》不得体之处与其他文章相比更为敏感，而对后者的不得体也并非不知情。怎么解释呢？不外乎承认前者的不得体触动和泄露一点我最上心的主题呗。这本小书的文学价值问题一旦解决，其实我即可承认，对我而言，其见证价值是巨大的。我着重说对我而言，因为它在我面前作证，要求我忠实，因为唯有我知道忠实的深度和难度。我很想试一试讲清楚说明白为什么。

勃里斯·帕兰[①]经常硬说，这本小书包含着我写得最好的东西。他搞错了。我嘴上不说，深知他坦诚，因为大凡艺术家面对放肆声称喜欢他过去胜于他现在的人们是会心烦意乱的。不，他搞错了，因为二十岁时，除非天才，刚会写作嘛。但我理解帕兰想说什么，这个讨厌艺术的学者和有怜悯心的哲学家，他，无非想说不得体的篇章比后来所有的篇章有更多的真情实爱：他说对了。

每个艺术家，就这样，在心灵深处保留着一种独善其身的源泉，滋养着他一生的言行。一旦源泉枯竭，作品便日见干瘪和破裂。正是艺术的贫瘠之地再也得不到泉流的灌溉。于是，艺术家，头发变得稀疏又干枯，乱草盖顶，成熟得哑口无言了，抑或混迹沙龙，两者如出一辙。对我而言，我的源泉处于《阴界与阳界》之中，在贫穷却光明的天地里，我生活其中很久，至今记忆犹新，使我免遭双重相反的危险：耿耿于怀和自满自足，两者对一切艺术家均有害无益。

首先，贫穷，对我而言，从来都不是一种不幸。光明在贫穷中播撒财富，甚至我的悖逆都昭然若揭，几乎始终昭昭在目。我以为可以毫不掩饰地说是为大众而悖逆，为了大众的生活在光明中得到提升。确定不了我的心天生就有这种热爱，但是情势帮助了我。为了纠正天生对一切置之度外，我被置于贫困和阳光之间。贫困阻止我相信在阳光下和历史中一切皆善，阳光使我懂得历史不是一切。改变生活，但改变

① 勃里斯·帕兰（1879—1970），法国评论家、哲学家、剧作家。

不了我奉若神明的世界。也许就这样我踏上这个微妙的职业，带着天真，义无反顾踩上一条钢丝，艰难行进，并不一定能达到目的。换言之，我成为一个艺术家，如果没有拒绝，没有认同就没有艺术，倒是确确实实的。

不管怎样，阳光美好的温暖主导着我的童年，免除我一切怨恨。我生活拮据，却享有某种欢乐。我感到自己有无穷无尽的力量，只不过必须找到用武之地。并不是贫困能阻挡得了这种力量的：大海和太阳分文不取。更恰当地说，阻碍在于偏见或愚昧。我倒有种种机会发挥卡斯蒂利亚[①]的古怪风格，害得我好苦，遭到我的导师兼朋友让·格雷尼埃理所当然的取笑。我千方百计纠正，却徒劳无功，直到明白这也有天性使然。那么最好的办法是接受自己固有的自尊，想方设法将其运用适当，而不是像尚福[②]所指出的那样，硬给自己规定超越自己特性的行为准则。然而，我扪心自问之后，可以作证在我诸多的弱点中从未出现过我们中间最普通的缺点，我想说的是妒羡，这个社交和教理真正的毒瘤。

这种幸运的免疫力并不归功于我。首先多亏我的家人，他们几乎什么都缺，却差不多什么也不妒羡。家人甚至不识

---

① 卡斯蒂利亚：西班牙中部地区名，建筑风格怪异，旅游胜地。

② 尚福（1741—1794），法国著名醒世作家、道德家。

字，凭借仅有的沉默、持重克制、天然而朴实的傲骨给了我最高贵的教化，至今受益良多。况且我自己彼时太过忙于感受，哪顾得上梦想别的什么呢。时至今日，每当日睹巴黎富豪生活，不免在经常引起的远距离感中产生一些怜悯之心。人世间有许许多多不公平，但有一种不公平从未有人谈起过，那就是天气的不公平。对这种不公平，我是长久的受益者，但并没有意识到。此刻我似乎听到我们那些声色俱厉的博爱者的谴责，如果他们读到我写的这些文字的话。我硬要把工人们视为富有者，而把资产者视为贫困者，以便更久保持前者幸运的奴役和后者的权势。不，不是这样的。正相反，我成年后发现市郊城镇的贫穷是与暗无天日、毫无希望的生活交织在一起的：极端的不公正，令人发指的不公正，却被吞食消受了。确实必须竭尽全力，使这群人摆脱穷和丑的双重屈辱。我生在一个工人街区，生来就穷，但在认识那些凄凉的市郊城镇之前，并不知道什么是真正的不幸。哪怕阿拉伯人的极端贫困都不能与之相比，如果参照天气差别的话：窃以为，一旦熟悉工业市郊城镇，就会感到一辈子被玷污了，并且要对它们的存在负责。

上述言论并非欠真实。我不时与富豪圈子里的人相遇，他们富得流油，令我难以想象。不过有人羡慕这些富豪，依然令我费解。很久以前，整整一周，我享尽人间恩惠：露宿海滩，水果充饥，半天泡在人迹稀少的海水里。那个时期，我学到一条真理，一直催促我在接受舒适或安居气氛时带着嘲讽、急躁，间或愤慨。虽然我现在生活无忧，不必担心未来，权当运气好吧，但不善占有。我所拥有的，始终是被提供的，而不是我刻意追求的，反正什么都留不住。我觉得并且出于挥霍，倒更多的是另一种精打细算：我十分珍惜一种自由，一旦财富开始过剩，这种自由就会消失。对我而言，最大的奢侈向来不断与某种赤贫相向而行。我喜欢阿拉伯人或西班牙人那种家徒四壁。我更喜欢生活和工作的地方是旅舍房间，比较稀有的想法是，即使死于其间，也无所谓。我从来无法陶醉于所谓蛰居的生活，经常与内心生活相悖逆，故而所谓资产者的幸福令我生厌和恐惧。这种不适宜毫无光彩之处，并不见得助长我的坏毛病。我什么也不羡慕，是我的权利之所在，但我总想不到别人的妒嫉，这使我失去想象力，也就是说，失去了善心。确实我曾为自己规定一条准则，以备自用："要把自己的行为准则用在大事上，至于小事么，怜悯心足矣。"咳！原来制定行为准则是为了填补自身天性的漏洞。在我，上述怜悯心称之为冷漠无情更加贴切。其结果，可以想见，不会那么令人惊叹的。

然而，我只想着重指出，贫穷不一定意味着妒羡，即使后来一场严重的疾病暂时夺去我的生命力，使我的内心面目全非，尽管从中发现无形的残疾和新增的缺陷，我内心产生了惧怕和气馁，但从未有过悲伤。这次患病恐怕给我原有的障碍增添了其他障碍，显得最为难熬。最终却有助于心灵自由，即与人间得失稍稍保持距离，使我始终预防怨恨。自从我定居巴黎以来，心知肚明这种天赋特惠具有皇家风范。我享受了这种特惠，既无限度又无内疚，作为艺术家，我已经开始生活在赞扬声中，在某种意义上，这便是人间天堂。众所周知，现如今在法国始于文学或终于文学，通常的做法是恰恰相反，选择一位艺术家，拿来开涮。同样，我的处世人情从来不是“对着干”。我喜爱过的人们都比我更优秀，比我更高大。因此，我亲历的贫困没有教我怨恨，恰恰相反，是某种忠实和默默坚韧。假如我偶尔遗忘这一点，那唯有我本人或我的缺点应承担责任，而与我生于斯的阶层无关。

这也是我对从事自己职业这些岁月的回忆，迫使自己永不自满。这里我很想尽可能朴实地谈谈作家们一般缄口不语的事情。我甚至不提人们似乎对成功之作或篇章的得意之情。我不知道是否有许多作家体验到这种得意。至于我，重读写完的一页，反正从未获取喜悦。我甚至会承认，在接受被人抓住把柄的同时，我的书有几本获得成功使我喜出望外。当然，习以为常了，就相当滥竽充数了。然而，时至今日，在我奉为具有真才实学的在世作家跟前，我依然感到自己是一名学徒，他们中名列前茅的一位就是我二十年前将这些叙事散文题献的那个人[1]。作家自然有其为之而生存的喜悦，这些喜悦足以使其心满意足。但对我而言，我遇到喜悦则在构思之时，主题显露之刻，作品布局在豁然明朗的灵感之前明确浮现，在这种美妙的时刻，想象与才智完全融合一体。这些片刻好似与生俱来，瞬息而过。剩下的是落实，就是说长时间苦干。

另一方面，艺术家也有虚荣之喜。作家这个职业，特别在法国社会中多半是一种虚荣的职业。我如是说，况且不带蔑视之意，稍为有点遗憾而已。在这一点上，我与别人相仿，谁能自称没有这种可笑的缺陷呢？不管怎么说，在注定患红眼病和令人不齿的社会，总有一天会到来，届时我们的作家将饱尝讽刺挖苦，会对这些可怜的喜悦惨重付出。然而恰恰在二十年的文学生涯中，我的职业很少给我带来类似的喜悦，并且随着时间的流逝，日渐稀少。

忆及《阴界与阳界》中隐约可见的真理使我感到不适宜公开操作自己的职业，导致我拒人于千里之外，有损于人缘交友，难道不是吗？不理睬恭维或尊崇，确实令人以为对其不惜一顾，而自己则怀疑自己配不上。同样，假如我表现得软硬兼施，正如文学生涯中常见的，即使我招摇过市，就像许多人所作所为的，我会得到更多的人气，那样的话，岂非

① 系指加缪的恩师让·格雷尼埃。

照章办事，随大流啦。何苦哇，这类把戏太没趣了。吕邦普雷或于连·索雷尔[①]的野心大凡因其幼稚和卑微使我备感困惑。而尼采的雄心，托尔斯泰的抱负或梅尔维尔[②]的奢望，令我错愕，有鉴于他们的失败，甚至叫我大为错愕。在我内心的隐秘之处，只在面对最贫困的人生或铤而走险的精神时，才有谦卑之感。在这两者之间，现如今则是令人耻笑的社会。

有时戏院有“首场演出”，那儿是我遇见人们傲慢地称之为巴黎上流社会的唯一的地方，而我似乎觉得剧场即将消失，其中的上流社会似乎并不存在，反倒觉得另一些人现实存在，即舞台上大喊大叫的主要角色。为使自己不至于溜走，必须记得场内每个观众有自己的约会，心中有数，没准儿，一会儿就去赴约啦。于是他马上重新与别人和睦相处：独处一隅把社会分离的人们重新聚合在一起了。有鉴于此，何必奉承这种上流社会呢？何必渴求其过眼烟云般的特权呢？何必同意赞扬所有书籍的所有作者呢？何必露骨地鸣谢好意的评论呢？为何千方百计诱惑对手呢？尤其以什么面目接受这类赞许和推重，就像法国社会对待佩诺开胃酒和桃色期刊（至少当面恭维一下，不过作者早已扬长而去……）？我跟这些毫不相干，这是个事实。也许跟我身上那种拙劣的傲慢颇有关

① 前者系巴尔扎克《幻灭》的主人公，后者为斯汤达《红与黑》的主人公。

② 梅尔维尔（1819—1891），美国后期浪漫主义小说家，作品多为反映航海生涯，是加缪最为推崇的美国作家之一。

联，我心里知道其广度和力度。然而，如果仅此而已，如果恰恰我的虚荣心单独起作用，我认为正相反，我会表面享受这份虚荣，而不至于没完没了地为此苦恼。不，我与同等人共有的虚荣心，尤其是对多半包含真情实况的某些评论会有反应。面对恭维，并非自豪感使我产生懒散忘思的模样，我是心知肚明的，而是一种突如其来的古怪感；同时我油然而生一种根深蒂固的冷漠感，恰似一种天生的缺陷："并非如此……"对，并非如此，所以常言道，名声有时那么难以令人接受，以至于不得不自欺欺人地故意将其损毁。相反，多少年以后为重版而重读《阴界与阳界》，面对某些篇章，尽管不高明，我本能地确认：非它莫属！是她，就是说那个老妇，沉默寡言的母亲，贫穷，意大利橄榄树上的阳光，孤僻而充实的情爱，这在我固有的心目中，一切都显得真实有据。

自从写下这些篇章，我变老了，经历了许多事情。我对自己有了自知之明，看清自己的局限以及几乎全部弱点。可是对世人不甚了了，因为我的好奇心关注他们的命运多于他们的反应，这不，命运的重复性是很强的。我至少了解他们存在，自私心虽不可否认，却应该尽量明智。享受自己是不可能的，我心中有数，尽管鄙人老于此道，并才具高超。假如孤独是存在的，在下不予置喙，那人们有机会的时候就有权梦想孤独即天堂。我跟大家一样有时也梦想此道。但有两个斯文的天使总不让我进入天堂，其中一个露出朋友的面孔，另一个则板着敌对的脸皮。于是我一切都明白了，并且了解到，或几乎了解到爱要付出的代价。但关于生活本身，我如今不比已经说过的知道得更多，尽管《阴界与阳界》中说得傻头笨脑的。

“未对生活失望过，就不会对生活热望。”我在这些文章中不无夸张地写道。彼时我并不知道我说得有多么真切，因为我还没有经历真正失望的时期，当真正失望的时期来临，几乎毁掉我整个身心，恰好只剩下混乱的求生欲望。我至今对这种既是生殖力极强又具摧枯拉朽之力的激情尚感切肤之痛，而这种激情在《阴界与阳界》最郁闷的篇章中昭昭在目。人说，我们一生真正只活几个小时。从某种意义上，此话恰当，但从另一种意义上，此话不妥。因为，随后的散文中如饥似渴的热忱从未离开我的手笔，说到底，热忱就是体验甘与苦、好与坏。我蛮乐意改正自己身上不好的东西。跟大家一样，我设法凭道德凑合着纠正自己的本性。唉，可惜，让我付出了最大的代价。凭借毅力，我有的是毅力，人哪，时不时能按照道德行事，但不能按照道德生存。一个充满激情的人以道德为梦想，就等于谈论正义的同时，献身于非正义。而有时我觉得人就像一种行进中的非正义：我想到了自己。此刻，我之所以觉得自己有时写的东西犯了错抑或说了谎，是因为我不知道如何诚实地认识自己的非正义。或许我从未说过我是正义的，只不过有时说必须尽力维持正义，并指出那是困苦和不幸。但是区别就有那么大吗？甚至不能让正义主宰自己生活的人，哪能真正鼓吹正义呢？哪怕至少可以体面生活吧，这就是悖逆者们的德行！可是我们的社会将此话视为下三烂，贵族竟成为文学和哲学的辱骂词汇。我并非贵族，我的答案寓于这本书中：请看我的家人、我的师长、我的谱系；请看通过他们把我与所有人联结在一起。然而没错，我需要体面，因为我还没伟大到足以放弃体面！

有何相干哪！我只不过想指出，打从这本书起，我长期奔波，进步却不怎么明显。常常以为前进了，却是后退了。归根结底，我的错误，我的无知和我的坚守，总归把我引回旧路，即我以《阴界与阳界》开辟的路子，其足迹在我后来的手笔中随处可见，比如描写阿尔及尔的某些清晨，我始终怀着相同的微微醉意在这条路上步行。

若是如此，为何久久不肯再版这部薄薄的见证呢？首先因为在我身心有艺术上的抵触，这是必须重复指出的，就像在别人身上存在某些道德上或宗教上的抵触。禁忌，“这不作兴的”，于我是相当陌生的，我是自由天性的儿子嘛，但作为严谨艺术传统的奴隶乃至顶礼膜拜的奴隶，却是铭刻在心的。也许这一道戒心也是针对我的无政府主义沉疴，故而有益无害。我清楚自己思路紊乱，某些本能强烈以及陷入不雅舍弃。艺术作品要树得起来，首先要应用好心灵暧昧不明的力量，也要将其疏通入道，围上堤坝，让其水面上升，碧波粼粼。

时到今日，我的堤坝也许依旧太高峻吧……不过，在我的为人与我的言论之间建立平衡的一天将会到来，届时，也许吧，我斗胆笔录于此：我将能建造自己梦想的作品。我刻意在此表明的是，它很像《阴界与阳界》，以这种或那种方式相像，将以某种形式诉说情爱。

至此，读者明白了我把青春时代的散文留给自己私藏的第二条理由。我们最珍贵的秘密，会在笨拙和紊乱中流露得太多，并且在太过粗糙的掩饰下泄露无遗。最好等到成为艺术专家时给以一定的形式，不断使人听到其心曲，不断以几乎均衡的比例融合天然性和艺术性，说到底，最好等到懂得生活。因为，懂得生活与无所不能是相向而行的。在艺术上，要么一切同时涌上来，要么什么也涌不上来；没有火焰就没有火光。一天，斯汤达惊呼："属于我的灵魂，如果它不燃烧，就是一团痛苦不堪的火。"在这一点上，与他相像的人只应在这团火焰中创作。呐喊从火焰的尖顶直喷，创作出来的词语随着呐喊回荡。我在这里说的话，出自我们这些尚无把握成为艺术家的人们，但确信不是什么别的东西，让咱们等待吧，一天又一天等待下去，我们终将认同就这么活下去。

究竟为什么，既然涉及等待，很可能白等？又为什么今天同意出版呢？首先因为读者设法找到了说服我的理由，其实很简单："这本书已经存在，但印数极少，书商高价出售。为什么唯有富裕的读者有权阅读呢？"是呀，为什么？再说，艺术家一生中间总会有个时刻应该总结一下吧，接近自己固有的核心，以便往后坚守下去。如今水到渠成，不须赘说。尽管花了那么大的气力建立一种语言和再创一些神话，假如到头来还重写不出《阴界与阳界》，那我终将一事无成，这就是我隐秘的信念。不管怎样，没有任何东西阻止得了我梦想终将成真，想象还能把一位母亲难能可贵的沉默和一个男人坚持不懈的努力置于这部作品的中心，以便重新找回一种正义或一种情爱去平衡母亲的沉默。喏，在这个男人的人生梦想中，他在死亡的土地上得到真理又失去真理，经历战争、呐喊、正义和情爱的疯魔，最终痛苦不堪之后，又回到宁静的故土，那里死亡本身是一种幸福的沉默。再者……不错，没有任何东西阻止得了梦想，甚至在流亡的时刻，既然至少我心知肚明，确信无疑：人之创造无非是路漫漫兮，长途跋涉，通过艺术的曲径通幽，重新找到两三个朴实而伟大的形象，为之首次敞开心扉。也许，这就是为什么耕耘和出产二十年之后，我继续持有这样的想法：我的力作甚至尚未开启。值此重版之际，回首处女手笔，不胜感慨，急切实录，谨启公布于众。

阿尔贝·加缪

嘲讽

译者题记：此题暗喻哲人苏格拉底所谓的嘲讽，系指用一连串的问题迫使对方承认自己无知，即对自己的命运无知，为此必然遭到命运的嘲讽。因此，嘲讽在矛盾的面具下富有一种形而上的价值，但这是一种具有行为的形而上，即具有勇气的形而上。

两年前，我认得一位老妇。她得了一种病，蛮以为要死了，很是痛苦。整个右半身已经瘫痪。她在这个世上只有半个身子，另一半已经无关痛痒。小老太婆原本好动话多，却落得个沉默寡语，动弹不得。孤单单过着漫长的日子，既不识字，感觉又差。于是，把整个生命归附了上帝。她相信上帝。这不，她有一串念珠，一座铅铸基督雕塑，以资为证。她怀疑自己的病治不好了，但以肯定的语气说出来，好让别人关心她，同时把自己托付给上帝，尽管先前她爱上帝爱得太不够了。

一天，有人关心她了，是个年轻人。他相信有天理存在，而且得知这个女人行将去世，但并不操心解决这个矛盾，不过，他对老太婆的烦恼着实感兴趣。这种关怀，老太婆居然深切感受到了。这一关切对病人真是喜出望外的机遇。她对年轻人绘声绘色讲述自己的痛苦，说什么生命危在旦夕，必须给年轻一辈让位了。莫非感到厌倦了？毫无疑问。人家不跟她说话嘛。她待在自己的角落里，活像一条狗。不如一了百了，宁愿一死也不愿成为别人的负担。

她的声音变得无理取闹。这是市井的噪音，在讨价还价呐。然而，年轻人心知肚明。不过他认为，宁愿成为别人的负担，也不要寻死呀。这无非证明一件事，那就是年轻人从来没有成为任何负担。事有凑巧，他发现老太婆手上的念珠，便对她说："您还有上帝呀。"此话不假。但即使在这方面，人家也烦扰她。有时，她祷告的时间要是长了，凝视壁毯的花纹久了，女儿便说："她还在祷告哇！"病人答道："关你什么事？""不关我什么事，但总归讨人嫌！"于是，老人不作声了，但盯视女儿的目光充满责备，许久，许久。

年轻人听得一清二楚，一阵莫名的巨痛涌上胸口，很不舒服。老人又说了两句："等她老了就会明白的。她也会有求于人的。"

看得出老妇人倒是完全解脱了，上帝除外，于是她全身心听任最近的痛苦摆布，迫不得已修身养性，过分轻信这是她余生值得热爱的善事。总之，尽管陷入人间苦难，仍义无反顾一头扎进上帝的怀抱。但，只要有重生的希望，上帝也无法反对世人的利益。

大家入席就餐。年轻人应邀共进晚餐。老妇人不进食，因为晚上的食物油腻难消化。她待在自己的角落，背对着倾听她诉苦的小伙子。年轻人则总觉得被人观察，吃得不香。不管怎样，晚餐照旧进行。大伙儿为了尽兴，决定出去看电影，恰巧有一部轻松愉快的电影在放映。年轻人懵懵跟着去了，竟未想到背后继续存在的那个活人。

外出前，客人们起身去洗手。显而易见，看电影与老妇人无关。既使她不残疾，也看不懂电影，因为压根儿缺乏知识。她却说不喜欢看电影。其实，她真看不懂。再说，她待在自己一隅，专心致志地拨弄着一粒粒念珠，尽管虚有其表，却对念珠付诸全部信任。她守着三件物品，对她而言是通向神明的物质起点。跟随念珠、基督铅铸塑像或圣约瑟雕像出发，迎着豁然敞开的漆黑深洞，寄托着她的全部希望。

大家准备就绪。一个个走近老妇人，拥吻她，祝她晚安。她心里有数儿，用力拽住念珠。不过，她的举止蛮可以视为绝望，也可以看作热忱。大家都拥吻她了，只剩下年轻人。他亲切地握了握老人的手，但老人却眼巴巴望着曾关心过她的人就要离去。她不乐意孤单单留下，已经感到恐惧了：害怕孤独寂寞，害怕长夜难眠，害怕单独会见上帝，那肯定令她失望。她害怕，只能依靠世人了，于是依偎着唯一向她表示过亲切的人，拉着他的手不放，紧紧拽着，笨拙地向他表达谢意，以示自己的执着是正当的。年轻人很是尴尬。其他人早已转过来请他快点儿。电影九点开映，最好早点儿到，以免去售票窗口排队。

年轻人顿时觉得面临平生最难堪的不幸：抛弃一位残废老妇去看电影！他真想一走了之，逃之夭夭，不想多问，拂袖而去。一刹那间，他恨透了老太婆，真想使劲抽她一巴掌。

他总算能够脱身离开，而病人从扶手椅上欠身，恐慌地眼看着她唯一可以指望的依托，却烟消云散了。现在她得不到任何保护了，完全沉溺于死亡的念头，不知道确切害怕什么，总觉得很不愿意只剩下她孤零零一个人。连上帝对她也不管用了，上帝将她从芸芸众生中抢走，却又使她沦为孤形只影。她不再愿意离开人世呀。为此她失声痛哭起来。

其他人已走到街上。年轻人悔恨交加，挥之不去。他举目望见灯亮的窗户恰似寂静的屋子映出死亡的大眼珠，接着大眼睛闭上了。老妇的女儿对他说："她独自待着，总是把灯熄灭的。"

这老头儿，踌躇满志，皱起双眉，说教似的挥动着食指，讲道："想当初，我呀，我老爸给我五法郎，供我玩的，花销到下个周末。我居然有办法攒下一点小钱。这样，首先可以去探望未婚妻，穿越乡间野地，徒步走四公里，回来又走四公里。就这么干的，是呀！我就敢跟你们这么说，当今青年不懂得找乐子喽。”老头儿跟三个年轻人围着一张圆桌讲述他那些可怜巴巴的奇遇，把胡搅瞎闹当作风流韵事，把罢手当作得手来庆贺。他讲起故事从不停息，急着一气呵成，生怕分手前说不完；对自己的过去，挑拣自以为可打动听众的讲。拉人听他说话是他唯一的毛病：他视而不见别人讽刺的眼光，听而不闻别人对他粗暴的嘲弄。老人自以为是受人尊敬的老祖宗，沉甸甸的经验了不得呀，所以要让年轻人知道他年轻时一帆风顺。反正年轻人不懂经验意味着失败：非得败个精光才长见识。他，是吃尽苦头的，不说出来罢了。摆出幸运的样子更好嘛。再说，即使他这样做不对，那么相反，以诉说不幸来打动人，岂非错上加错。一个老年人，一辈子过得挺充实的，先前吃过的苦头算得了什么呢？他说着，说着，陶醉在自己低沉的噪音里，美滋滋漫无边际说下去。但总不能老说下去吧。他美够了就收场了，而年轻人早已走神了。他甚至不再能逗乐年轻人了。他老了，年轻人喜欢打台球玩纸牌，与日复一日的低能劳动不可同日而语哇。

不一会儿，只剩下他自个儿待着，尽管他想方设法，巧编粉饰，把他的故事说得天花乱坠，年轻人照旧不给面子，照样走开。他再次身只影单。没人听他说话了，这对上了年纪的人，太可怕了，等于判决他沉默和孤单，等于提示他死亡将至。一个将死的老人是无用的，甚至碍事的，还可能成事不足败事有余呐。让他完蛋算了。要不然，让他闭嘴，最起码要有自知之明吧。他苦恼，因为一闭嘴就想到他老了。不过，他还是站起身来，离开时向周围人报以微笑。然而，收获的却只是无动于衷的脸色或因嘻哈大笑而变形的面容，不过他是无权分享欢乐的。一个男人笑着嚷嚷："锅是老锅啦，不必说的，但有的时候，老锅煮的浓汤最美味哩。"另一个男人说话比较严肃："我们这些人哪，钱不多，但吃得饱。瞧，我的小孙子，比他爹还吃得多。他爹要吃半公斤面包，可他要吃一公斤！还吃香肠，还吃卡芒贝尔干酪。有时他吃饱了，可嘴里'哼！哼！'两下，又接着吃。"老人走远了。步子缓慢，迈着驴干活的小步，顺着长长的人行道，人群熙攘。他觉得不舒服，又不愿意回家。通常，他颇喜欢晚餐桌、煤油灯、小碟大盘，他的手指机械般运用自如。他还喜欢默然地用晚餐，老婆坐在他对面，一口一口细嚼慢咽，脑子空空的，两眼发呆，毫无生气。这天晚上，他要晚些回家。等到晚餐用过，菜也凉了，老婆子上床睡了，反正她也不担心，因为她知道老头子会有意外耽搁，时不时晚回家。她常说："他痴心妄想呢。"一切意在言中。

现在，他走起步来，和缓中带有执着。他孤单又年迈。人一到暮年就会感到年老，令人反胃恶心。归根结底，说话不再有人听了。他走着，走着，走到街角拐弯处，绊了一下，几乎摔倒。我亲眼所见的。蛮可笑的，但有什么办法。尽管如此，他就是喜欢上街，这个时辰，仍旧喜欢待在街上而不乐意回家，因为黄昏时刻，昏头昏脑，看不清老太婆，在房间里备感孤独。就在这个时刻，有些日子，大门悄悄开启，半启半闭一会儿。一个男人进屋。一身浅色衣装。在老头对面坐下，一声不吭好一会儿。他纹丝不动，就像刚才半启半闭的大门。时不时用手掠一下头发，轻声叹一口气。他以不胜忧伤的眼光始终凝视老头儿许久之后，无声无息地离去，身后响起门闩落下的清脆声，但老头儿依然呆在原地，惊恐万状，心如刀割的恐惧，真是痛苦不堪。而在街上，他不孤单，即使碰见的人少而又少。他的热乎劲儿又上来了，踏着碎步往前赶：明天一切将改变，明天。突然他又发现明天似曾相识，后天也一如既往，天天一个模样。这样无法补救的发现把他压垮了。凡此种种的念头非把您折磨死不可。由于无法忍受这些念头，要么自寻短见，要么年轻少壮，总之，高谈阔论呗。

年迈、疯癫、酗酒，说不清道不明。反正，他的临终将是体面的寿终正寝，令人泣不成声，叹为观止。他将死得悲壮，我的意思是说，忍着痛苦，视死如归。对他而言，可借以慰藉。总之，不管去哪儿，他总归是年迈体衰啦。世人总在构建自己未来的老年，以为一旦年迈，面对充满无可挽回的现实，就会乐得清闲，就会不设防，随遇而安，乐得退居一所小别墅，充当工头。然而，一旦年事已高，他们才明白不对了。他们需要其他人才可自保。至于这个老头儿，必须有人听他说话才觉得自己活着。这个时辰，街上暮色更加苍茫，行人更加稀少。人声依旧掠过，但在黄昏奇特的静谧中，显得格外肃穆。城郊周围的山丘背后，天边还有落日余晖。一缕青烟，蔚然壮观，不知出自何处，反正从郁郁葱葱的山顶后边冒出来，从容缓慢升起，像松树一般舒展有致。老头儿闭上双眼。生命带走城市的喧嚣，也带走天空无情无谓的微笑，相形之下，他形单影只，失魂落魄。

还需描写事情的另一面吗？料想得到老太婆在一间又脏又暗的屋子里，把饭菜放在桌子上，准备吃晚饭。她坐下，看一下钟点，再等了一会儿，便津津有味吃起来，心想不去管他："他又在胡思乱想了。"一切不言自明。

他们一家子有五口：祖母，次子，长女及两个外孙。儿子寡言少语，长女残疾，脑子不好使，两个外孙中一个已经工作，在一家保险公司任职，小的还在读书。老祖母七十高寿，依然统领这一小家子。在她的床铺上方，明显可见一幅肖像，是五年前画的，腰板笔挺，身着一件黑色衣裙，衣领上别一枚圆形颈饰，脸上无一丝皱纹，眼睛大大的，明亮而冷漠，俨如女王的神态，如今逐渐年迈体衰，已大不如前，但有时上街总想再显摆一下。

正因为这双明亮的大眼睛不禁使小外孙想起一件往事，

至今仍让他脸红。老太太偏偏等到有人上门来访，当着众人的面声色俱厉地问他：“你更喜欢谁，你妈妈还是你外婆？”女儿本人要是在场，这场戏就复杂了。反正在任何情况下，孩子总是回答：“更喜欢外婆。”但内心却涌现出对沉默寡言的母亲一往深情。抑或客人们对孩子的偏爱大惊小怪，母亲便说：“因为是外婆把他抚养大的。”

这也因为老太太一直认为爱是一件要索取的东西。她从不欺骗丈夫，为他生下九个孩子。丈夫死后，她克勤克俭，把孩子们带大。他们变卖郊区的农场，搬进城里，落户一个贫困的老街区，一直住到现在。

诚然，这个女人有的是优点。但外孙们尚处断事绝对的年纪，以为她只不过在演戏。他们听说一个姨夫发生过一则很有意思的故事。一天，姨夫来探望岳母，瞥见她倚窗无所事事。但她接待他时，手上拿着一块抹布，连声说不好意思，家务实在让她忙个不停，抽不出时间接待。不过应当承认这也是实情。再说，家里发生什么口角，她动不动就晕过去。她得上了某种肝病，呕吐得厉害，十分难受。不过发起病来，毫无顾忌，根本不去找个可躲避的一隅之地，竟哗啦啦吐在厨房的垃圾桶里。吐完之后回到家人身旁，脸色苍白，眼里噙着使劲逼出来的泪花。倘若有人求她躺下休息，她便说厨房里还有事要做，提醒大家是她操持家务，责无旁贷嘛，说什么“家里的事是我包干的”，又说“要是我死了，你们怎么办哪”。

孩子们习以为常了，不在意她的呕吐，如她所说的“发作”，也不在意她的抱怨。一天，她病倒了，求医了。家人叫医生来是为了让她高兴。第一天，察觉是小毛病；第二天，诊断是肝癌；第三天，识破是严重黄疸。但最小的孩子硬说只不过是一场新戏，表演得更加精彩罢了。他才不担心呢。外婆把他管得太紧了，他最初的看法不可能是悲观的。在头脑清醒和拒绝爱怜时，会产生一种不顾一切的勇气。装病，到头来真的会觉得病了，外婆装病一直装到死为止。末日到了，她在孩子们的帮助下，把大肠里发酵气排放出来，对小外孙爽直说了一句：“你瞧，我像小狗似的放屁。”一个小时之后，她死了。

外孙感性上明白她死了，但仍莫名其妙。他还一门心思以为外婆当着他的面作最后的表演，尽管非常恶形恶状。他自问是否感到悲痛，因为心里并没有一丝一毫的痛苦。只是到了下葬的那天，随着众人嚎啕大哭，他也哭了，却担心自己在死者面前不是真心哭，而是弄虚作假。那是个晴朗的冬日，阳光普照。蓝色的苍穹下，令人感到一道道金色的光芒闪烁着寒意。公墓俯瞰城市，放眼眺望，明媚的阳光透明地倾泻海湾，波光粼粼，呈现一湾润泽如玉的朱唇。

这一切不可调和吗？是的，千真万确。一个众人去看电影把她孤零零丢下的女人，一个没人理睬的老头儿，一起根本不赎罪的死亡，而另一个世界却是阳光普照。假如世人包容一切，那会怎样？就是三种既相似又不同的命运呗。人各有一死，死法不同罢了。不管怎么说，太阳毕竟照得我们暖洋洋的，暖入骨节。

若是若非

译者题记："他久久凝视着母亲。当他感到自己如同陌路人，才意识到痛苦之所在。"（加缪语）

"真正的天堂是人们失去的天堂。"（普鲁斯特语）

唯一的天堂是失去的天堂，倘若此话不假，我便明晓如今寓于吾心那种感受是何名状啦：既情意绵绵又不近人情。一位海外移民终于返回祖国。我，记忆犹新：冷嘲热讽，关系僵持，个中滋味不言自明，反正回到祖国了。我，不想反刍倒嚼个中幸福。这不，再简单不过了，再容易不过了。从遗忘的深渊找回的那些时光中，主要保存了未受挫伤的记忆：一种纯情的完美记忆，一种悬于永恒之中瞬间的完整记忆。在我心中，这是唯一真实的，但总是明白得太晚。某个举止一旦卑恭就令我们怜爱，山水间巧遇一棵树也会让我们叹为观止。要重塑这份爱心，只需一个细节就足够了。比如，一股过久幽闭的卧房气息，一声大路上奇特的足音。此谓吾忘切身感受。此时此境，我的爱心出自奉献。总之，我是我自己，因为只有爱才可把我们还给自己。

这种时光倒流，既缓慢、平和、庄严，又如昔日那般强力和震撼，因为已是黄昏，是令人惆怅的时刻，阳光已逝的天空含着某种朦胧的情欲。每个复归的举止于我都似曾相识。一天，有人对我说："日子真难过呀！"说话的语气至今萦绕于耳。另有一次，某人低声埋怨："最大的过错莫过于继续让人忍受痛苦。"一切终结之时，正是生的欲望熄灭之际。难道这就是所谓的幸福吗？追溯往事，我们将一切披上相同而不显眼的外衣，那么死亡就向我们呈现一道底色陈旧的背景。我们回归自我，感受到自身的困境后，更为之珍惜。不错，也许这就是幸福，即对自身不幸的怜惜之情。

那天傍晚正是这种情境。在阿拉伯城市尽端的那家摩尔人咖啡店里，我所忆及的并非昔日的幸福，而是一种怪异的感受。夜幕已经降临。壁画上是几只淡黄色的狮子在五棵棕榈树林里追赶身穿绿衣的酋长们。咖啡店一角点着一盏乙炔灯，忽明忽暗。实际照明靠的是炉膛火，小火炉包镶着绿黄相间的珐琅。火光照亮屋子中央，感觉火光映照着我的脸。我面对大门和海湾。店主蹲在一角，似乎凝视我的空杯，一片薄荷叶沉在杯底。店堂里没有别人，喧闹声从城镇低处传来，比海湾岸边的灯光还显得遥远。我听得阿拉伯人呼呼的喘息声，他的眼睛在半明半暗中闪闪发亮。远方，是海涛的声浪？世界向我叹息，节奏悠长，给我捎来不息生机的冷漠和宁静。一片片红色的反光把壁画上的雄狮映照得似起似伏。空气变得新鲜了。海上响起一声汽笛。灯塔开始转动：一道绿光，一道红光，一道白光。依旧人间之长叹。从人间的冷漠似乎升起某种隐秘的歌声。反正海外游子归国了。不禁想起一个童子，当时他在一个穷区生活。那个街区，那所房子，啊，我仍记忆犹新！房子只有二层，楼梯没有照明。漫长的岁月已经消逝，游子也还可以半夜回去。他很熟悉，可以飞速拾级而上，绝不会失脚。他的身子已经与这所房子融为一体。他的腿脚与台阶的高度配合得准确无误，保持着等量的节奏。他的手本能地厌恶楼梯扶手，这种厌恶挥之不去，因为扶手上蟑螂横行霸道。

夏日傍晚，有工做的人家登上阳台。而他家只有一扇很小很小的窗。于是家人搬几张椅子摆到大门前，也算乘凉吧。家门面临大街，邻近有几家卖冰淇淋的商人，对面是几家咖啡店，孩子们在各家门前跑来跑去，发出一阵阵嬉闹声。好在高大的榕树之间有蓝天。贫穷之中寓于某种幽居清静，而这样清静则使万物富有价值。从某种财富程度而言，天空本身以及星星满天的夜色，仿佛成为天然的财产。而在财富等级的末端，天空恢复全部本义：一种无价的风韵。夏天的夜晚充满繁星闪烁的神秘！孩子身后却是一条气味难闻的走廊，坐着的小破椅子微微往下塌陷。然而，双眼仰望，即可畅饮纯净的夜。时不时，驰过一列宽敞而快速的有轨电车。哪怕一个醉汉在街角低声唱歌也无法干扰这份宁静。

孩子的母亲也静静地待着。有人遇到适当的时机会问她：“你在想什么呢?”她答道：“什么也不想。”此话不假。一切都明摆着的，什么都不想了呗。她的生息，她的关切，她的孩子们，皆周匝于此，这是一种太顺乎自然的存在，令人感觉不出来了。她身患残疾，脑子失灵。她自己的母亲一向粗暴专行，为了满足她易怒的兽性自尊心而不惜牺牲一切，长期控制着弱智的女儿。女儿出嫁总算解放了，却因丈夫英年早逝，又乖乖回到娘家。她丈夫是为国捐躯的，大家都这么说。家里显眼的位置，一眼可见一个金色镜框里挂着战争十字勋章和军功章。医院还给遗孀寄来从肉体取出的一小块弹片。寡妇一直保存着弹片，但早就感觉不出悲痛了。她早就把丈夫忘了，但还会谈起孩子们的父亲。为了抚养他们，她外出打工，把挣来的钱交给母亲。老太太是用鞭子来教育外孙们的，每当打得太狠，女儿便对她说：“别打脑袋!”因为是她的孩子，她爱他们，不分亲疏厚薄，这种一视同仁的爱却从来不向他们表露。有时傍晚，她尚记得的那些傍晚，下班回来精疲力竭（给人家干家务活），见自己家空无一人。老太太出门买东西，孩子们尚未放学。她便蜷缩在椅子里，两眼迷茫，目光急速消失在地板的缝隙里。她的周围，夜色越来越浓，默不作声是一种无可补救的凄楚。男孩若此刻进屋，因一眼看清她瘦弱的身影，瘦削的双肩，会突然止步，会毛骨悚然。

他开始感受良多，稍为觉察到自己的存在了。但面对这种动物般的沉默，他欲哭无泪。他怜惜母亲，也算爱她吗？母亲从来没有抚摸过他，因为她根本不会。就这样他久久凝视着母亲。当他感到自己如同陌路人，才意识到痛苦之所在。母亲听不见他的脚步声，因为耳聋。一会儿，老太太回来，生活再次恢复：煤油灯喷出光环，漆布就位，大声喧嚷，粗话鄙语。此刻的静默标志一个间歇，却是一个超限度的瞬间。男孩朦胧若有所感，心里一阵冲动，以为对母亲的爱油然而生了。应该如此，因为毕竟是他的母亲嘛。

母亲什么也不想。屋外，灯光，喧嚷；室内，黑夜的静默。孩子将长大和学习。家人把他养大，会要求他感恩，好像是为避免他受苦。母亲永远讷讷不出于口。而他将在痛苦中成长。长大成人，最为重要。外祖母将离世，然后母亲离世，最后才是他离世嘛。

母亲惊跳了一下。她感到害怕。男孩傻乎乎地看着母亲这般情景。跟他无关，他，该去做功课啦。孩子完成了作业。如今，他待在一家脏兮兮的咖啡馆里，已经长大成人了。这难道不是最重要的吗？并非如此，不得不这么想，因为做作业和愿意成人只不过导致人变老罢了。

阿拉伯人一直蹲在那个角落，双手拽着双脚。从露天座那边飘来一阵阵烤咖啡豆的香味，伴随着年轻人大嗓门的聊天声。一条拖轮再次拉响汽笛，低沉而柔和。一天天，世事就这么了断，所有的忧愁苦恼愁肠百结都会结束，剩下的只是宁静，每天如此，屡试不爽。怪不得这位古怪的母亲如此麻木不仁！唯有人间广袤无垠的孤独让我掂量出这位母亲孤独的程度。一天晚上，有人把她已经长大成人的儿子从她身边叫走。她一阵惊慌，落得个严重脑震荡。她习惯黄昏时分待在阳台上。搬把椅子靠近阳台坐下，嘴巴贴在冷而咸的铁栏杆上，双眼直勾勾眺望来往的行人，身后夜色渐渐浓厚起来，眼前各家商店则突然灯火通明。街上光怪陆离，行人熙熙攘攘，黑压压一片，她漫无目的地静望着，已经神不守舍。出事的那个晚上，一个男人突然在她背后冒出来，把她拖走，施以强暴，听到人声后，逃之夭夭。她什么也没看清，早已昏厥过去。儿子赶到时，她已睡下。他遵照医嘱，决定留在她身旁守夜。于是上床而不进被窝平躺在她身边。时值仲夏。热气腾腾的房间里，新近发生的惨案仍令人心有余悸。耳听得脚步声声，屋门吱呀作响。先前家人用醋激醒病人，现时沉闷的空气里仍充满醋味儿。母亲在他身旁躁动，呻吟，有时突然惊跳。这就把他从暂短的迷蒙睡眠中惊醒，吓得他一身冷汗，但警觉之后，看了看手表，但见守夜灯的火光映在表上三次，便又昏昏沉沉睡着了。只是在后来他才感觉出那一夜母子俩多么孤单。母子俩要对抗天下所有人。“所有其他人”都在安睡的时刻，他们俩苦苦煎熬。当时这所老房子似乎显得空空如也。子夜的有轨电车渐行渐远，既带走了人间留给我们的一切希望，也卷走了城市喧腾赋予我们的一切可靠性。屋子还在回荡电车行驶的声响，但已渐远渐消，终于万籁无声。只剩下一座万籁俱寂的林园，时不时病人还发出惊恐的呻吟。儿子从来没有如此强烈感到身处异乡。人世解体了，随之对每天周而复始生活的幻想也消失了。一切都不存在了，学业或抱负，餐馆佳肴或偏爱的色彩，也不再存在了。他只觉得深陷疾病和死亡……然而，就在人世即刻塌陷之际，他依然活着。甚至终于入睡了，也带走了母子俩一幅绝望而温馨的孤单形象。后来，很久的后来，他还会记得这种汗水和酸醋混杂的气味，还会记得这个切身感受与母亲紧密相连相依的时刻。好像母亲体现了无限的怜悯心，在儿子的周围传播，浸入身边人的躯体，认真而实在地扮演一个穷苦老妇的角色，其命运动人心弦。

此刻，炉床里的火已披上厚厚的炭火。天地间的气息依然如故。一面手鼓发出清脆的击打乐。一个女人的笑声掺杂在鼓乐声中。港湾里灯光闪烁着向前行，大概是渔船正驶回船坞吧。我所在的位置望得见三角形天空，此时万里无云。天空繁星密布，在纯净的气流吹拂下闪闪烁烁，夜幕轻柔的翅膀在我四周悠悠拍打。夜色行将何处，既然我已不再属于自己？“单纯”一词含有一种危险的功效。今夜，我悟出世人可能想死，因为从人生某种透明度的角度，可以看出任何东西都不重要了。一个人受苦遭难，承受接踵而至的苦难，逆来顺受，随遇而安，听天由命，从而受人尊重。后来，某个晚上，平安无事：只不过遇见一个他非常喜爱的朋友。老友漫不经心跟他聊了聊。此公一回家就自杀了。之后有人说，必有隐愁暗苦和难言悲情。否。倘若一定要找个原因，那就是老友漫不经心跟他说话，他便自杀了。所以，每次我觉得要体察人世深邃的意义，总是人世的单纯性使我震惊不已。我母亲，这晚，以及她那离奇的麻木不仁。另有一次，我单身住郊区一处别墅，与我相伴的是一条狗，一对猫及其猫仔，一色黑猫。母猫无奶喂猫仔，于是小猫一只接一只死去。屋子里污物狼藉一地。我每晚回来都发现有一只猫僵死，死猫的嘴一个个向上翻卷。一天晚上，我发现最后一只死猫竟让母猫吃掉半拉。被吃剩的死猫仔已经发臭。尸臭与尿臭混杂。当时我处在这样的赤贫中席地而坐，伸手便触及污物，呼吸便闻腐烂的气味。我久久凝视母猫一双绿眼射出疯狂的火焰，它待在一角纹丝不动。是的，这晚就是如此。到了一定程度的匮乏，横竖做什么都没结果，希望和绝望皆无依据，整个人生浓缩为一幅图景。但为什么要了断？很简单，一切都很简单，灯塔照明有三色：绿光，红光和白光。我既吸吮夜晚的清新空气，也闻到城市的气息和垃圾的恶臭，很简单嘛。假如今晚我童年经历的某幅图景油然复现眼前，我怎会不接受可能从关爱和贫穷中吸取的教益呢？既然这个时刻作为若是若非的间隔，那我就把对生活的希望或厌倦留给其他时刻。不错，仅仅接纳失落天堂的澄澈和单纯性吧：任其浓缩在一幅图景之中。就这样，不久前某个老街区的一所房子里，儿子去看望母亲。他们面对面坐着，一言不发。但母子四目相遇：

"怎么样，妈妈！"

"咳，就这样。"

"你心烦吗？我说话不多，是吧？"

"哎，你从来就话不多。"

一抹抿嘴的美好微笑随即在她脸上消融。确实，儿子一向不跟她说话。但事实上，有什么必要？不用说话，境况自然明朗。他是她的儿子。她是他的母亲。她可以对他说："你心里明白。"

她坐在长沙发脚下，盘着双腿，两手交叉搭在双膝。他呢，坐在椅上，不怎么瞧她，却不断抽烟。一阵沉默。

"你不该抽烟过多。"

"确实。"

街区的气息统统从窗口渗透进来：邻近咖啡馆的手风琴，傍晚行色匆匆的来往交通，用来夹在弹性小面包里的烤肉串香味，街上一个孩子的哭声。母亲站起身，去取一件毛线活儿。她的手指有些僵硬麻木，因关节病而变得畸形。活儿干得不快，织一针要重来三遍，抑或拆掉整整一行，发出轻微的噼啪声。

“我织一件小背心，穿的时候外加白色假领，然后套上我那件黑大衣，可穿一个冬季。”

她起身去掌灯。

“时下天黑得早。”

确实。夏日已过，还不到秋天。柔和的天空仍旧传来啁啾的雨燕声。

“你不久还会回来吗？”

“我还没有走呢，为什么这么问？”

“不为什么，随便问问。”

一辆有轨电车驰过。一辆汽车驰过。

“我真的很像父亲吗？”

“嘿！像得跟你父亲一个模子刻出来的，当然，你没见过他。他死的时候你才六个月。你蓄个小胡子就更像他了。”

而他，谈起父亲时心中无数。没有任何记忆，没有丝毫动情。大概是芸芸众生中的一员吧，况且，父亲去世时慷慨激昂。在马恩省战役中，脑袋开了花：双目失明，垂死挣扎一周后，他的名字刻到了本镇阵亡士兵的纪念碑上。

“其实，”她说，“死了反倒好。要不然瞎了或疯了回来，那样就苦了，好可怜的人……”

“确实。”

那么究竟是什么让他依依不舍地待在这间屋里呢？莫非

确信“死了反倒好”，他感到世界荒诞的单纯性统统躲进了这间屋子。

“你会再回来吗？”她说，“但我很清楚你有工作，只不过，时不时……”

此刻，我在何处？怎么分得开眼前这间空荡荡的咖啡馆和过去的那间屋子呀，分不清我是在过日子还是在回忆。灯塔的探照灯历历在目。阿拉伯老板在我面前站起来，对我说要关门了。必须离开。我不想再沿这条十分危险的斜坡往下走。确实，我最后还是看了看海湾及其灯光，也实感心潮汹涌并不意味希冀更美好的日子，而是对一切和对自己产生一种既泰然又原始的冷漠。但，必须摧毁这条太过软棉太过易得的弧线。我需要头脑清醒。是的，一切都那么简单。是世人把事情搞复杂了。甭听别人编派的故事，甭信别人说什么“死囚要偿还对社会的欠债”，而要信“别人要砍断他的脖子”。看上去没啥，但还是有点区别的，再说啦，有些人更愿意正视自己的命运。

心灰意乱

晚上六点，我到达布拉格，马上把行李放在寄存处，还有两个小时去找旅店。我感到挺自在，有一种奇怪的自由感，因为两件行李不再是我双臂沉重的负荷。走出火车站，沿一片片广场花园行走，突然掉进瓦茨拉夫广场正中央，此刻行人比肩继踵，人浪滚滚。四周，迄今生存过上百万人，他们的存在对我没有产生过任何一丝感染。我来自远离几千公里的故乡，不懂他们的语言。众人行色匆匆，急速超越我时，一个个与我保持距离。我不知去向。

我身上带的钱不多，够用六天。不过六天后就有人来接我。尽管如此，钱的问题依然让我担忧，故而寻找简便的旅店。我处在新街区，呈现在我面前的旅店统统灯火通明，笑声此起彼伏，各家都充斥着女人。我加快步子，这种疾步行走看上去已经是一种逃遁。晚八点，精疲力竭，到达老城，见到一家外表简朴的旅店，铺门窄小，对我有吸引力。我走进店铺，填完卡片，取走钥匙，分到四楼34号房。我打开房门，进入非常豪华的房间，赶紧找价目单一看，比我估计的高出两倍。钱的问题变得很棘手了。在这座大城市，我只能过穷日子了。刚才担忧，还可以不在乎，此刻变得真要当回事儿啦。我不自在起来，觉得心里空落落的，无所适从。好在一时间头脑又清醒了：人们好歹一向认为我最不在乎金钱问题，怎么来到此地愚蠢地提心吊胆起来？于是我动起脑筋来。总得吃饭，再上街找间便宜的餐馆。每顿饭不得超过十克朗。我见过的所有餐馆，凡越便宜的，也是最不好客的。我走过来，走过去，终于餐馆里有人注意我的小算盘儿：不得不进去了。那是一处地窖，相当阴暗，墙上的壁画矫揉造作。顾客相当混杂。几个姑娘在一角抽烟，煞有介事地说着话。一些男人在进食，看不出年龄，看不清肤色。一个人高马大的跑堂儿着一身油乎乎的燕尾服，向我走来，直伸过来一个毫无表情的大脑袋。我赶紧随便在菜单上指了一道主食，其实根本看不懂菜单。但看来还要解释一下。跑堂儿的用捷克语向我提问。我以浅陋的德语回应。他不用德语回应。他不懂德语。我光火了。他便叫来一个使唤丫头，她以古典的姿态走过来：左手搭着臀部，右手夹着香烟，满脸堆笑。她在我这桌坐下，用德语提问，我以为她说的德语跟我说的一样差劲。一切弄明白后，跑堂儿的主动向我吹嘘当日主菜。他很会说话，我接受了他的推荐。之后，姑娘跟我说的话，我根本听不懂。当然，我摆出坚信不疑的神态应诺着。然而我心不在焉，什么都叫我恼火，我感到晕乎，连肚子也不饿了，身上的伤痛加剧，肚子抽紧。我为姑娘要了一杯啤酒，因为我还是懂礼数的。当日主菜上来了，我吃了吃：粗面粉拌肉，放了大量枯茗[1]，难吃得叫人恶心。但我走了神儿，更确切讲，什么也没想，只盯住面前女人那张肥厚嘻笑的嘴巴。她以为受到勾引了？这不，她挨近我了，越来越贴近。我做个机械的手势，就可得手。但她长得太丑。（后来我常想，倘若她长得漂亮，我本可以逃脱后来的一切遭遇。）我很害怕得病，那样会遭周围人嘲笑的，更害怕只身待在旅店房间里，身无分文，一蹶不振，自暴自弃，自我作践。时至今日，我仍难堪地回首当时像我那样惊慌和怯懦的人怎样能自我解脱。我起身出门，在老城行走，但就是不能长久面对我自己，赶紧跑回自己的旅馆躺下，好在等不了多久就入睡了。

凡是我不感到无聊的国家都是我学不到任何东西的国家。我用类似的话语来给自己鼓劲打气。然而要是描述日复一日的事情呢？我又去那家餐馆。早晚两餐，都得忍受糟糕透顶的枯茗肉烩粗面粉，尽让我倒胃口。成天都想吐。但我顶住了，心里明白不进食可不行哪。况且，再换一家餐馆可能要付出的代价会是多少呢？至少我去的那家已把我看作“回头客”了。人家即使不跟我搭讪，也对我微笑哇。此外，焦虑有增无减。我患有针刺般头痛，太引起我的重视了，所以决定把我的日程安排在几个活动点。我尽可能晚起床，这样白

① 一种带茴香味的植物作料。

天就相应缩短了。每日梳洗一番后，有条不紊地考察城市。我出神地流连于华丽的巴罗克风格教堂，竭力从中找回故园风物，但因为自己对自己大失所望，参观之后更感空虚，更感落魄。我顺着伏尔塔瓦河徜徉，但见河流被一层层水坝切割，浪花奔泻，飞沫腾空。我待在城堡区无数个小时，因为这里人迹稀少，偏僻寂静。在大教堂及其附殿的庇荫下，正值夕阳西下，我孤独的足音在街区回荡，察觉此情此景，不禁又一次毛骨悚然。我早早吃了晚饭，八点半就睡觉了。次日，太阳把我从睡梦中照醒。教堂、宫殿和博物馆，我试图用各种艺术品来缓解焦急。老一套的小把戏：我硬要把自身的反抗化为悲情。但，枉费心机。一旦离开，我依旧是局外人。不过，有那么一次，在城端一座巴罗克风格隐修院里，恰逢温馨时辰，钟声悠扬，一串串鸽子从古圆塔脱塔飞出，类似某种草香味和虚无感从我内心油然生出一种恬静，伴随着泉涌般的泪水，使我感到解脱近在咫尺。我晚上归来，信笔成章，如实转录，因为就在夸张的字里行间，重新获得我当时所感受到的甜酸苦辣："还想从这次旅行获得别的什么好处吗？我已经暴露无遗。身边这座城市，连商店招牌都不认识，古怪的字母竟没有我丝毫熟悉的东西，没有可交谈的朋友，更没有消遣娱乐。我心知肚明，当陌生城市的尘嚣涌入房间，是不会有任何东西能把我引向更为明媚温馨的住处或更为依依不舍的地方。我会呼唤、呐喊吗？反正喊来的都是些陌生面孔。教堂、金器和香火，一切总归把我抛回日常生活，使我怀着焦虑估量做每件事要付出的代价。日常积习的帷幔、举止言语适意的编织，促使人心变得柔顺，渐渐提升，终于揭示出忧虑苍白的面目。于是，世人面对自己了：我看自己未必能幸福……噢，要这么想，旅行顿时使人豁然开朗。世人与世物之间存在极大的不和谐。世界悦耳的声音比较容易进入较为脆弱的人心。总之，在这空无所有的心灵中，哪怕最幼小的孤树也变成最亲切最娇嫩的形象了。艺术作品和女人微笑，植根于木上的族群和概括历代的文物，正是旅行所包含的一景，既动人心弦又感同身受。然后，一天下来，回到旅店房间，内心再次感到若有所缺，很像是一种心灵饥荒。然而，不言自明，上述一切都是无稽之谈。我现在完全可以说，布拉格留给我的记忆，是醋泡黄瓜的气味儿，每个街角都有卖的，用手指夹着就吃：酸气刺鼻的味儿唤醒我的焦虑，使之倍增，直至我踏进旅店的门槛。除此之外，也许还记得某个手风琴的曲子：我的窗下，一个独臂盲人，半个屁股坐在琴上，用健全的手拉琴。总是同一个曲子，天真而亲切，早晨把我唤醒，一下子把我置身于赤裸裸的现实中，任我挣扎搏斗。

我还记得在伏尔塔瓦河岸上突然止步，因受到黄瓜酸味和琴声旋律的侵袭，一下子被抛到内心思绪的末端，不禁暗暗自问："这意味着什么？究竟什么意思？好在我还未到穷途末路吧。第四天，早上十点钟，我准备外出，很想看看某处的犹太人公墓，前一天没能找到。有人在敲邻居的房门。沉寂片刻后，又敲起来，这次敲得很久，但看上去毫无结果。一阵沉重的脚步声是从一层层楼梯往下去的。我并没有在意，脑子空空，一时间专心细看刮胡膏的使用说明，其实我已经使用一月之久了。那日天气沉闷。天空云雾层层，一束束铜色光芒降落在布拉格老城钟楼尖顶和教堂圆盖上。报贩们一如平日早晨叫卖着《人民政治报》。我很吃力地从昏昏沉沉中挣扎出来。但刚跨出房门便撞见楼层小伙计，他带着一串钥匙。我停下脚步。小伙计重新敲门，敲了又敲。他试图打开房门。毫无办法。房门的里栓大概插上了。重新一阵敲门。房里响起空荡的回声，显得阴森森的，令我感到胸闷，但又不想问什么，便走开了。但不管在布拉格什么大街小巷，我始终摆脱不了痛苦的预感。怎么忘得了楼层小伙计那副傻相？还有他那双皮鞋，怪模怪样歪扭着，却擦得亮铮铮的，再有上衣纽扣掉了，这些都让我难以忘怀。我终于吃上午饭，但越吃越倒胃口。下午两点我便回到旅店。

大堂里，员工们都在窃窃私语。我火速层层上楼，想尽快面对意料中的事儿。果不其然。房门半开着，只看得见一大片蓝漆墙面。但上文提及的暗淡光线照在屏墙上，映衬着躺在床上的死者和守护尸体的警察：这两个影子正好组成直角。这样的光影，使我目瞪口呆，却真实可靠：一种真正的生命之光，午后的生命之光，一种使人感受到还活着的光芒。而他，死了。孤零零死在卧房。我早知道他不是自杀。我赶紧回到自己的房间，倒在床上。一个非常普通的人，从影子看出他短小粗胖。也许他死掉好久了。旅店里的生活继续，直到小伙计想起叫唤他。小伙计来到时毫无猜测，他是孤苦伶仃死在里面的。而我，那时还在看刮胡膏的说明。我整个下午处在难以描述的状况：躺在床上，头脑空空，心里出奇地难过。我修了修手指甲，数了数地板缝儿，心想："我是否能数到一千……"数到五六十，就数不下去了。门外一点儿声响都听不到，不过有一回，楼道响起一个压低嗓门儿的声音，一个女人用德语说："他原先那么善良。"于是我十分纠结地想起位于地中海畔的故城，尤其眷念夏日傍晚，处在绿色的光下，到处有年轻漂亮的女人，特让人感到温馨。几天来，我一句话都没说，心中压抑着愤慨，几乎要大声疾呼了。倘若有人向我敞开双臂，我没准会孩子似的痛哭流涕。下午将尽，我精疲力竭，却使劲儿盯着房门插销，脑中一片空白，回味着手风琴的民间小调。此刻，我再也无法往前想了。无国，无城，无名，疯魔或征服，屈辱或鼓舞，我会弄明白或日趋衰竭？有人敲门，我的朋友们来了。我得救了，即使受了窝囊气。想当时，我没准儿说道："很高兴又见到你们。"但肯定我的真实感受一言未吐，而在他们眼中，我依然是他们上次离开时的那个人。

不久，我离开了布拉格。诚然，之前我对所见所闻兴趣盎然，蛮可以笔录那个时辰在包岑[①]哥特式小公墓，以及墓园红艳艳的天竺葵和蓝色的早晨。我还可以谈谈西里西亚[②]，几个广袤平原的贫瘠荒凉，惨不忍睹。我是在拂晓穿越这些平原的。一群黑压压的鸟在雾色浓重的清晨飞越黏黏糊糊的土地。我也很喜欢摩拉维亚，柔和而庄严，它的近景很纯净，道路两旁种满结着酸果的李树。但我内心深处残留着久望无底峡谷的那种缭乱感。我到达维也纳一周后离开，但始终自囿门户，难以自拔。

然而，我坐上从维也纳到威尼斯的火车，心里有所期待。我像个大病初愈的人，正吃着流质食品，盼着将进食的第一片烤面包。一线光明呈现。我心知肚明：已准备好获得幸福。下文只谈我在维琴察[③]附近一座山丘度过了六天。迄今我依然神游其间，更确切地讲，有时还有旧地重游之感，经常觉得迷迭香的香味儿动不动就在我身旁萦绕。

我进入意大利。我心仪已久的土地，行进中一一认出了它的特色：最初出现的鳞状瓦屋顶的房子，还有紧紧贴墙攀长的葡萄藤，那墙因使用硫酸铜杀菌而发青了。再有最初出现的院子里晾着衣服，物件放得乱七八糟，男人们衣冠不整。

---

① 包岑：德国东部城市，古代文化中心。

② 西里西亚：欧洲中部地区，波兰、捷克和德国接壤的广阔地区。

③ 维琴察：意大利北部城市，位于威尼斯以西61公里。

再就是最初出现的柏树（多么细长多么挺拔）、橄榄树、布满灰尘的无花果树。意大利小城树荫婆娑的广场处处可见，中午时分鸽子纷纷寻找掩蔽，慢腾腾，懒洋洋，人心的愤慨在此磨损消耗了。激情逐渐化为泪水。然后，进入维琴察。这里的日子自行运转，从充斥母鸡咕咕叫的清晨，到独一无二的黄昏，那么恬适和温馨，柏树林后面风光柔和，蝉鸣久久地此起彼伏。我一路上之所以心境宁静，是因为悠然地从一天转到另一天。包厢的家具古色古香，花边窗帘是钩针细织的，窗户向一马平川的原野敞开着，难道我还会有别的期盼吗？我仰面望得到整个晴空，如此日转夜移使我觉得可以不断追随，待着不动，却与日夜一起运转。我吸吮着可能得到的唯一幸福，即意识到备受关切和友谊。我整天散步：从山丘下行到维琴察城，要不然朝乡下走得更远。遇到的每个人，街上的每种气味，都给我提供产生大爱的借端。看管度假营的年轻妇女，冰淇淋小贩的喇叭（他们的货车，是威尼斯轻舟形的装在轮子上，加上两个车把儿），琳琅满目的水果摊：黑子红瓤的西瓜，透明多汁的葡萄：不甘心孤独的众人所需之依托，要多少有多少。蝉鸣，酷似笛声，既尖厉又亲和，九月之夜连地上的水和天上的星都是芬芳的，乳香黄连树和水中芦苇之间的小道，香气扑鼻：被迫孤独的个体寄托爱的符号，要多少就有多少。就这样，日子一天天过去。灿烂的阳光炫耀几个小时之后，黄昏来临，落日金黄的余晖和柏树墨绿的葱郁形成辉煌的背景。当下我在大路上前行，很远很远就可听到蝉鸣。随着我步步前行，知了个个放低歌声，之后鸦雀无声。我放缓脚步，被一团团火热之美所包围。在我身后，知了一个比一个提高嗓门纵情高歌：天空充满神秘，撒下闲情逸致和空灵的美。我借着最后一抹落日余晖，看清一幢别墅三角门楣上的古训：In magnificentia naturae, resurgit spiritus（拉丁语：自然美景，涌现精神）。应当在此驻足了。第一颗星星已经出现，然后是对面山丘上三盏灯光，再后黑夜骤然无声无息降临，我背后灌木丛中逸出一阵喃喃的风声，然后一阵微风飘来，白日业已逃遁，却给我留下柔情蜜意。

当然，我，依然故我，只是不再孤单了。在布拉格，我身陷四壁憋得慌哪。在这里，我面对众人，投身于四面八方，都可遇到与我相似的普世众生。这不，还没谈起太阳哪。正如我饱尽沧桑后才明白多么留连和热爱曾度过童年的贫困故土，同样现如今我才隐约感到太阳和故园给我的教益，正是太阳和故园见证了我生于斯长于斯嘛。时近中午，我出门走向一处熟悉的景点，俯瞰维琴察广袤的平原。日轮当午，接近中天，苍穹湛蓝而空廓。天空普撒的阳光，沿着群山山坡直泻谷底，为扁柏树和橄榄树披上金衣，为白色的房子和红色的屋顶穿上最热烈的锦袍，然后消融在云蒸霞蔚的平川上。每次却是同样的匮竭失落感。我总是挥之不去那个五短身材的胖男人卧影。在阳光璀璨得沸腾的平原上，在尘土飞扬中，在砍伐树后烧荒残留焦土的山丘里，我触手可及的，依然是我胸怀虚无感所产生的赤裸裸而无魅力的形状。意大利这个国度使我回到自己心灵的深处，使我直面自己隐秘的焦虑。然而，这种焦虑既是也不是在布拉格产生的焦虑。如何解释？诚然，面对意大利平原：阳光灿烂，万木争荣，和颜悦色，我更加理解一个月来追逐我的死亡和非人的气息。是的，这种无泪水的充实，这种无欢乐的平静，一切只不过产生于一种非常清晰的觉悟，即一种出世和无求的觉悟。好像行将死亡的人，并且知道来日不多了，不再关心老婆的命运了，除非在小说里有例外。垂死者实践世人的天职：人生来就是自私的，即绝望的。对我来说，在这个国度里，根本不存在永垂不朽的许诺（即上帝的许诺）。要是不用眼睛观赏维琴察，要是不用双手触摸维琴察小葡萄，要是不用皮肤感受从贝里柯山教堂通到瓦尔玛拉纳别墅公路上夜色赋予的浸润，那在我心灵翻来覆去玩味上帝的许诺又有何用？

确实，这一切都是真的，但同时，随着阳光照进我心田某种难以言状的东西。一切融汇在极端意识的极顶。我觉得自己的生命好像一个整体，要么抛弃，要么承受。我需要一种尊严。我找到了，那是在我极度失望和世上最美山水风景的隐秘淡然之间的对峙中找到的。我从中吸取力量，变得既有勇气又有觉悟。对我来说，做到如此难得如此离谱的事情实以足矣。但也许，我当时恰如其分感受到的东西中部分已是牵强附会一时了。更何况，我经常想起布拉格，想起我生活过的那些难受得要命的日子。我总算重新找到了自己的家园。只是有时，酸泡黄瓜的尖酸味儿飘来重燃了我的忧虑。于是我不得不去想维琴察。但这两个城市都让我珍惜，也让我难分难舍：一边是我对阳光和生命的热爱，另一边是我暗自尽心竭力想描写的绝望经历。读者已经明白我的用意，我，决意不做选择的决定。阿尔及尔远郊有一处黑色铁门的小公墓。走到尽头，就可发现山谷，远景则是海湾。这里，祭坛与大海共呼吸，我们可以面对祭坛沉思遐想良久。然而一旦按原路折回，便可看到一座被遗弃的坟墓，旁边竖着的墓碑上写着："遗恨千古。"幸哉，尚有理想主义者前来把事情摆平。

热爱生活

译者题记：“没有对生活的绝望，就没有对生活的热爱。”（加缪语）

帕尔马[①]夜晚，位于集市后面的歌舞咖啡馆街区，生活慢慢重新活跃起来，周围的街巷黑魆魆的，无声无息，直至走到商埠百叶门窗前，才有灯光和音乐渗透出来。我在其中一家咖啡馆几乎待了一夜：一间小厅堂，十分低矮，呈长方形，绿色油漆，装点着几个玫瑰红的花环。木制的天花板挂满红色微小灯泡。在这小小的空间里居然奇迹般塞进一个乐队，一间陈列着五颜六色酒瓶的酒吧间以及肩比肩挤得要死的观众。堂中央有两平方米的空当儿。酒杯和酒瓶四处喷发，由跑堂送往厅堂各个角落。这里没有一个是头脑清醒的。大家都狂呼乱叫。一个模样像海军军官的家伙向我喷射连珠炮似的客套话，满嘴的酒气，哈得我一脸。我那桌有个看不出年纪的侏儒，他向我叙述自己的一生。但我太紧张了，顾不上听他讲什么。乐队不停地演奏乐曲，但只听得出节奏，因为大家都在顿足击节。大门时不时打开。在狂呼乱叫中，新到

的 顾客被塞进两张椅子当间儿。定位为真正文明的欢乐是从容不迫的欢乐。而西班牙则是欧洲罕见的文明民族之一。

突然，哐的一声钹响，一个女子冷不丁跳入酒吧中央狭小的圈子里，“二十一岁。”军官对我说。我大吃一惊。一张少女脸，却被雕在一大堆肉里。这个女人可能有一米八零的身高，腰圆膀粗，恐怕体重有三百斤。两手贴在臀部上，身穿黄色镂空衣，网眼像棋盘似的鼓露出肥白的肉体，一脸堆笑。她两个嘴角，一边一个接连不断推出细小的肉波纹，一直漾到耳际。厅堂里群情激动，无以复加。可以感觉得出来，这个姑娘是众人熟悉的，喜爱的，期待的。她始终笑容满面。她目光环视观众，始终不言语，却笑盈盈，一个劲儿朝前扭动肚皮。厅堂大声喝彩，点唱一首似乎众所周知的歌曲。原来是一首安达卢西亚歌曲，鼻音浓重，每三个音节由架子鼓击出沉重的节拍。她边唱歌边随鼓声用整个身躯模仿做爱。通过这种单调而煽情的动作，从她臀部产生的真实肉浪，起伏向上波动，一直延伸至两臂才消失。全场为之倾倒。但见那姑娘唱到迭句时，自转一周，双手捧住乳房，张开红艳艳水汪汪的嘴巴，跟全场合唱歌曲，直到哄堂起立，喧闹不堪。

她占据厅堂中央，浑身汗津津的，披头散发，挺着人高

---

① 《热爱生活》腹稿产生于加缪1935年夏游览西班牙巴利阿里群岛，该群岛位于西地中海，主要由4个大岛组成，首府为帕尔马，正值与第一任妻子西蒙娜·伊埃第一次分手之际。

马大的躯体，黄色镂空衣箍得鼓鼓的，活像个出水的淫邪女神，额头低得像兽类，两眼凹陷，恰似赛事刚毕的马匹，唯有膝盖微微颤抖才表露出她还有点儿活力。置身四周俱是欢呼的氛围中，她活活是个生命的象征，既厚颜无耻又令人亢奋，空茫茫的眼睛深表绝望，肚皮上已是大汗淋漓……

假如没有咖啡馆和报刊，旅行会是很困难的。用我们的语言刊印的一张报纸，一个可供我们与人接触的去处，让我们可以模仿自己在故国随意活动的样子，否则远离家乡的人都会把自己视同陌路。因为，使旅行富有价值的东西，是担惊受怕嘛。旅行把我们内在的背景打破了，不再可能偷巧耍滑了，比如躲在办公室或工地偷闲，是那种偷得浮生半日闲。但要是在旅途中，我们会强烈反对的，肯定要抗议遭受孤独的痛苦。有鉴于此，我一直很想写些小说，我的主人公们会问："假如不在办公室打发时间，我会变得怎么样呢?"抑或会说："我妻子死了，幸好明天我有一大堆信件要写。"旅行剥夺了这类庇护所。我们远离家人，远离母语，剥离全部原有的支撑，剥下自己的面具（连有轨电车的票价都看不懂，事事碰壁），我们徒有自己全身的躯壳了。但正因为我们心灵得病了，反倒能使每个人、每件物变得具有奇迹般的价值。一个没有思想能力的女人在跳舞，一只放在桌子上的瓶子，要是从窗帘后面瞥见的，每幅图形都成为一个象征。我们觉得生活整个在这个象征中得到反映，只要我们当下的生活能浓缩其间。生活对人的各种天赋都有感受力，更不用说我们能够体会到种种矛盾的沉迷，甚至沉迷于如何保持头脑清醒。也许从来没有让我感到既遥远又近邻的地方，惟有地中海除外。

没准儿由此让我对帕尔马那家咖啡馆动情呐。这不，中午正相反，大教堂那个街区行人稀少，无论庭院清凉而建筑古老的宫殿，还是渗透着阴暗气息的街巷，一概如此，不禁使人强烈产生某种“悠扬”的意境。屋顶观景台上呈现一些纹丝不动的老妇人。我沿着住房行走，遇到庭院不再前行，庭院里种满绿色植物，竖着灰色圆柱，一旦融入静谧的氛围，我便失去了空间界线，仅只变成自己脚步的声音，抑或成为飞鸟的影子，映在夕阳残照的围墙高处。我也在圣弗朗西斯科大教堂小小的哥特式内院一待就是长长的几个小时之久。院内精致珍贵的柱廊闪烁着美丽的金黄色，与西班牙古迹如出一辙。庭院里生长着夹竹桃和秘鲁胡椒木，还有一口锻铁盖儿井，盖边挂着一把生锈金属长勺儿。路人在此饮水。这把勺儿掉在井边石上的清脆声至今还时不时让我记忆犹新。然而，这座内院给我的教益并非生活的甜蜜。从一群群飞鸽拍打翅膀的干巴巴声响中，从庭园骤然凝聚的寂静中，从井盖铁链孤寂的吱嘎作响中，我重获了一种崭新却熟悉的情趣。我清醒且含笑面对纷繁的表面景象这类无与伦比的赌注。这种留有人间笑容的水晶玻璃，我觉得要是先前动手触摸一下，没准让它早已布满裂痕了。某些东西即将散架，成群的飞鸽即将消失，一只只即将收紧展开的翅膀慢慢落地。唯有我的沉默和我的不变才使酷似幻觉的东西变得尚合情理。于是我赌上一把。我虽不想当傻瓜受骗，但乐意认同表面景象。明媚的金色阳光和煦地暖照着隐修院黄色的石墙石地。一个女人正在井边打水。再过一小时，一分钟，一秒钟，也许就是现在，一切都可能崩塌。然而奇迹延续，人世依旧，腼腆含羞，调侃嘲笑，不露声色，就像女人们的友谊，表现出某些既温柔又节制的形态。平衡保持延续，但因为非常惧怕无疾而终而披上五色斑斓。

我对生活的一腔热爱就在此表现出来：对也许即将脱离我而去的东西怀着一腔无言无息的激情，怀着一种烈火燃烧下的苦楚。每天我离开这座内院，觉得像是从我身上夺走似的，在世界的永恒中做了个短暂的记录。我心知肚明为何当下想到多立克式样的太阳神庙中阿波罗无珠的眼睛，抑或想到了乔托画笔下那些热情而死板的人物。希腊雕塑的沉落和意大利艺术的散佚都是随着微笑和眼神的出现而开始的，就像美止于智始。就在此时此刻，我真正懂得所谓相似的国家可能带给我的东西。我欣赏人们能在地中海沿岸找到信念和生活规范，进而充实其生存依据，从而振振有词地证明乐观主义和社会良知。因为，总而言之，当时使我震撼的，并不是一个以人的尺度所缔造的人世，而是再度向人封闭的世界。

事情并非如此，这些国家的言语之所以一致在我内心引起深深的共鸣，并非因为回答了我诸多的问题，而是使我的问题变得没有意义了。没有对生活的绝望，就没有对生活的热爱。

在伊维萨岛[①]，我每天去泡港口一带的咖啡馆。下午五点，当地年轻人顺着长堤漫步，形成来去两行。就在那里喜结良缘，成就一生。人们不禁会想在众目睽睽之下如此开始新生活，势必有某种崇高之处。我坐下时，还头晕踉跄，因晒了一天的太阳，参观了白色教堂和白垩质的墙壁，观看了干旱的田野和枝叶蓬乱的橄榄树。我喝着微甜的杏仁汁，凝望正前方逶迤起伏的山丘。群山蜿蜒而下，通向大海。傍晚变成蓝色。最高的山陵上刚起的山风吹得一座座磨坊风车转动起来。接着天然的奇迹发生了：所有的人都压低了嗓门儿，以至于只有天空和吟唱的歌词专注着那磨坊，而人们觉得那是来自远方的注视。在这黄昏短暂的时刻，笼罩着某种稍纵即逝和凄凉悲怆的东西。至于我，真想爱一场，就像真想哭一场。我觉得从此之后，每个小时的睡眠都是向生命盗窃的……就是说从没有对象的性欲时节偷盗而来的。正如在帕尔马酒吧和圣弗朗西斯科大教堂那些易动情的时光，我不动声色，情绪紧张，无力克制企图把世界掌握手中的巨大冲动。

我深知自己错了，是可以给自己一些约束的。以此为条

① 西班牙巴利阿里群岛中的一个岛屿。

件，人们进行创造。然而，爱是没有限制的，我若贪吃一切，哪里管得上嚼得烂嚼不烂呢。热那亚有些女人，我爱她们的笑脸，整整一个上午都看不够。我再也见不到她们了，没准儿，没有什么比这样更简单了。然而言辞覆盖不了我遗恨的火焰。圣弗朗西斯科那口内院小井，我在那里凝望一群群鸽子飞翔而过，居然忘却口渴。但，复萌口渴的时刻总会来到的。

阴界与阳界

译者题记：“大勇者，依然是睁大眼睛盯视太阳的，如同直面死亡。”（加缪语）

话说一个古怪的女人，她离群索居，与鬼神暗度陈仓，介入鬼神们的争风吃醋，却拒绝与自己家的某些人来往，因为他们在她隐居的世界里是被人瞧不起的。

一份小遗产落到她头上，来自她的亲姐，五千法郎在人生行将就木时来到，显得颇为碍事碍眼，还不得不将其存放保值，要是一笔巨款，几乎人人都会处置，金额小反倒难办了。好在这个女人一向自己说了算。临死前来日不多，决意给自己这把老骨头找个栖身之地。巧逢天赐良机，本城公墓刚好有一块租地的期限已到。这块地皮是先前的业主修建好的，备有华丽的墓穴，外观简洁，黑色大理石，简直是难得的宝物。人家开价四千法郎即可出让。她买下这块有地下墓室的坟地。货真价实，又可保值又避开证券交易的波动，且不受政治事件的影响。她找人修葺了墓穴的内室，随时可安放她的遗体。修缮一新之后，她让人把自己的姓氏用金粉大写字母刻在墓碑上。

这件事，她办得十分满意，激动得不得了，对自己的坟墓真的入了迷。起初，她常来看看工程进度。竣工后，每个周日下午，自己造访自己。这成了她唯一的外出和仅有的娱乐。下午两点，她长途步行来到公墓所在的城门口。她走进小小的地下墓室，小心翼翼关上门，跪到祈祷矮凳上。就这样，她身处一隅，面对自己，对照着过去的自己和未来的自己，重新找回一向以来折断的链条环扣，轻而易举领悟上帝的奥妙宏旨。后来有一天，她凭着一个离奇的象征，甚至明白在世人的眼中她已经死亡。万灵节那天，她来得比平时晚些，发现墓穴门下虔诚地撒着紫堇花。慈悲为怀的陌生人经过这座没有鲜花的坟墓，出于好意的关怀，分撒一些他们携带的花朵，向无人照料的亡者聊表寸心。

咳，此刻我偏偏回顾这些事情，这不，窗户另一面的花园，我只看得见围墙，还有光线流动其间的一些枝枝叶叶，更高处，还是叶簇枝丫，再高处，便是太阳。然而，户外人们感受得到空气中弥漫着兴高采烈，而对于世人的欢天喜地，我却只能领略映照在白色窗帘上的树影婆娑，还有五束阳光耐心地倾泻在室内的一阵阵干草芬芳中。一丝微风拂来，光影便在窗帘上欢腾雀跃。云聚云散，阳光时隐时现，光影中洋溢着金合欢花的黄灿。在下置身室内，仅一束熹微足以充满莫名而惊异的喜悦。那是一月的某个午后，在此景中却让我面对人世的阴界，空中仍渗透着寒意。一层铺天盖地的阳光薄膜在我指甲的触碰下化为齑粉，给万物披上一抹永恒的微笑。我是谁？我能干什么？除非融入枝叶与阳光的嬉戏中，还能做什么？我是香烟点燃时的亮光，洋溢于空气中的柔情蜜意。我之所以企图触及自己，是因为身处阳光的末端；我之所以试图领略和品味泄露人世奥秘的清香，是因为在天地的尽头找到了自己。所谓我自己，系指我从背景中解脱时的那种惊心动魄。

刚才说的一些事情，无非是世人和他们买下的坟墓。不妨让我把叙事的这分钟从时间的织物上剪裁下来。有些人把一朵花夹在书页里，用来纪念情窦初开时的一次散步。我呢，也散步，但抚爱我的却是一位天神。人生苦短，浪费时间真罪过。人说："我很积极。"但所谓积极，也还是浪费时间，因为迷失了方向。今天得一小憩，我的心得以自审。假如还有焦虑扣住我的心，我也会感觉这无情的瞬息如水银珠子似的从我手指间滑走。因此，让那些想弃世的人们自便吧。我依然无悔无怨，因为我见证自己出生。此时此刻，我的王国整个儿属于现世：太阳与光影，来自天边的热与冷：还要寻思什么东西是否在消亡，世人是否在受苦，既然一切都写进这扇窗户。这不，天空包罗万象，正在迎接我的悲天悯人哩。我可以说，一会儿还要说，重要的是合乎人性和朴实直爽。不，重要的是真实，那么一切就在其中了，包括人道和爽直。故而，我何时还会比“我即人世之日”更真实呢？欲念萌生之前，我已心想事成了。永恒安然自若，正是我期望过的。如今我所祝愿的，不再是获得幸福，而只不过要意识到永恒。

一个世人在静观，另一个却在掘墓：怎能把两者分离呢？怎能将世人与其荒诞分离呢？好在天空绽露微笑，阳光充沛饱满起来，夏日将近了吗？这将引来众生的眼球和声音，而芸芸众生是应当受到怜爱的。我将以一切行动来珍惜人世，以全部怜爱和感恩来爱惜世人。在人世的阴界与阳界之间，我决不选择，也不乐意人家选择。有人不愿意我们头脑清醒和揶揄嘲讽[①]。他们说：“这证明你们为人不善。”我感到莫名其妙。诚然，假如我想对某人说他是背德主义者，我的意思是指他需要为自己确定一种道德；假如我想对另一个人说他轻视智力，我已明白他不能够承受怀疑。因为我不喜欢别人弄虚作假。大勇者，依然是睁大眼睛盯视太阳，如同直面死亡。而且当然可以说，贪婪灼热地热爱生命和秘而不宣的万念俱灰是相连相通的。我若倾听隐伏在事物深处的嘲讽，即所谓“自由的保障”（巴雷斯语），嘲讽就会慢慢水落石出，并眨巴

① 此处系指苏格拉底式的嘲讽：用一连串的问题迫使对方承认自己无知。

着明亮的小眼睛说道："活着吧，就像……"尽管搜索枯肠，我的学问业已告罄。

毕竟在下没有把握言之成理。好在转念一想，是别人给我讲述这个女人的故事，便觉得言之有理与否倒无关紧要了。她快死的时候，女儿乘她还活着就给她穿好入墓的寿衣。确实有人说，四肢未僵时，穿衣服比较容易。但不管怎么说，生活在如此行色匆匆的人们中间，总觉得怪怪的。

补　编

《阴界与阳界》集草稿节译

译者按语：我们只选译本集草稿中的“前言草稿”和《穷人区医院》以及《穷人区话语》两节，原先的标题是《勇气》(1933)，这两节自传色彩太浓，毋庸置疑，是根据自己亲身经历写就的，全文力求客观，故而不像创作，朋友们颇有微词。可能加缪接受了好友的意见将其删除。后面的部分与《阴界与阳界》各节大同小异，我们决定删除，只译作者全部删除的部分，以飨读者，尽管有些内容重复，但毕竟小同大异。

前言（草稿）

头脑清醒且冷嘲热讽的人是讨人嫌的。人家会对您说：“这表明您不善良。”而我不明白两者的关系。我若对某人说：“我是背德主义者。”那是表达：“我需要给自己划定一条处世之道。”对另一个说：对所谓“追问智者”，我的理解是：“我不能忍受自己疑惑不决。”因为对弄虚作假，我很不自在。大勇者，是自我认同的，哪怕充满自我矛盾。

下列散文是应时之作，窃以为人们将从中感受到来者不拒的意志。说真的，地中海国家是我唯一能够生活的地方，但也确实是，生存的悲剧性困扰着世人，并在世人心灵最深处萦系不绝。在阴界阳界与我之间，我拒绝选择。您若看见一个人绝望的嘴唇上浮现一抹微笑，怎么把人与绝望的嘴唇分得开呢？此处，嘲讽在矛盾的面具下富有一种形而上价值，但这是一种具有行为的形而上。有鉴于此，这篇最后的散文标题为《勇气》。

A.C.（阿尔贝·加缪）

穷人区医院

从蓝蓝的天上降下成百上千万粒白色微笑撒落在一汪汪路上的水坑里，撒落在小径湿润的凝灰岩缝隙中，到处欢蹦乱跳，居然还飞上鲜血艳红的瓦楞上，长出翅膀似的回升到空气和阳光的湖泊中，方才它们就是从这一片片湖泊漫溢出来的呀。真是热闹非凡，来往于天与地之间不断折腾，在一幢幢红色屋顶的医院平房中间，一直延伸到白色栅栏，到处水雾弥漫。

好像一群刚放学的孩子，一拨病人波浪似的从肺结核病房涌出来，他们拖曳长椅子，碍手碍脚，走路不方便。他们，模样难看，骨瘦如柴；由于一笑就咳，一咳就笑，闹得喘不过气来，于是咳笑声大作，打破了清晨十分敏感的气氛。他们把椅子安置在一条尚潮湿的小路上，坐成一圈。再一次发出咯咯笑声、简短话语和阵阵咳嗽，一阵过后，便是一阵沉默。但见阳光普照。医院昨夜大雨滂沱，今日，五月的清晨，阳光明媚。昨晚乌云密布，雷声隆隆，经久不息，人们猜想到今天出太阳。果不其然，太阳喷薄而出，把暴雨过后的乌云驱散干净。现在，太阳是天空的主宰。

一分钟后，病人们耽于失态，萎靡倦怠，但很快又高谈阔论，哈哈大笑起来。他们一起嘲讽其中一人，因为他说话不完全可信：他曾经是个理发师，双肺已布满洞孔，满脑谎话连篇；说什么他在巴黎时给欧洲最著名的头头脑脑理过发，比如说居斯塔夫·冯·德·瑞典出场时并不高傲嘛。理发师非常肯定法兰西将见证在这样的人管理之下，他的生意定会兴隆。可是此人得病之初，主动搁置工作，身体虚弱，失去收入来源，让妻子和孩子们陷入贫困，终于绝望了。他虽然还没想到死，但一天他扑向路过的汽车轮子底下。“事情就这样发生了。”没想到，开汽车的老兄及时急刹车，身强力壮的开车人怒火中烧，向硬要给他找麻烦的人狠狠踢了一脚，硬是把他赶跑了，理发师再也不敢找死了。

大家哈哈大笑。之后，有人想起个事儿，问道：“哎，让·佩雷斯，他现在怎么样啦？就是煤气公司那个家伙？”他死了：只坏了一叶肺呀，但他一定要回家，有妻子做伴嘛。他那个老婆，壮得像匹马。而他病成那个样子，偏偏老要扒在老婆身上。婆娘不乐意，他都大发雷霆。一天要干上两次，三次，天天如此，最后把个病人活活弄死了。”于是，大家一致认为谨慎小心是可以摆脱病魔的。其中一个小商人强调说：“肺病，是唯一可以自身痊愈的疾病。不过嘛，需要时间。”

天上，一架小飞机在航行，温和的隆隆声一直传入这帮人耳中。喜洋洋的空气烘托着天公的丰腴，仿佛世人唯一的任务就是微笑。风和日丽。这些无血的躯体只剩下一些骨架子了，太阳温暖的手插进肉体抚摸体内器官。一个灵魂从他们的躯体中飘浮出来，也许是他们自己的灵魂吧，一旦出壳，就像一个漂亮的小姑娘，于太阳初露的晨光熹微中离家出走。

其中一个病人说："病来得快，但要把病祛除且费时间哩。"

沉默。大伙儿举眼遥望天空。有人提高嗓门说："是的，这是富贵病。"有人打着哈欠说："嗨！早一点晚一点的事儿呗！"

飞机打从这伙仰头遥望的人上空返回。仰望太久，怪累人的。于是开始议论，情绪激昂。他们竭尽全力寄希望于五彩缤纷的未来。其中一人，晚上体温三十八度而不是三十八度半，另一位认识某个患三期肺结核的病人去世时已七十岁。这帮人就这副样子活着，战战兢兢，唯恐自己死亡，相反却巴望大伙儿全死，不过死于更远的未来。

一阵微风升起，花园里橄榄树微微荡漾，显露出银灰色的树杆。衣衫褴褛的树杆把高大的桉树托向天空，撑开树枝伸向四面八方。一阵长久的铃声传来。十点三十分，午饭。很快，花园里鸦雀无声，人迹罕至，只留下五月上午的记忆：曾聚集过一些人，他们大多数已死亡，只有几个痊愈。

穷人区的心声

献给吾妻

1934年12月25日

首先，这是不会思考的女人之心声。

这不是应该说出来的回忆，而是回顾。有鉴于此，我们不是追忆过去的幸福和无谓的慰藉。但从遗忘尽头的那些时刻，把我们拉回自身，尤其是保存完好的回忆，回顾我们自身体验的纯粹动情、回顾使我们参与其中永垂不朽的时刻。这是我们心中唯一的真实。我们总是对我们爱惜的时刻和日子明白得太晚。打个手势，我们便心领神会；风景中偶遇一棵树，我们就会心旷神怡。要重新创作这种心动，我们只需一个细节便足矣。比如封闭过久的房间气味儿，又如大路上特别的脚步声。我们喜爱自我授受。总之，我们就是我们自己嘛，既然只有爱使我们返璞归真。想必这正是为什么我们似乎觉得这些度过的时刻是如此动人心弦。于是我意识到的是一种永恒，哪怕这种永恒是虚幻的，我依然万分激动地欢迎。

某个夜晚，时辰凄凉，太灰太黯的天空懵懵懂懂，这样的时辰自然返回，慢慢腾腾，强劲有力，却感人肺腑，也许因为远道而归，变得更为沁人心脾吧。我们一举一动都是重逢，但不必以为这种确认只会产生悲伤。好在这些悲伤再好不过，这不，刚刚确认便令人感到消释殆尽。“随着希望的消逝，安宁的必需变得更为强烈，最终导致对生命本身的渴求。”（康拉德[①]语）我们之所以要谈论这样的时刻，或许因为带着若有所思而模模糊糊的声音，自言自语甚于互相交谈。也许，总之，就是人们称之为幸福吧。沿着这些记忆，我们把一切披上同一件不引人注目的衣服，觉得死亡本身就像一幅布画，底色老化了，不怎么吓人了，几乎养眼了。临了，我们在路上突然遇到一时的需求，是会得到体谅的，对我们自己也会产生体贴之情；我感受到自己的不幸，却备感温馨。是的，这也许就是幸福，对我们不幸的同情吧。这种好意的温情，一旦回顾过去是为了充实现实，使人不顾及其可笑之处。

这天夜晚就是如此。他，回想的不是过去的幸福，而是他备受痛苦的奇怪感觉：他曾经有过一个母亲。在某些情况下，向她提这样的问题：“你在想什么？”——“什么也不想。”她回答。确确实实，一切皆于无言之中。她的生活，她的兴趣，她的孩子们，尽在其中，仅此而已，太自然的“此在”，想它干什么呀。她残废，思维不畅。她有过一个母亲，既粗暴又专横，不惜一切守着一种易怒的兽性自尊，长久主宰着女儿的弱智。婚姻把她解放了，丈夫一死，又乖乖回娘家。

① 康拉德（1857—1924），波兰裔英国小说家。

他丈夫在战场上死得很体面，人家是这么说的。人们可以看到弹片。寡妇一直收藏着，但早就不再忧伤了。她忘了丈夫，但还讲起孩子们的父亲。为了养活孩子们，她打工，把自己挣的钱交给自己母亲。后者用马鞭教育孩子们。她打得太重时，女儿对她说："别打头。"因为是她的孩子们呗，她很爱他们。她爱他们，但从来不向他们表露：爱而不显露，两者是一种等量的爱。

有时他想起那些傍晚，母亲回家时精疲力竭（她给人做家务），发现家里空空，没有人，老妈上街买东西，孩子们还未放学回家。于是，她瘫坐在椅子上，两眼茫然，对着地板缝隙自失于迷乱中。在她周围，夜色越来越浓，这种悲怆的沉默是一种不可补救的沮丧，因为无人知晓个中之情啊。

然而，她的孩子们中有一个对这些状态很纠结，没准儿母亲在他身上重拾了自己唯一的幸福：如果他此刻进屋，识辨出骨瘦如柴的身影后便停下脚步，不禁毛骨悚然。他朦胧瞥见自己的身世，面对这种动物般的寂静欲哭无泪。他怜悯自己的母亲，这是爱她吗？母亲从来没有抚摸过他，因为她不会。于是他久久凝视着母亲，备感自己是陌路人，从而意识到痛苦之所在。她听不见儿子的动静，因为耳聋啊。一会儿，老人家回家就会生气勃勃啦：煤油灯点燃圆圆的光芒，映照着漆布，叫喊声和粗言粗语此起彼伏。但此刻的沉默标记着停止的时刻，永恒的分秒。这种隐隐约约的感觉，孩子以为在心头冲动之下感受到了他对母亲的爱。应该如此啊，毕竟是他母亲哪。

然而，母亲是怎么想的？她到底想什么？什么也不想。户外，灯光，喧闹；室内黑夜中的沉默，孩子将长大，将学习。家人养活他，要求他感恩，这样好像他就可以免受痛苦了。他的母亲却始终保持沉默。然而，孩子将永远盘问，母亲也罢，他自己也罢，将永远被盘问。外祖母将去世，然后是他母亲，然后是他。

母亲惊跳起来，因为她害怕了。她责备儿子，傻乎乎瞧着她，还不赶快去做作业。孩子做完作业。他爱过，受过苦，“出世”了。他如今在另一间屋子里，也是黑乎乎的，很丑陋。现在他已长大成人了。这很重要吗？不见得重要吧，因为做作业和吃苦头，到头来也会老朽的。

……

致让·德·梅松寿的信（1937年7月8日）

亲爱的让：

尽管您即将返回，我仍给您发此短笺。因为，7月15日我将乘火车去卡比利亚[①]露营，要20日才回来。

感谢您对我的书所讲的一切，尤其感谢您的批评。我同意您的意见，让，确实是应该“躲在幕后”。不过，我缺少技巧，对于感同身受的共鸣太过敏感，仿佛觉得猜到了世界真正的涵义，其实是我的青春活力和对生活的热爱阻碍我将其客观回馈。我觉得只要意识到这一弱点，便能让自己放开手脚，怀着全部激情言无不尽。为此我已经努力好久了，但总带着“暴露无遗”的怪癖，把我自己搞得很干瘪，弄得我自己也不清楚是否让人明白我说的意思。不过，假以时日，我会出一本书，那将是一部艺术作品。我的意思当然是指一部创作，但说的内容却是相同的，窃以为，要取得的进步皆为形式上的，我很想更为外在一些。至于其余，就得由我自出机杼、自强不息喽。

恕我直言，让，我读了报刊的批评，没什么好抱怨的，对我这些篇章的反应是出乎意料之外的。不过，我注意到这帮人异口同声的说法：“尖酸刻薄”，“灰心丧气”，我很不以为然，但有时想想，是我让人误解了。如果我没有说出对生活的全部情趣，没有说出对生活如饥似渴的全部欲望；如果我没有说出死亡本身和痛苦只会激发我对生活的抱负，就算我什么也没讲。其实这些批评对我反倒是一次机会，因为我可以把什么都讲出来。

迄今我尚未跟任何人对这本书讲过和写过什么，很自然您是第一位。请您明说我是否能把这一切讲清楚说明白。反正眼下对我而言，艺术作品尚无从谈起：即使某些篇章写得很好，那是用我的心血写成的，与我的智慧无关。

我还有许多东西要说，让。我始终对我的疾病非常不在乎。我原先不明白您经常对我说的话："有时候在街上突然产生一种还没来得及反应过来就被压死的恐惧。"现在我明白了，因为我有东西要表现一下了。我努力写作，为此而活着，这是最为重要的。难能可贵吧，让，生活是多么引人入胜又多么令人痛苦哇，不是吗？

很高兴近日又将重逢，届时跟我讲讲您做了些什么。您知道我是您非常忠实的朋友。

A. 加缪

写于阿尔及尔东方人大街29号

---

① 卡比利亚：阿尔及利亚山区地名，山脉沿地中海，盛产水果，是加缪最喜欢去的地方之一，他的许多灵感皆始于斯。

良 缘

美文集

《良缘》名句摘录

人世终将战胜历史，永恒与我无关。

我不乐意相信死亡通向一种来生。对我而言，死亡是一扇关闭的门。

不蕴含辛酸的真理是不存在的。

我置身于最穷苦的人们中间之时，即是
我最珍爱此处风貌之际。

一切“否”皆包含“是”的绽露。

一个不信上帝的智者到头来在否定他的东西中寻找一个上帝。

未对生活失望过，就不会对生活热望。

译者题记

我们认为，您的生活环境，甚至最令人痛苦的环境，选择了您挺身而出证明个人的得救是人人皆可企及的。

——萨特[①]

① 让-保罗·萨特阅读《良缘》，深受感动，即兴而发，向加缪深表赞赏。

原编订者说明

《良缘》美文集收入加缪早期美文四篇，写于1936年和1937年，后于1938年在阿尔及尔少量刊印，次年（1939）重印出版。这个新版本未作变动，照本重印。作者本人一直认为这些文章从严格意义和限定狭义上讲,均属散论（ESSAI[①]）。

① 参见本书《编译者说明》。

剑子手勒杀卡拉法红衣主教所用的丝带断了，不得不勒杀两次。红衣主教盯住杀手，不屑说一句话。

—— 作者引自斯汤达《帕里亚诺公爵夫人》[①]

① 斯汤达（1783—1842）这部中篇小说身后才得以出版，收入中短篇小说集《意大利遗事》，于1855年才出版。

目 录

译　序

——幸福，就是实在的人与其经历的
社会存在之间随和融合。（加缪语）

《良缘》美文集包括四篇文章 :《在提帕萨喜结良缘》,《贾米拉之风》,《阿尔及尔之夏》和《荒寂》，1939年5月23日于阿尔及尔出版。1941年、1945年和1946年三次重版，最后于1950年收入巴黎加利马出版社《散论》丛书。四篇散文全是回忆亲身游览经历，以诗情画意般的语言表达对人生的感悟。前三篇的灵感来自阿尔及尔，最后一篇出自意大利，特别是中部的托斯卡纳。地中海之濒是年轻加缪心目中的天堂，唯一的人间天堂。对他而言，不存在超越人间的超验性天堂。他庆幸自己能与大自然的美以及女人的美喜结良缘，庆幸自己属于幸福的世俗选民而不是上帝的选民。他衷心希望与他分享世俗幸福的选民大大多于《福音书》中的上帝选民。同时他也庆幸自己目睹“废墟与春天”喜结良缘，庆幸自己喜闻太阳与花草喜结良缘后散发的芬芳。总之，人体与大自然接触，与大海、太阳、石头、花草、树木拥抱，仿佛“拥抱美女的玉体，也就是在自己身上留住由天入海的那种奇特快感”。总之，大自然带给我们的喜悦说不尽道不完。我们不妨按顺序逐一点评这四篇美文：

《在提帕萨喜结良缘》。提帕萨位于阿尔及尔以西六十八公里，是个小海港，古代腓尼基人商埠，公元二世纪成为罗马帝国殖民地，后来变成基督教虔诚的据点。公元四世纪初出了圣女萨尔莎，在她被处死的地方建有一座长方形大教堂。著名的舍努阿山脉离提帕萨直线距离九百米。这篇散文可以说是一篇散文诗：浮想联翩，如梦似幻，废石怀春，人与自然肉体亲密接触，如胶似漆。在这场废墟与春天喜结良缘中，废石重新变成宝石，失去了世人强加的磨平抛光，又回归了大自然。世人冲着性爱和性欲迎上前去，不是寻求教益，也非探求对古迹重要性所需的苦涩哲理。加缪写道：“我必须脱得一丝不挂，然后跳入大海，即便如此，身上仍充满大地精华的香气，在大海里洗涤大地的泥土味儿，大地和大海自古以来早就追求嘴唇贴着嘴唇紧紧相吻，终于通过我的皮肤实现了。”“海水顺着我身躯流过，我用双腿牢牢占有波浪，令其汩汩作响，前方根本没有天际。”就像“人世间只有一种爱情：紧紧拥抱美女的玉体，也就是在自己身上留住由天入海的那种奇特快感。一会儿，我将投身于苦艾丛中，去把苦艾的清香汲入体内，并将不顾一切偏见，去体验和实践一种真谛，即太阳的真谛，也是我死亡的真谛。从某种意义上说，我在这里玩的是我的生命，一种带有炽热石头气息的生命，一种伴有大海柔声叹息的生命，一种伴有知了放声鸣叫的生命。”“我死死咬住人世金黄熟透的禁果，诚惶诚恐，感受到甜蜜而浓烈的液汁沿着唇边流下来”。“在这个与天地喜结良缘的日子，我们舒坦慵懒地享受着清福。”说得直白一点，作者体验了一把与大自然做爱的情景。还是用他的话来总结：“有一段时间去生活，就有一段时间去见证生活，也有一段时间去创作，但后者比较不自然。我只需倾全身之力去生活和尽全心之意去见证。体验提帕萨，见证提帕萨，艺术作品便水到渠成。此乃自由也。”

《贾米拉之风》。贾米拉位于阿尔及尔东南三十八公里，处于通往君士坦丁沿线上，靠近“死城”罗马战场废墟。这座古代“异教城市”突出的标记——罗马广场及其柱廊依然历历在目，一座凯旋门完好无损，一座献给塞蒂马尼亚人的大寺庙屹立其间，基督徒街区有一座五世纪长方形大教堂，尤其是一座洗礼小教堂，四壁还镶嵌瓷砖呢。怪异、粗放、多变的景象给作者的印象是满目历史苍凉感，出路在何方，颇令年轻气盛的左翼作家（时为1937年）摸不着头脑，他当时乘坐一架小型透风飞机，身临其境，感受着山风带着海水蒸发的盐分擦洗着这座城市，也切身体验着这种擦洗，刚患过肺结核的作者瘦骨嶙峋，俯瞰着这座瘦骨嶙峋的城市，这暗喻着死亡：废墟景观令人感慨万端，五味杂陈。激进左翼青年加缪回顾历史和观察现实的思考是沉重的，笔下哲理语言甚于诗兴表达，依然“一切景语皆情语”，但与拟人化十足的《在提帕萨喜结良缘》那次一日游的喜悦感受完全不同了：“我心中充满一种奇特的喜悦，那是问心无愧的喜悦，恰似演员们扮好了自己的角色那种感受，即用最确切的话来说，演员们意识到举手投足与他们所扮演的理想角色相吻合，就是说，几乎进入预先设计好的蓝图，一举使人物活灵活现，与他们自己心连心。这恰恰是我当下的感受。”然而，贾米拉自十八世纪以降所残留下来的废墟随着时间的摧毁总叫人产生一种挥之不去的虚无感。作者感到与提帕萨相比宛如两重天：在提帕萨，“苦艾的灰绒毛一望无际地铺盖废墟。苦艾的液汁在高温下发酵，熏遍大千世界的酒精味儿从大地向太阳蒸发，把天国都醉倒了。”至少，在提帕萨“废墟王国”必要时可以赋予古希腊文明的灵感，而贾米拉“不通人性”的废墟根本提供不了任何启示。作者从两处地中海文明不同的感受中悟出唯一的主题思想，进而贯串其一生的创作：“人世终将战胜历史，永恒与我无关。”我们可以理解为，外来文明不管多么强大，扩张入侵外国土地，到头来都会成为废墟，征服者终将穷途末路。作为殖民后裔的作家也顺便嘲讽一番法国殖民主义，权充自嘲吧。

《阿尔及尔之夏》。如果说第一、二篇记述提帕萨和贾米拉一日游，这一篇则是整个夏天在艳阳照耀下的日复一日，甚至“跨入”九月初雨的日子，暗喻阿尔及尔人高强度打发他们的青春岁月：节制与过度两难困境出现在夏日的天空和阿尔及尔居民们的脸上。比如，一名大汗淋漓的漂亮舞女所激起的性欲一直在空中旋转。然而，白日或季节的没落与生命的衰落之间并行不悖不会持久。这不，黄昏已成“幸福的空头支票”。秋雨洗涤土地发出了气味儿，阿尔及利亚老年人没有权利获得悲情的慰藉。阿尔及尔市民们的处世之道限于家庭意识和荣誉，正如地中海其他国家那样，坚守不弃。加缪却不以为然。他认为，阿尔及利亚的欧洲人祖先建立了一种文明，尽管这种文明产生过不义之举，当地人不可以无视而忘恩。这种文明有朝一日会演变成一种文化吗？这篇文章以调侃的笔触提出了阿尔及利亚作为国家层面上的问题。他的批评是相当严厉的：“这个民族对精神漠不关心，却对肉体赞赏崇拜，从肉体吸取力量，引发天真的玩世不恭和幼稚的虚荣心。”“这个全身心投入眼前现实的民族得过且过，既无神话又无慰藉。倾其所有于尘世，却束手无策抵抗死亡。”“这个民族得天独厚地获得与生俱来的丽质，而他们对这种没有前途的宝贵资源却又有特殊的贪婪。他们的所作所为表明对稳定深恶痛绝，又对未来满不在乎。他们匆匆忙忙生活”，今朝有酒今朝醉，明日愁来明日愁，其实根本不犯愁。作者认为，这个民族的死亡观令人厌恶：一味追求感官享受，比如男男女女脱得一丝不挂晒太阳，权充一顿粗茶淡饭。他们的娱乐一概愚不可及。总之，他们不知道什么是希望，一天天过下去就是了。自希腊人把聚集人类祸害的潘朵拉盒子打开，释放自有希望以来最后的希望，也是最可怕的希望：那就是与常人所见相反，希望等于必须忍耐。在阿尔及利亚，生活则是不必忍耐的，要等到祖国将亡之时才被认知，甚至有些人还觉得故国不认他们呢。然而，作者笔锋一转：咱们是凡人，何必杞人忧天，及时行乐吧。生活，就是不要忍耐！既然置身于这块正散发湿漉漉苦杏仁味儿的土地，它认可人与地可以喜结良缘，那就让咱们整个身心勃起，尽情迎接性爱吧：不持久却很慷慨。

《荒寂》。这篇记叙文的灵感直接来自1937年9月游览意大利托斯卡纳，背景与前三篇完全不同，但形而上体验却很相近，沉思默想的领域也相同，所以收入同一个美文集。《荒寂》这个标题很明显重拾尼采《道德谱系学》的某种形而上"荒寂"的形象，比如一个人置身闹市人群中间，不戴面具口罩，旁若无人，众人皆醉吾独醒。托斯卡纳是一座艺术之城，是宣扬灵魂不朽的城市，"从契马布埃到弗朗切斯卡，意大利画派让黑色火焰从托斯卡纳风景中升起，就像被弃于一片尘世的人那样心明眼亮地奋起反抗，因为尘世的壮观和光辉不断向他标榜一个上帝，而这个上帝却并不存在"。托斯卡纳人关注的是他们受煎熬的肉体本身，而不是肉体的命运和灵魂的得救。不存在什么先知先觉的绘画，在博物馆里找不到希望的根据。但，智者一旦被抛入美便自食虚无的后果。面对令人叹为观止的景象，联想翩翩，每个联想都使世人经历一次不知所措：同时使人的心灵变得冷酷无情，连风景之美也使人难以承受了。在这些石、天、水的福音书中，没有起死回生一说，从此扎根于人们心灵深处的便是难能可贵的荒寂。一个不信上帝的智者到头来在否定他的东西中寻找一个上帝，为了得到幸福。何谓幸福？莫非就是一个实在的人与其经历的社会存在随和融合。意大利美景呈现一种包含世人死亡的凄美。这里，真理应该是腐朽了，古迹呈现一片奇特的荒寂，只有能够生活其间的人们才有所感悟，因为他们从来不会聊以解渴。唯其如此，这种荒寂方始充满幸福的活水。加缪写道："在佛罗伦萨掺和着泪水和阳光的天空下，我学习顺应尘世，学习在尘世节庆忧郁的火焰中燃烧。"如何认可情爱与反抗之间的和谐？加缪最后叹道："啊，尘世！在这座被诸神搅得荒寂一片的大庙宇中，我所有的偶像都是泥塑巨人。"

最后，让我们借用萨特乘《良缘》美文集在巴黎再版之际发表读后感中的一句精辟评语来结束这篇译序：

加缪"把高尚的情操与对美的炽热情趣融合一体，并把生活的快乐与死亡的涵义无缝对接"。

沈志明

2018年春末初夏于上海

在提帕萨[1]喜结良缘

译者题记：提帕萨就像一个个人物，均为雄健的见证人：见证红白喜事。

春天，提帕萨是神仙的居住地，明媚的阳光下，神仙们恳谈闲聊，苦艾[2]清香，海面银色鳞甲起伏，天空湛蓝透青，古迹废墟铺满鲜花，乱石堆上的光辉沸腾似的灿烂。某些时辰，在阳光的反衬下，原野变得黑幽幽的。眼睛只见得睫毛边颤抖光与色的小珠珠，其余一概进不了眼帘。香料植物芬芳馥郁，刺激喉咙，酷热中熏得叫人喘不过气。景色深处依稀可辨舍努阿山，这个植根于村庄四周的庞然大物，颤巍巍地以稳当而沉重的步伐迈向大海，安如泰山般地蹲伏在海里。

我们通过面临海湾的村庄来到这里，进入黄蓝相间的世界，迎面扑来阿尔及利亚夏季土地芬芳而辛辣的气息。到处都有蔷薇叶子花探出别墅的墙头，花园里木槿类植物还泛着淡红，而玫瑰则是繁茂锦簇，映着奶油般浓郁的茶花红，且有蓝蝴蝶花伸展绣边烘托着骨朵儿。遍地的石头一概热烘烘的。我们从金盏花色的公共汽车下来时，鲜肉商贩正驾着他们的红色小货车巡回赶早市，一边吹着小喇叭招徕顾客。

港口左边，一条干燥的石梯攀往古迹废墟，穿过乳香黄莲木和柒料木丛生的山坡。小路打从一座小灯塔正前方经过，之后顺势往下，直通开阔的原野。灯塔脚下已有又粗又壮的植物，开着紫花、黄花和红花，一路往下延伸，直到离海最近的岩石，但见岩石受到海浪咂咂有声的接吻。我们在微风中伫立，只有一边面颊受着太阳照射，凝望阳光从天而降，海面没有一丝皱纹，岩石边的浪花露出白洁晶莹的微笑。走进废墟古迹王国之前，我们最后一次充当观赏者。

没走几步，苦艾气味儿直呛嗓子。苦艾的灰绒毛一望无际地铺盖废墟。苦艾的液汁在高温下发酵，熏遍大千世界的酒精味儿从大地向太阳蒸发，把天国都醉倒了。我们冲着性爱和性欲迎上前去，不是寻求教益，也非探求对古迹重要性所需的苦涩哲理。除了太阳、接吻和野花香味儿，一切于我们都微不足道。至于我，不是来此寻求孤独的，经常与我喜爱的人前来，从他们的五官容颜看到爱情的面貌所具备的那种明亮的笑容。这里，我把秩序和分寸让给别人，才不去管它呢。大自然和大海的放荡占据了我全部身心。在这场废墟

---

① 提帕萨：阿尔及利亚海边城市，古老文明的发祥地之一，有许多文化遗迹，尤以基督教女教徒之墓最为著名。

② 可用于酿制烧酒，法国南部及地中海沿岸国家普遍喜爱的一种烈酒——苦艾酒。

与春天的喜结良缘中，废石重新变成宝石，失去了世人强加的磨平抛光，又回归了大自然。对于慷慨的宝石姑娘们，大自然慷慨地献上鲜花。天芥菜从古罗马广场的石板缝里，探出圆圆的、白白的小脑袋，红艳艳的天竺葵把一腔热血洒遍屋宇、寺院和公共场所。恰如许多科学知识把世人重新引回上帝，许多岁月也把废墟送回母亲的怀抱。如今废墟的历史陈迹终于脱离了废墟，不顾一切，紧随万有引力，复归万物而消逝。

我尽兴消磨时光，沉湎于捏碎苦艾，抚摸废石，竭力使自己的一呼一吸与世事纷扰应声协调。我沉浸在荒野的气息和昆虫懒洋洋的齐鸣中，向炽热的天宇那咄咄逼人的壮观张大眼睛，敞开胸怀。成为自己的原状和找回自己深藏的度量，是何等不易呀！然而，凝望舍努阿山坚固的脊梁，我的心平静了下来，感到一种出奇的踏实。我学习呼吸换气，融合一体，自我完善。

我攀登一座座山丘，每座山丘都不让我虚行，比如那边的一座寺院，其圆柱映照标示着日出日落，从寺院可俯视全部村落，包括村舍白色和粉色相间的墙壁，以及翠绿的阳台。又如东山的那座大教堂，围墙依然完好无损，四周排列着一大圈出土石棺，大部分是刚出土的，这不，石棺还都粘着厚土呢。石棺曾装过尸体，现如今却长着一串红和桂竹香。圣萨尔萨大教堂属基督教会，但每次从开口望出去，但见天地和谐一片尽收眼底：松柏遍布的山丘，抑或二十来米开外白浪滚滚的大海。大教堂所在山岗顶端平坦开阔，海风吹过柱廊更加浩浩荡荡，而在早晨的阳光下，一种莫大的幸福感在此空间飘荡。

需要神话的人们可怜哟。这里，神灵充当日月流逝的河床和标记。由我实录，由我断定："这是红的，是蓝的，是绿的；那是海，是山，是花。"我喜欢把乳香黄莲木的花球贴紧鼻孔，我油然想起古老的颂歌："饱览大地万物，生者大幸矣哉。"①难道会想到得墨忒耳②女神吗？饱览，而且是饱览人间大地，得益多，怎能遗忘？至于厄琉息斯③神秘之处，只要静观即可。甚至就在这里，我明白接近人世永无止境。我必须脱得一丝不挂，然后跳入大海，即便如此，身上仍充满大地精华的香气，在大海里洗涤大地的泥土味儿，大地和大海自古以来早就追求嘴唇贴着嘴唇紧紧相吻，终于通过我的皮肤实现了。进入水中，先是顿感激灵，浑身发冷，黏糊糊从脚冷到头，然后钻入波涛，耳朵便嗡嗡作响，鼻涕流个不停，嘴巴苦涩不堪；游起来之后，双臂粘满水珠从海里伸出，在阳光下呈金黄色，又在全身肌肉扭曲中重新插入水中；海

---

① 加缪在《基督教形而上和新柏拉图主义》(1936) 中也引用过这句诗，出自《颂歌献给得墨忒耳》(见诗集《异教奥义和基督教奥义》(1919)。

② 得墨忒耳：希腊神话中农业女神，即农业的保护神。

③ 雅典一处海湾古老港口。现有居民3万。多处神庙遗址，其中农业女神得墨忒耳神庙遗址最为著名。该城因"厄琉息斯密仪"闻名，这个秘密教派崇拜得墨忒耳及其女儿珀耳塞福涅。

水顺着我身躯流过，我用双腿牢牢占有波浪，令其汩汩作响，前方根本没有天际。然而，上岸后就一头扎倒在沙滩上，被弃于人世，返回到骨肉之重中，在太阳照射下昏头昏脑，时不时瞧一眼自己的双臂，水滴滑落，晒干的皮肤显露出金黄的汗毛和白色的盐尘。

我终于懂得什么叫引以为荣：拥有无限爱的权利。人世间只有一种爱情：紧紧拥抱美女的玉体，也就是在自己身上留住由天入海的那种奇特快感。一会儿，我将投身于苦艾丛中，去把苦艾的清香汲入体内，并将不顾一切偏见，去体验和实践一种真谛，即太阳的真谛，也是我死亡的真谛。从某种意义上说，我在这里玩的是我的生命，一种带有炽热石头气息的生命，一种伴有大海柔声叹息的生命，一种伴有知了放声鸣叫的生命。微风清凉，天空湛蓝。我爱怡然自得的生活，并乐意自由地谈论生活，这让我自对人的状况感到自豪。然而，经常有人对我说：没有什么值得自豪的。错，有的是值得自豪的呀：这太阳，这大海，我跳动着青春活力的心房，我带有咸味的躯体，还有这广阔的自然背景：在黄蓝相间的景色中交汇着温馨和荣耀。我必须运用自己的力量和本领予以征服。这里一切让我得以完整无损，我不放弃任何属于自己的东西，不戴任何假面具：只需耐心通晓深奥的生活学问，这胜于所有的处世之道。

快到中午时分，我们沿着遗址返回，去港口边上的一家小咖啡馆。阳光和色彩把脑袋瓜弄得嗡嗡作响，如同钹钹相击，震耳欲聋；厅堂的阴凉，大杯冰镇的绿色薄荷茶，叫人备感宾至如归！户外却是大海和炽热的公路，尘土滚滚。我坐在桌旁，试图以眨巴睫毛来看清白灼的天空放射出的多彩的炫目。脸上汗涔涔的，身上穿着薄衣衫却备感凉丝丝的，在这个与天地喜结良缘的日子，我们舒坦慵懒地享受着清福。

这家咖啡馆的饭菜很差，但有许多水果，尤其桃子，咬上一口，蜜汁流一下巴。口衔桃子，牙齿劲咬，只听得血咚咚直涌耳际，一边睁大眼睛张望。海上正值中午，万般俱寂。凡是美的生物，都自然而然为自己的美而自豪，今日世界任其自豪地四处渗透。面对这样的世界，我为何要否认人生的快乐，假如我善于不把一切都封闭其间？追求幸福何须羞耻！然而，今日蠢人当政，我称蠢人系指害怕享乐的人。现如今人们言必称自尊自豪，且不说这是魔王撒旦的罪孽。“要提防着点儿，”有人大声疾呼，“你们会迷失方向的，会大伤元气的。”此后，我确实听说过有种自尊自豪……但在另一些时候，我情不自禁要诉求人活得有自豪感，其实天地万物竞相向我奉献呐。在提帕萨，“我眼见为实”，我无需矢口否认我的手触摸的东西以及我的唇吻吮的东西。我无需将所见所闻搞成一件艺术品，只需叙述就行，其差异是显而易见的。在我看来，提帕萨就像一个个人物，描绘这些人物是为了间接表示对世界的某种观点。正如这些人物，提帕萨也是见证人，而且是雄健的见证人。她今天是我笔下的人物，我觉得抚摸她和描绘她，我为之倾倒，醉意无穷。有一段时间去生活，就有一段时间去见证生活，也有一段时间去创作，但后者比较不自然。我只需倾全身之力去生活和尽全心之意去见证。体验提帕萨，见证提帕萨，艺术作品便水到渠成。此乃自由也。

我在提帕萨停留从不超过一天。总归会有看够风景的时刻，同样也要待许久才可看个够。群山、天空、大海，像人脸儿，要反复看而非一睹了之，方见其冷漠无情抑或神采奕奕。然而，凡是人脸，要长得楚楚动人，必须面目一新。我们常抱怨太快被人厌倦，殊不知，惟其被人遗忘，才会觉得世界新奇，故而反倒令人赞叹不已。

傍晚，我返回国道边公园中的花园，那里花团锦簇，井井有条。走出纷繁多端的香味和阳光，来到此时已凉爽的空间，头绪平静了，身体放松了，享受着性爱满足后的心神宁静。我在一条长凳上坐下，凝望田野随着落日西下变得柔和滚圆。我心满意足了。我的头上方，一棵石榴树垂下花蕾，含苞欲放，斑斑棱纹，仿佛捏紧小拳头，蕴含着春天的全部希望。迷迭香的芬芳从我身后飘来，我却闻到的只是烧酒的醇香。一座座山丘镶嵌在丛林之间，更远处，露出一条花边似的海面，而海上的天际宛如抛锚的帆船，正柔情脉脉地憩息。我心中充满一种奇特的喜悦，那是问心无愧的喜悦，恰似演员们扮好了自己的角色那种感受，即用最确切的话来说，演员们意识到举手投足与他们所扮演的理想角色相吻合，就是说，几乎进入预先设计好的蓝图，一举使人物活灵活现，与他们自己心连心。这恰恰是我当下的感受。我履行了自己做人的职业，并不觉得欢天喜地度过漫长的一整天是什么异乎寻常的成功，但满怀激情地达到一种境界，即在某些情势下，迫使我们完成活得幸福的义务。于是我们重归孤独，不过这回怡然自得了。

此刻，树上栖满小鸟，大地缓缓叹息，即将进入夜色。一会儿，随着北斗明星出现，夜幕便降落人间舞台。白昼辉煌耀眼的众神又要每天死一回了，但自有另一批神灵来到，他们更加忧郁苦闷，灰头土脸，简直就是出生于阴曹地府的。

至少眼下，海潮席卷浪花不断滚滚涌向沙滩，浪潮声穿过弥漫金色花粉的一大片空间传入我耳际：大海、原野、寂静、大地的芬芳，一切沁入吾心肺，使我充满香味十足的生命。我死死咬住人世金黄熟透的禁果，诚惶诚恐，感受到甜蜜而浓烈的液汁沿着唇边流下来。其实，我微不足道，人世也无关紧要了，而是有意识的、有自豪感的我要与整个民族共享这份爱，出生于太阳与大海的民族生气勃勃，耐人寻味，于淳朴中见壮美，伫立海滩，向玉宇灿烂的开颜献上会心的微笑。

贾米拉之风

译者题记：人世终将有战胜历史，永恒与我无关。

有些场合要等精神死亡才会产生真理，那正是对所谓精神的否定。我去贾米拉的时候，当下有海风和阳光，那是另一码事。首先应该说的是，那里笼罩着一大片寂静，既沉甸甸又密匝匝，均衡得像一杆天平。小鸟的啁啁啾啾，上界泻下的天籁，不管什么声响都在反衬这些地方的寂静和苍凉。渐行渐远，一声脆响，一个尖叫，表明栖息乱石的一只小鸟飞走了。每条顺循的小路，屋宇残址之间的幽径，光亮圆柱底下的石板街道，凯旋门与高地上的庙宇之间开阔的古罗马式广场，一概从四面八方通向界定贾米拉的细谷，宛如一副五颜六色的纸牌，向无边无垠的天空敞开胸怀。人们慕名而来，凝神屏息，面临乱石和宁静，感叹昼光越明亮，山峦越壮观，呈现紫色霞光。然而贾米拉高地山风飒飒。这种山风和阳光的大交融，使得古迹金光炫耀，霞晖满地，铸造了某种意境，使人觉得自己与死城的孤寂和宁静融为一体。

去一趟贾米拉需要许多时间。这座城市不是走马观花就了事的。它与任何地方都不搭界，也不通往任何地方，但走了还想来的地方。死城位于一条长道末端，蜿蜒曲折，曲径通幽，好像每个转折后显得通道更加幽远。终于在黯然失色的高地豁然出现死城似黄非黄的骨架，深嵌于重岩复岭之中，恰似一座枯骨之林，故而贾米拉象征爱和忍的训戒，唯有这种教益才把我们导向人世搏动的心脏。贾米拉给我们的教益正在于此，在稀疏的树木和枯萎的野草中间，以其崇山峻岭和嶙峋怪石来保护自己，不屑有人庸俗的赞赏，不屑有人来此猎奇，不屑有人来玩祈求未来的游戏。

在这壮观的荒芜中，我们游荡了整整一天。午后才有所感的微风，渐渐变得强劲，终于吹遍山山水水。风，自东方远处的山口发端，即从天际滚滚而来，一阵阵在乱石和阳光中奔腾咆哮，不停地从古迹废墟上呼啸而过，呼幺喝六地在石与土的竞技场旋转，荡涤一堆堆损毁破败的巨石，以其气流围着每根圆柱转圈，最终嗖嗖猎猎席卷朝天敞开胸怀的古罗马式广场。我觉得自己像根桅杆迎风嘎嘎作响：被吹得五脏六腑空空如也，双眼焦灼生疼，嘴唇干裂不堪，皮肤干燥得不像是我的了。先前，我通过皮肤来感受世态炎凉。我的皮肤上留着人间的柔情或愤怒的痕迹，夏日热气烤，冬天霜牙咬。我被大风吹打太久，摇晃了一个多小时，抵挡得头昏眼花，再也意识不到肌肤上所划分的布局了。我活像被潮水冲刷上光的卵石，被风吹得光溜溜的，真可谓心力交瘁。我成了使我飘摇的风力之一部分，哪怕是绵薄的，由小及大，最终把我血脉的搏击与大自然无所不在的心脏强劲跳动融合在一起。风按照我周围炽热赤裸的形象塑造着我，其稍纵即逝的拥抱使我变成乱石之一员，像圆柱那般独处，或像夏日晴空下橄榄树那般幽居。

阳光和疾风的强暴沐浴耗尽了我的元气。我身上差不多只剩下双臂举齐的力气，叫苦不迭的命脉和微弱反叛的精神。不多久，我就像那样吹落四面八方，忘却一切也忘却自己，而现在我与风一起融入一根根圆柱和拱门，融入热气腾腾的石板路以及荒城四周苍白的山峦。我从未有过如此深切的感受，既超脱了我自己，又确实“存在”于世。

是的，我存在于世。而此刻，让我吃惊的是，我裹足不前了，就像一个被判终身监禁的人，对他而言，一切还都存在呀，同时也像一个知道明日复明日，明日何其多的人。因为，对一个人来说，意识到自己的存在，就等于不再抱任何期待了。如果有什么反映心境的风景，那就是最平庸者。我在这地方一直关注某种不属于我的东西，即该地特有的东西，比如对死亡的意趣，人皆相通的嘛。当下投出斜影的圆柱之间弥漫着焦躁不安的氛围就像受伤的野鸟那般惶恐，然而活生生的人想替小鸟焦虑是徒劳无益的，因为焦虑产生于活人的心田。不过活人的心将恢复平静，我完全具有这一先见之明。随着白日将尽，随着万籁与光照渐渐消失在自天而降的尘埃里，我泄气了，觉得无力抵抗内心说“不”的潜在力。

很少人懂得有一种拒绝根本不同于弃绝。此话怎讲？未来、改善、境况，这些词有何意义？心情好转意味着什么？我之所以固执地拒绝“以后再说吧”，是因为关键在于不肯弃绝我现有的财富。我不乐意相信死亡通向一种来生。对我而言，死亡是一扇关闭的门。我不是说那是必须跨出的一步，而是说那是可怕而卑劣的冒险。别人给我建议形形色色的东西，无非竭力要世人卸掉自身生存的重负。而我，仰望贾米拉天空中一群大鸟沉重翱翔时，恰恰是我要诉求得到的那种生存重负。全身心浸沉在这种被动的激情中足矣，其余一切与我毫无干系。我身上青春活力太盛，不可能谈及死亡。但我觉得，倘若一定要谈论死亡，正是在这里找到了确切的说法，却“不抱希望的死亡”，这是我处于恐惧和寂静时确信无疑的。

人们凭着几个通俗的想法活着：两三个想法而已。社交聚会或常人相见时，随机应变把这些想法磨光刨平，改头换面。非得花上十年才有一个完全属于自己的思想，届时可以高谈阔论了。自然这有点令人失望。但世人要获得某种资格去亲近人间美好的面孔。在此之前，是面面相觑的，之后必须横跨一步去看其侧面。青年人正面看世界，没有时间琢磨死亡或虚无，尽管口口声声称死亡可怕或虚无可怕。青年嘛，大概就是这个样子，面对死亡难堪哪，热爱太阳的动物切身感到不寒而栗呀。至少在这点上，与常言所道相反，青年人并不抱幻想，没有时间也没有恻隐之心为自己构建幻想。不知道为什么，面对峡谷岩壑的山色，聆听凄凉而庄严的水声石鸣，我备感贾米拉在夕阳西下时那么不通人情；面对希望和色彩的消亡，我确信世人，名副其实的世人，到达生命终点的时候，应当与世界正面对话，应当放弃自己有过的那些想法，并且恢复无邪和真切，即古人面对其命运时目中闪烁的那种无邪和真切。他们正是在拥抱死亡时失而复得自己的青春活力。在这一点上，没有更可鄙视的就是疾病，因为疾病是对抗死亡的一副药。疾病是为死亡而准备的，是倡导死亡的，最初阶段便是自怜自爱。疾病支撑着世人竭尽全力否认彻底死亡的确实性。啊！贾米拉……于是，我深切感到文明真正的进步，唯一的进步，即世人时不时颇为热衷的进步，正是创造有觉悟的死亡。

我一直很惊异，我们动不动在其他问题上刨根问底，而关于死亡却思想贫乏。这是好事，抑或坏事。我为此担忧，抑或我自找麻烦（他们如是说）。但，这也证明凡是简单的事情，我们一律把握不住。比如，什么是蓝色？对蓝色有什么想法？对于死亡，谁都一样犯难。我们不善于探讨死亡和表象。然而，我面前的大活人却是至关重要的，重如地球，预示着我的未来。但我能真的这么想吗？我对自己说：我会死的，但毫无意义，既然难以置信，既然只能体验他的死亡。我见过一些人死去，见过更多的则是狗的死亡。触摸死去的狗，我不胜烦乱。于是我想到鲜花、微笑、性欲，悟出我对死亡的厌恶全部寓于对生的渴望。我忌妒仍将生存下去的人们，因为他们对鲜花和性欲的感觉是有血有肉的。我羡慕别人，因为我太爱生活了，自私就自私吧，顾不得了。永恒与我无关。咱们就这么待着，躺上一天，听着别人说："您挺壮实，但我必须对您以诚相待：奉告阁下，您将死亡。"就这么待着，双手紧紧握着自己的生命，胆颤心惊，目光呆滞。其余一切有何意义，热血波涛般涌向太阳穴，我仿佛觉得将把自己周围的一切捣个稀巴烂。

然而，人去世是身不由己的，与其背景相悖，即使对他说："你会痊愈的……"他照样死去。不要跟我来玩一套。这不，虽然大自然有些时日变脸说谎，但有些时日还是老实守信的，贾米拉这晚守着真实的本分，显得那么凄婉和持重，真是美不胜收。至于我，面对这样的世界，我既不愿说谎，也不愿别人对我说谎。我决意始终保持清醒的头脑，带着充沛的猜忌和恐惧正视我的末日。我之所以害怕死亡，是因为我要离别人世，是因为我真心关注生者的命运，而并非为了静观永恒的天空。创造自觉死亡，就是缩短我们与人世的距离，很不乐意地进入结局，明明知道再也永远看不到激奋人心的世间图景了。贾米拉山丘的凄切乐声将此教益的苦楚更深地扎进我的心灵。

傍晚，我们攀登通往山庄的斜坡，事后下坡时听得解释："山下的城市是不信教的，但田野凸出的那个城区，则是基督教徒居住地。后来……"是呀！确实无疑。居民和社团一茬接一茬，征服者以其下级军官的文明给这个地方留下践踏的痕迹。他们给伟大赋予可鄙可笑的意蕴，以帝国覆盖的疆域来衡量其伟大。奇迹在于，他们的文明遗址正好否定了他们的理想。因为，黄昏落霞，白鸽围绕凯旋门飞翔，这座枯骨城市，从高处俯瞰，并没有在天幕上刻下征服和壮志的标记。人世终将战胜历史。贾米拉把石头的呼号抛向山峦、天空和幽静，我却领悟其中的诗意：清晰、漠然、绝望或至美的标记。我们虽然已经离开，却依然为这里的雄伟耿耿于怀。贾米拉落在我们身后，天空流溢着一汪苦水，从高地彼岸传来一声鸟鸣，羊群滚滚涌上山坡，突然而迅疾。暮色舒缓，空谷有声，一处祭坛的门楣上，呈现一副多角神灵的容貌，栩栩如生，令人注目。

阿尔及尔之夏

献给雅克·厄尔贡[①]

译者题记：不蕴含辛酸的真理是不存在的：阿尔及尔之夏逆耳的教训。

对一座城市的爱恋，往往是暗恋。比如巴黎、布拉格，乃至佛罗伦萨这些城市，是自我封闭的，因而，也限制其固有的天地。然而阿尔及尔，及其某些得天独厚的地方，譬如海滨城镇，像一张张大嘴或一道道伤口，向天际敞开。在阿尔及尔，可能令人喜爱之地，正是众人赖以生存之处。比如每条街的拐弯处都看得见大海，又如阳光是沉甸甸的，再如种族俊美。一如既往，在不懂羞耻和随意奉献之中蕴含着一种颇为神秘的芬芳。在巴黎，人们会怀念空间和飞鸟。在这里，人至少怡然自得，欲望得以保障，故能掂量出自己的资源财富。

大概需要久居阿尔及尔方能理解过多的自然财富也会枯竭。有人想学点东西，受点教育或修身养性，这里可没门儿。

该地不遑顾及教训，既不承诺，也不预卜，而满足于奉献，而且是大量奉献；当奉献给视觉时，和盘托出，让人一眼就认出来，就有视觉享受。其愉悦不可扼制，其欢快无法复制。所需所求者，实乃敏锐的心灵，即不求慰藉的心灵，只求世人采取清醒的行动，如同采取一个坦诚的行动。多么奇特的地方哪：它与自身的养育者休戚与共。这类地方的敏锐者都具备性感资源，而资源与匮乏相辅相成是不足为奇的。不蕴含辛酸的真理是不存在的。我置身于最穷苦的人中间之时，是我最珍爱该地容貌之际，从来如此，有什么大惊小怪呢？

这里，人在整个青春时代都可得到与青春美相得益彰的生活。之后，便是每况愈下，被遗忘了。他们以肉体为本钱，但明明知道是输定的。阿尔及尔，对年轻又活跃的人来说，到处有庇护，一切都为得意忘形提供借端：海湾，太阳，面向大海红白相间的露台，鲜花和体育场，大腿秀色的姑娘们。然而，对失去青春的人来说，便无依无靠了，连消愁解闷的地方都找不到。别处诸如意大利的露台，欧洲的修道院或普罗旺斯错落有致的山岗，一概是遗世独立、怡然自得的去处。但这里，一味既要求离群索居，又索要青年热血。歌德弥留之际呼唤光明，这已成为历史典故。在贝尔库尔和巴布瓦德，老头儿们坐在咖啡馆尽里聆听平头青年们自吹自擂。

---

① 阿尔及尔大学文学教授，加缪的老师，《海岸》杂志主编，生卒不详。

星移物换，起落轮回，总是阿尔及尔的夏天让我们感受得到的。夏季月份，城市空寂无人，由穷人留守，陪伴天空。而我们与穷人一起下海港，去追逐人间珍宝：暖洋洋的海水和女人棕色的肉体。夜晚，他们饱享人间珍馐之后，回到漆布帐篷里静守煤油灯，这便是他们整个生活状况。

阿尔及尔人不说“沐浴”，而说“涮一涮”。不必讲究说法。反正在海湾里游一游，爬上浮标歇一歇。每当游到有漂亮姑娘占着的浮标旁，就冲着伙伴们喊：“听着，这儿有一只海鸥哇。”这属于健康的嬉闹，不得不相信年轻人乐此不疲，况且整个冬天接着这样生活，天天中午，脱得一丝不挂晒太阳，权充一顿粗茶淡饭。并非因为他们读过天体主义者枯燥的说教，无非是崇尚肉体的新教徒罢了：肉体系统分类学跟精神系统分类学同样令人啼笑皆非。但不管怎么说，他们“在阳光下很舒服”。对我们的时代来说，怎么评价这种习惯都不为过分。破二千年之天荒，赤裸裸的人体晒在海滩上。二十个世纪以来，世人千方百计把希腊人的放肆和稚拙弄得体面些，使得肉体少露些，搞得服装复杂些。当今之下，早已超越历史，年轻人在地中海海滩奔跑可与古希腊提洛岛[1]田径运动员的优美雄姿相媲美。

---

① 提洛岛：希腊基克拉泽斯群岛最小岛屿之一，有重要的古希腊遗址。

由此这般以接近肉体并通过肉体来生活，便会发觉肉体有其各自的色调，有其各自的生命，并且，不揣冒昧，有其自身的“心理学”。不怕别人奚笑，在下斗胆说一句：我不喜欢纪德颂扬肉体的方式。他要求肉体扼制自身的欲望，使其更加欲火中烧。他这种说法倒很接近公共妓院流行的说辞，操这种行话的多为头脑复杂的或心眼多多的家伙。况且基督教也要求中断性欲，比较入情入理，视为苦修。我的伙伴樊尚，箍桶匠兼少年蛙泳冠军，他看事情的观点更为明晰：渴了就喝，性欲上来了就找个女人睡觉，爱上一个女人就跟她结婚，可惜还没爱上任何女人。欲望满足之后，他总说：“舒服多了”，一语道破世人也可大肆赞扬餍足。

肉体的演变如同精神演变有其自身的历史、反复、进步和缺陷。两者之间唯有肉体在演变时才有肤色的细微差别。每当夏日去海港沐浴，谁都知道人人的皮肤同时有个演变过程：由白色变成金色，再变成褐色，最后变成烟草色，而烟草色是肌肤转化力所能及之极限。碉堡那些四四方方的房子雄踞海港之上。从水平线遥望，在阿拉伯城区白生生的背景映衬下，人群的躯体恰似翻滚的铜色波涛。随着进入八月下旬，太阳越发强烈，房屋的白色更加刺眼，皮肤晒成深褐色。有鉴于此，怎能不按阳光和季节的变更融入顽石与血肉的对话中去呢？整个上午都消磨在海里：有的跳水潜泳，有的激浪嬉戏。欢声笑语，有的划短桨泛轻舟，围绕货轮转圈：红色和黑色的货轮；有的来自挪威，飘散着林木的各种清香；有的来自德国，溢出油制品的气味；有的沿岸送酒品，散发着酒香和旧橡木桶味儿。太阳普照长天四角之时，枯黄色独木舟把我们这些赤褐肤色的健体风驰电掣般载回岸上。抑或，当金色双桨拍翼般有节奏划行戛然而止，我们的轻舟在港湾平静的水面上久久滑行。怎能不深信我穿过平滑如镜的水面引领着一大群浅黄色褐肤色神灵？而我，认同他们，情同手足。

然而，城市的另一端，夏天向我们奉献另一些珍奇，恰成对照，我是想说，这里呈现的寂静和无聊。寂静有多种多样，其性质不尽然相同，有源于阴影的或源于阳光的。比如政府广场上的静谧。广场周围绿树成荫，阿拉伯小贩卖五苏[①]一杯冰柠檬汁，带有橘花的香味。他们吆喝着："凉爽！凉爽可口！"吆喝声穿越空落无人的广场。喊声过后，寂静在阳光下恢复如常：小贩的罐子里，冰块来回旋转，听得见轻轻的搅拌声。又如午睡时分的寂静。海事部附近的几条街，理发匠邋遢的铺子前，寂静的程度可由苍蝇的声音来衡量：躲在空心芦苇帘后的几只苍蝇发出悦耳的嗡嗡声分明可辨。摩尔人在碉堡那里开了咖啡店，无声无息则是人的躯体，静静守着，无从脱身，无法离开茶杯，无法以热血沸腾的喧嚣来挽

① 法郎旧币最小单位，相当于二十分之一法郎，即5生丁。

回青春。

但，夏日黄昏的寂静是最耐人寻味的。白日转入黑夜的短暂时刻，难道需要种种征兆和神秘征召才能使我对阿尔及尔如此依恋吗？每当我远离阿尔及尔一段时间，我便遐想那里的黄昏，权充对幸福的指望。在君临城市的山岗上，几条小路蜿蜒于乳香黄莲木和橄榄树丛中。当下我的心转向那里，但见那边一串串鸟腾空而飞，黑压压布满绿色的天边。太阳转眼间从天空消失，莫可名状的东西徐徐舒展。红色的云层一小块一小块延伸开来，直到自行消失在空中。几乎紧接其后，第一颗星星升起，眼见其轮廓明朗起来，固定在夜色浓重的天空中。之后，夜色骤然吞食一切。啊，行色匆匆的阿尔及尔黄昏，你有什么无与伦比的东西让我久久不能释怀呢？黄昏留在我唇边的柔情蜜意，我还未来得及玩味儿，它就在黑夜中消灭了。难道是它死不放松的秘诀吗？此地的柔情蜜意既令人销魂又旋踵即逝。但，柔情蜜意尚存之瞬息，至少是尽兴陶醉其间的。

帕多瓦尼海滩，舞场天天开放。巨大的舞厅呈长方形，整个长边面向大海，本区的贫困青年尽情跳舞，直至傍晚。我常常在那里等候一个特殊的时刻。白天，舞场有倾斜的挡板遮阳。太阳落山，挡阳板撤除。于是舞厅顿时充斥奇异的绿光，那是产生于天海相接映出的光芒。远离舞厅窗口而坐，向外只看得见天空，而眼下的结伴舞者面容好似中国皮影，一对对渐次掠过。时不时奏出一首圆舞曲，但见绿色背景里黑乎乎的人影执拗地旋转，活像留声机唱片上剪贴的人影儿。之后，黑夜迅速降临，随之灯光通明。然而我说不好是什么使人心荡神驰，是什么在这微妙的时刻给人神秘感，至少我记得一位风姿绰约的修长姑娘，她整个下午都在跳舞。她戴的一环茉莉花颈饰贴着紧身的蓝色连衣裙，汗水从腰部流到大腿，湿透了裙摆。她边舞边笑，仰面向天。她从一桌一桌近旁舞过，身后留下鲜花与肉体交融的芬芳。夜幕降临，我就看不到她那贴紧男舞伴的身子了，只看得到白色茉莉花和黑色头发向空中翻腾；她朝后仰时丰满的乳房高高隆起，只听得她的笑声，也看到她男伴突然欠身弯下。我自己形成对无邪的概念，就是得益于类似的晚会。我已养成习惯，不再把这些性子暴烈的人与其欲念旋转的夜空分离开来。

阿尔及尔街区电影院有时出售薄荷糖片，上面刻着红字，都是调弄性爱的字句：①问："您何时娶我？""您爱我吗？"②答："春天吧。""爱得发疯。"糖片准备就绪之后，就递给女邻座，她如实回答，或者一味装傻。在贝尔库尔就见过如此喜结良缘的，还有些人光凭交换薄荷糖片而白头偕老的。这恰好说明这里的人童心未泯。

青春的标志，也许是那份堂而皇之的天赋，去争取易得的幸福。不过也有特别之处，即急于享受生活，近乎浪费生命。不管是贝尔库尔人，还是巴布瓦德人，年纪轻轻就结婚了。很早就业，十年耗尽毕生经验。一个三十岁的工人已经无计可施，玩不转了，便在妻子和孩子之间等待寿终正寝。他的幸福是突如其来的，不容置喙的。他的生活也是如此。由此看出，他出生的这块地方，一切都是施与的，以便全部取走。在充裕和慷慨之中，生活像一条弧线大起大落，经历的激情往往一见钟情，既苛刻索求又慷慨大度。这种生活不需构建，而要燃烧。不必慢慢思考，不必逐渐完善。譬如，个中地狱的概念只不过是个风趣的玩笑，类似的想象惟积德行善者才预期有之。我确信在阿尔及利亚全境，积德行善是个毫无意义的说辞。并非阿尔及利亚人缺乏道德准则，他们有自己的道德准则，而且非常特别。诸如，不让母亲“惦记”；在街上要让人尊重自己的妻子；对孕妇要多多关照；对付一个敌手，不得二对一下手，因为“太没出息！”谁要是不遵守这些基本的戒律，“他就不是个男子汉”，事情就这么解决了。窃以为公正而有效。我们还有许多人需要下意识地遵守这个街规，就我所知，是唯一超脱功利的守则。同时，小店主的处世之道却无市场。我总是看到周围的人一副悲天悯人的面孔，每当警察押着人走过街道，还没弄清楚此人是盗贼，还是弑父者或只是伤风败俗的，一概叹道“可怜的家伙”，或更有甚者，略带称赞的口吻：“这一位，是个强盗。”

有些民族生来就充满自豪和热爱生活，却是天生非常特别富有厌倦感的民族。同时，他们的死亡感也是最令人厌恶的。这种民族一味追求感官的快乐，除此以外的娱乐一概愚不可及：滚球俱乐部，联谊会聚餐，三法郎电影院，乡镇节庆，三十岁以上的人多年来一直满足于这些娱乐。阿尔及尔的周日最为凄凄切切。这样没有头脑的民众，怎么学得会将其对生活的深切厌恶披上神话的外装呢？这里，涉及死亡的一切都是可笑的，抑或可恨的。这个民族没有宗教，也没有偶像，群居生活之后，孤独地死去。布鲁林荫大道旁的公墓是我见过最不堪入目的地方，却正面对着世上最优美的一个景区。四周黑魆魆一片，中间聚集趣味恶俗的墓碑，使人感到一种面目可憎的凄凉，这里死亡原形毕露。心形还愿牌上写着："逝者如常，斯人难忘！"所有的还愿牌都强调这种一文不值的永垂不朽，权充曾经爱过我们的人们，还怀着廉价的祈愿吧。这些千篇一律的语句用来安抚各种各样的失望，是对亡者的寄语，用的是第二人称的语式："我们将永远怀念你。"这种阴森森的假言假语，说得像肺腑之言，弄不好尸体早已是一摊黑色液体了。别处有的地方，鲜花一大堆，令人瞠目结舌，布满大理石雕成的小鸟，有一则轻率的祈愿："你的墓前将永远不缺鲜花。"但很快就不必担心了：碑文是围绕金黄色仿大理石花束雕刻的，对生者而言是非常经济实惠的，正如墓前的不凋花，具有如此华丽的名字还得感激如今尚在乘坐有轨电车的生者呐。由于必须与时俱进，有时候就有人用珍珠编织成令人目瞪口呆的飞机，由一个傻乎乎的飞行员驾驶，根本不管合不合逻辑，还硬配上两只漂亮的翅膀。

那么如何让人理解上述的死亡形象从未与生存分离呢？死亡与生存的价值是紧密相连的。阿尔及尔收尸工人推着空车，路上遇见漂亮的姑娘，最爱开的玩笑是："请上车吧，亲爱的？"不妨从中悟出一种象征，即使玩笑开得很不适当。另外，有人看着一张讣告时睒着左眼感叹道："怪可怜的，他再也唱不了歌啦。"又如，一位从未爱过丈夫的奥兰女人竟说："上帝把他给了我，又把他收回了。"但归根结蒂，我看不出死亡能有何神圣之处，相反深切感到恐惧与尊重之间的距离。催产生命的地方，一切都显得厌恶死亡。然而，贝尔库尔的年轻人却在这座公墓的围墙下相约，姑娘们奉献接吻，接受抚摸。

我完全理解这样的一个民族不能被所有人接受。在这个国家，智慧不像在意大利那样有地位。这个民族对精神漠不关心，却对肉体赞赏崇拜，从肉体吸取力量，引发天真的玩世不恭和幼稚的虚荣心，招惹严厉批评，其"精神状态"通常备受指责，即他们看事物的方法和生活方式深受责难。确实如此，生活强烈到一定程度便失去了公理。要知道，这个民族没有历史，缺乏传统，虽不乏诗意，但我深知，诗情的品质僵硬、肉感，远谈不上柔情，但正是他们这种天籁般的诗，唯一切合真实的诗打动了我，激励着我。与文明的民族相反，这是个有创造性的民族。这些懒洋洋躺在海滩上的野蛮人，我突生奇想，希望他们也许正在不知不觉地塑造一种文化形象，能使人的尊严最终找到真实的面貌。这个全身心投入眼前现实的民族得过且过，既无神话又无慰藉，倾其所有于尘世，却束手无策抵抗死亡。这个民族得天独厚地获得与生俱来的丽质，而他们对这种没有前途的宝贵资源却又有特殊的贪婪。他们的所作所为表明对稳定深恶痛绝，又对未来满不在乎。他们匆匆忙忙生活，即使可能催生什么艺术，也恨不得像多利安人[①]雕刻最早的木头圆柱那样万事大吉。不过也能发现节制和超越同时表现在这个民族暴躁而发奋的面容上，也呈现在缺乏柔和的夏日长空中，于是所有的真情实况都可以说出来，因为任何欺世惑众的神明未曾留下希望和救世的标记。在天空与仰望天空者之间，空空如也，悬挂不住神话、文学、伦理或宗教，都有乱石、肉体、星星以及触手可及的真理。

感受自己与一片土地的联系，感受自己对某些人的情爱，认知总有一处可以让心灵得以和谐，这对人的一生已经多有肯定了。当然这是不能满足的。灵魂的归宿处总还有几分钟的渴望吧。“是的，我们必须回到那边去的”，这是柏罗

① 印欧人种的希腊人，对希腊文化曾有过贡献，无论语言、艺术和习俗等，其艺术形成称为多利安风格。

丁[1]所希望的和谐，那么在尘世复得和谐有何奇怪呢？这里，统一性体现了太阳和大海的关系，通过某种肉体兴致动感心灵，再由兴致造成心灵的苦与乐。据说世间不存在超人的幸福，日月波浪消逝之外，也不存在永恒。这点价值资源虽微不足道却必不可少，是唯一感动我的相对真理。其他真理，所谓“理想的真理”，我灵性不足，理解不了。并非要装疯卖傻，而是我找不到享清福的感觉。我只知道天空比我继续存在得更久。我所谓的永恒，难道不就是我身后继续存在的东西吗？我的意思不是说人要迎合其生存状况，这完全是另一码事。做人已非总是容易，何况做个纯粹的人。要做纯粹的人，就得重新找到灵魂的归宿处，才感受得到人世的亲近，才感觉得出血液的沸腾与下午两点钟阳光强烈的搏动融和一起。众所周知，祖国总在将亡之时方被认知。过于自寻苦恼的人们总觉得故国不认他们。我不想出言唐突和刻意言过其实。总而言之，此生弃我者，首推扼我者。一切激励生活的，同时递增其荒诞性。于阿尔及利亚夏季，我悟出比受苦遭难更悲惨的唯独之事，便是幸福者的生命。但很可能也是一个更伟大生命的必由之路，因为此路不会导向弄虚作假。

确实，许多人装出热爱生活，把爱的本身规避了。有人试图享乐，试行“体验生活”。但这是一种妄想。做一个享乐

① 柏罗丁（205—270），希腊哲学家，新柏拉图派。

者，必须具备罕见的天赐良机。一个人的生命是在没有精神救助下终结的，其间有退有进，离群索居和入场参与相辅相成。不妨看看贝尔库尔人怎么工作，怎么保护老婆孩子，通常都是无懈可击的，叫人看了可能暗自羞愧。我这么想，大概因为我不抱什么幻想。我所讲述的种种生活中并没有多少爱的，也许应当说不再有多少爱了，但至少没有任何规避。有些说辞，我从来都弄不大明白，比如“罪孽”一词。不过我认为很清楚这些人没有触犯生命的罪过，因为如果有扼杀生命的罪过，那或许不必对今世如此绝望的同时又对来世如此期望，也不必躲避来世的荣华富贵。他们没有偷奸取巧，二十岁就曾以生活的热情权充夏日的神灵，现在依然如此，尽管被剥夺了一切希望。我曾见过两个人为此丧生。他们恐怖得失魂落魄，但默不作声。这样再好不过啦。希腊人把聚集人类祸害的潘朵拉盒子[①]打开，释放自有希望以来最后的希望，也是最可怕的希望。我不知道还有更为震撼人心的象征了。因为，希望，与常人所见相反，其实等于忍耐。要生活，就不要忍耐。

以上至少是阿尔及利亚之夏逆耳的教训。但夏季乍凉还暖地很快过去。九月秋雨在那么多次火暴强势和坚硬强持之后，仿佛大地被释放解脱之后，不禁热泪潸潸，即使这个国

① 希腊神话中人类的第一个女人。据说宙斯给潘朵拉一个盒子，她经受不起诱惑，把盒子打开了，里面所装的各种祸害都散布到了人间。隐喻一切祸害之源。

度也带上点儿几天的柔情。晌晚，或雨后，整个大地腹中孕育湿漉漉的种苗，散发着苦杏仁的香味儿，在整个夏天委身于太阳之后，悠然憩息的同时，又一次以其气息认可人与地的良缘，使我们整个身心勃起世间唯一真正的阳刚性爱：不持久却很慷慨。

后　记

下文有关打架的记叙是在巴布瓦德听人讲的，作为例证，逐字逐句转载。[叙述者讲述不总是像缪塞特①笔下的卡嘉佑。这并不令人奇怪，卡嘉佑的语言经常是文学语言，我想说的是重新创作的语言。“流氓帮”的人们也不总讲行话，他们运用一些行话而已，这就不一样喽。阿尔及尔人运用一套有代表性的词汇和一种特定的句法。但一旦将其引入法兰西语言便具有创新的味道了。]

当下，科科挺身向前，直逼他说：“停一下，停下。”对方反问：“干吗？”科科呛声道：“我要揍你。”——“揍我？你要揍我？”一边却把手伸向身背后，一边童子军似挺胸相对。科科对他说：“别把手放在身后呀，别以为这样就不揍你啦，照样让你吃不了兜着走。”

那人还是不动手，科科二话没说，照样一拳打过去，决不揍第二次，便把对手打趴下了。“哇，哇，”他被打得哇哇直叫。人们围上来。打架，刚开呐。路见不平，一人挺身向前直逼科科，第二个，第三个。我，把话撂下了：“喂，你要碰我的兄弟吗？”——“谁是你的兄弟？”——“即使不是我的兄弟，也算是我的朋友吧。”二话没说，就把他撂倒了。科科动手打，我动手打，吕西安也动手打。我在街角撂倒一个，朝他头上“嘭，嘭”几拳。当下，警察赶到，他们把我们一个个绑成一串串游街。多么丢脸哪，把巴布瓦德城游了个遍：经过绅士酒吧，见到一些伙伴和姑娘，怪丢人现眼的。吕西安父亲听我们讲完后对我们说：“你们做得对！”

① 暗喻法国作家奥古斯特·罗比内（1862—1930）笔下的传世人物：讨人喜欢的小流氓，但仇视犹太人。

荒　寂

献给让·格雷尼埃

译者题记：“如何认可情爱与反抗的和谐？啊，尘世！在这座被诸神搅得荒寂一片的大庙宇中，我所有的偶像都是泥塑巨人。”（加缪语）

“一个不信上帝的智者到头来在否定他的东西中寻找一个上帝。”（加缪语）

活着，当然，好歹是表现的对立面。我之所以信赖托斯卡纳[①]大师们，是因为他们的三重见证：在沉默中、在激情中、在静止中表现见证。

需要许多时间才会认知他们画中的人物都是每天在佛罗伦萨或比萨街头遇得见的。但我们同时又不善于观察周围人物的真实面目。我们不再仔细观察同代人，一味关注他们身上用来指导和规范我们行为的东西。我们不太乐意观察面目，而颇乐意关注其最庸俗的诗意。然而，对乔托[②]和皮耶罗·德拉·弗朗切斯卡[3]而言，个别人的感受无关紧要，他们深谙世情嘛。说实话，情感，人皆有之。但单纯而永恒的感情之所以伟大，是因为吸引着诸多情感围绕运转：热爱生活、仇恨、爱情、眼泪和快乐，不仅植根于人心深处，而且塑造其命运的图景，比如在乔托的《安葬》中，圣母马利亚咬紧牙关的痛苦表情。托斯卡纳一座座教堂的正厅都很开阔，处处可见天使画像，其面貌无尽无休被拓印，不过我从每张不露声色而饱含深情的面容上，看得出某种孤独感。

实在的关键在于：生动别致，情随事迁，细腻入微，精彩动人。的确关乎诗意。重要的是真实。我所谓真实，系指一切延续的东西。洞察入微的教诲才想得到，唯有画家方能使我们解饥止渴。因为他们的得天独厚之处，是像小说家那样把自己的肉体描绘得鞭辟入里。还因为他们工作所需的材料，既难能可贵又微不足道，名其曰“外在”。而外在总是体现于某个姿势之中。画家们并不绘制微笑或稍纵即逝的羞愧，憾恨或期待，而描绘骨骼凸起且血色晕红的面容。永恒的线条固定于人物的面容，这样他们就以希望作代价，把在劫难逃的精神永远从这些面容中驱逐出去。人体根本不理会希望，

---

① 托斯卡纳：意大利中部地区名，以其建筑著名，建筑、绘画大师辈出。

② 乔托（1266（7）—1337），意大利艺术大师，画家、雕刻家、建筑师，其重大贡献涉及诸多方面：空间的现代视野，人物个性化的方法，对自然和世人独特的感知等。

③ 皮耶罗·德拉·弗朗切斯卡（1420—1466），意大利文艺复兴时期重要画家，《耶稣受难传说》是其最著名的代表作。

只认知自身血液的流动。其固有的永恒是由冷漠组成的，取决于随遇性。比如皮耶罗·德拉·弗朗切斯卡的《基督受鞭刑》，画中的庭院刚刚洗净，无论受尽毒刑的基督，还是四肢粗壮的刽子手，他们的姿态都很超脱，两者相同的冷漠令人称奇。再者，毒刑没有下文，其寓意止于画框之内。对于不指望未来的人而言，有何理由激动呢？绝望者的这种麻木不仁和尊严高贵，即这种永恒的外在，深思熟虑的神学者，恰恰将其称为地狱。所谓地狱，无人不晓，也意味着肉体深受煎熬。托斯卡纳人关注的是受煎熬的肉体本身，而不是肉体的命运。不存在什么先知先觉的绘画。在博物馆里找不到希望的根据。

灵魂的不朽，着实让许多风雅人士感到纠结。因为他们在汲尽肉体的琼浆玉液之前，就拒绝了肉体这个唯一的实在性。其实，肉体对他们来说并没有什么问题，抑或至少，他们认知肉体向他们建议的唯一解决途径，是一个必将腐烂的真实，故而同时具备痛苦和崇高，只是他们不敢正视罢了。相形之下，风雅人士更喜欢诗意，因为诗意是关乎灵魂的事情。你们会觉得我在玩文字游戏，但你们也会理解我所谓的真理，只想赋予一种更高层次的诗意：从契马布埃[①]到弗朗切斯卡，意大利画派让黑色火焰从托斯卡纳风景中升起，就像被弃于一片尘世的人那样心明眼亮地奋起反抗，因为尘世的

---

① 契马布埃（1240—1302），托斯卡纳画家，乔托的老师，意大利绘画的奠基人。

壮观和光辉不断向他标榜一个上帝，而这个上帝却并不存在。

有时候一张脸由于一直漠然冷淡和麻木不仁，看起来就像风景画里一块矿石那般壮美。正如西班牙某些农民长得有点像他们田里长的橄榄树，乔托画笔下的面孔已经剔除显示灵魂的那种可鄙的阴影，终于回归托斯卡纳本原，其唯一念兹在兹的惩戒是：发挥激情而扼制情绪化；兼收并蓄苦行和享乐；与大地和世人同时发生共鸣，从而世人一如大地，把自己定位于苦与爱之间的中心点上。人心得到确保的真理并不很多哇。我确信其中一条真理是显而易见的，那就是某个晌晚，阴影开始给佛罗伦萨的葡萄园和橄榄林笼罩一层静穆的浓忧厚愁。然而，在这个地方，忧愁从来就只是对于美的一个注释。我置身穿驰夜色的火车里，觉得心里某些纠结的东西化解了。难道现如今我还怀疑所谓满面愁容却可称为满面幸福吗?

不错，此惩戒得到意大利人的佐证，因为意大利也通过风景大肆渲染此类惩戒。不过，很容易把幸福错过，因为幸福总是让人受之有愧。对于意大利也是如此。意大利的优美，虽说是突然出现，却不总是直接呈现。第一次接触就显得向你和盘托出，促使你深入体验，这方面比任何国家都更突出。这不，为了更好地掩饰真相，意大利到处呈现诗意盎然。其最初的魔力是催人忘怀的表面文章：摩纳哥的夹竹桃、热那亚满处的鲜花和鱼味儿、利古里亚海湾沿岸的蔚蓝夜晚。之后，终于是比萨，与之相符的意大利，则失去了海岸沿线雅俗共赏的魅力。但不管怎样，幸福依然唾手可得，为什么不顺便花点时间去享受富有性感的风情呢？我来到这里，从容不迫，既然得不到被赶鸭子似的旅行者获取的那些乐趣，因为打折的车票迫使我在“自行选择”的城市待些时日。我进入比萨的第一个夜晚，尽管又累又饿，但觉得热爱和理解比萨的耐心是无限的，走出火车站上街就受到十只高音喇叭的欢迎，雷鸣似播放着浪漫曲，音潮乐浪，向满街几乎全是年轻的人群倾泻。我已经明白自己期待什么了。生命跳跃之后，将是奇特的瞬息；咖啡馆关门之后，寂静突然恢复；届时我将抄昏暗的短路去市中心。阿尔偌宫殿黛中泛金，历史建筑物黄绿相间，城中空落无人，如何描绘如此突然和巧妙的翻云覆雨呢？有鉴于此，比萨晚十点的幻化背景，成为一种静、水、石的奇特世界。“就像这样的一个夜晚，杰西卡！”[①]在这独一无二舞台上，神灵就这样出现了，操着莎士比亚戏剧中情侣的声音……梦境适逢其时为我们呈现，我们也要善于迎头而上。在这意大利夜色的深处，我已经更为含蓄的曲调和音，这正是我们来此寻找的乐曲。明天，只有明天清晨，田野方始圆满和谐。今夜，我也成为神灵中的一员，面对“带着爱情的步伐”逃逸的杰西卡，我的声音融入罗兰

① 引自《威尼斯商人》，莎士比亚全集第二卷第89—90页，人民文学出版社。

佐[1]的声音。然而，杰西卡只是个借口，爱情的冲动超越杰西卡。是的，我认为如此，与其说罗兰佐爱她，不如说更感激她允许自己去爱。但为什么我今晚想起威尼斯情侣而忘却维罗纳[2]，也因为这里没有任何东西催人怜爱不幸的情侣。没有比为爱情而死更为虚妄的了。必要的是活下去。活着的罗兰佐比入了土的罗密欧更有价值，尽管罗密欧得到玫瑰。怎么不在鲜活的爱情节庆上跳舞哇！在主教座堂广场浅草坪上睡个午觉，周围的历史建筑物有的是时间去参观；去市中心喷泉掬水喝，水有点温吞，但流动很快；重见喷泉上那女人的容貌，笑容可掬，鼻子修长，嘴巴傲慢。只不过应当明白，这种奥义入门预示着更强烈的启示。一列列光华四射的队伍把酒神的爱神木叶护送给厄琉西斯。世人在欢乐中则准备惩戒，欢乐到达如醉若狂的最高程度后，肉体变得有意识了，与某种神圣的奥秘浑然一体了，黑血便是两者相通之后的象征。初到意大利浸沉在热情洋溢而自我忘情中，正如酝酿着让我们解脱对未来的期望和摆脱我们的历史束缚。肉体和瞬息的双重真相遇到良辰美景即刻昭然若揭，怎么不拼命抓住不放？就像抓住期待已久的唯一幸福，定可让我们入迷销魂，但同时也催我们命赴黄泉。

---

① 罗兰佐："来啊！奏起一支圣歌来唤醒狄安娜女神；用最温柔的节奏倾注到你们女主人的耳中，让她被乐声吸引着回来。"（音乐回响）
杰西卡："我听见了柔和的音乐，总觉得有些惆怅。"

② 暗指莎翁笔下维罗纳情侣罗密欧与朱丽叶。

最令人厌恶的唯物主义并不是常人所想象的，而正是那种硬要向我们灌输把僵死的思想当作鲜活的现实那种唯物主义，并企图把我们执拗而清醒的注意力转移到种种毫无价值的神话中去，尽管这种注意力使我们觉得应当从自身永远消失。我记得在佛罗伦萨参观圣母领报大殿隐修院亡者回廊，激动得难以自制，自以为失魂落魄，却只因为义愤难平。天下着雨，我细看盖墓石板碑文和还愿提辞。喏，此公曾是亲和的父亲和忠贞的丈夫；彼者，既是最好的丈夫又是精明的商人。一位年轻女子，十全十美的典范，讲一口法语，"好得像法国人"；另一位女子是全家的全部希望："快快乐乐的世间朝圣女郎"。但这一切与我毫不相干，既然根据碑文记载，一概甘心情愿死亡，八九不离十吧，既然他们接受自身其他的义务。现如今，孩子们成群集队进入隐修院，在铭记他们永垂不朽美德的盖墓石板上玩跳背游戏呐。彼时夜幕降临，我席地而坐，背着一根圆柱。一位神甫路过，朝我微微一笑。教堂里，管风琴沉闷地演奏着，其热烈的声浪布局时不时在孩子们的喊叫声后重新显现。我孤独地靠着圆柱，仿佛被别人卡着脖子，最后喊出自己信仰的誓言。我全身上下都在反抗一种类似的听天由命。碑文上的意思："必然！"不，我的反抗有理有据，酷似人间朝圣者的喜悦，既泰然自若又全神贯注。我必须一步一步遵循反抗。至于其余，我一概说"不"。我竭尽全力说"不"。盖墓石板碑文教我懂得其余一概无用，生命就像“col sol levante col sol cadente”（意大利语：旭日东升，夕阳西下）。时至今日，我仍看不出无用无效使我的反抗失去什么，倒是觉得对我的反抗颇有裨益。

好在并非我真想说的心事，我想更贴近地勾勒自己反抗的心中体验到的真实，反抗之心只是延伸而已，从新圣母大殿隐修院的晚玫瑰小花延伸到佛罗伦萨周日上午的一种真实，即玫瑰小花朵酷似轻飘连衫裙下自由自在的乳房以及湿润的嘴唇。那个周日，每座教堂的角落都摆满层层的鲜花，肥美而耀眼，水珠淋淋。我从中发现一种“稚气可掬”的同时悟到一种奖赏。鲜花与美女皆有一种慷慨的丰满，并不令人觉得渴求其一与垂涎其二会有多大的差别。觉得自己有一颗纯洁之心的男人并不多见。但至少在这样的时刻，他义不容辞称呼使他的心灵异乎寻常地纯洁起来的东西为真实，即使这样的真实有可能在其他人看来似乎是一种冒犯。那天，在菲耶索莱[①]，我就是这么想的：在一座圣方济各会女修院的月桂香味中度过一上午。我在一个充满红花、阳光、黄蜜蜂、黑蜜蜂的小院子滞留好大一会儿。墙角放着一把绿色喷水壶。来此之前，我参观了女修士小室，看见她们室内桌子上摆放着骷髅。现在，这座花园则证明她们的灵感。我返回佛罗伦萨是沿着丘陵一道陡坡下来的，遍地布满柏树。景象之

① 意大利托斯卡纳区城市。

壮观，鲜花之艳丽，妇女之诱人，我似乎觉得这里的辉煌证明这里的男人们是好样的，但我并不确定所有的人都是好样的，他们不见得都明白穷则思变，会导致拥有世间的财富和奢华。方济各修士封闭在圆柱和鲜花中间生活与阿尔及尔的年轻人在帕多瓦尼海滩生活，两者之间我感到有着一致的共鸣。他们之所以自我舍弃，是为了一种崇高的生活，而不是为了另一种生活。至少“一无所有”这个词组是唯一具有价值的用意。“赤条条”始终含有一种身体自由的涵义。手与花的融合一致，大地与从“人类”解脱出来的男人之间的情投意合，啊，我多么想皈依此道，即使还未成为我的宗教。不，这只能是一种大逆不道，同样也是亵渎，假使我偏说弗朗索瓦·德·乔托笔下教堂内圣人画像的内心微笑是在替醉心于幸福的人们证明无罪。

我还要往深处讲吗？在菲耶索莱，修士们生活在红色花丛旁，而在自己的单间里却面对骷髅默祷。他们的窗外是生机勃勃的佛罗伦萨，他们的桌上则是死亡。绝望中的某种延续有可能孕育快乐，在生命达到某个温度时，心灵和鲜血掺杂混合，遇到某些矛盾，游刃有余，既不理会义务，又不在乎信仰。因此，我不再惊讶，当看到比萨有一面墙上涂鸦的文字概括着奇特的荣誉感：“阿尔贝托与我的姐妹做爱。”我不再惊讶，意大利是乱伦之乡，抑或至少更意味深长的是，供认不讳的乱伦之乡。从优美到不朽，道路迂回曲折，但确实无疑。智者一旦被抛入美便自食虚无的后果。面对令人叹为观止的景色，联想翩翩，每一个联想都使世人经历一次不知所措。很快，世人被难以忍受的信念否定、掩盖复掩盖、抹黑，以一无长物面对尘世，不过是个丑陋的污点而已，只剩下消极被动的真实，或接受色彩，或采纳阳光。如此纯粹的景色使人的心灵变得冷酷无情，风景之美使人难以承受了。在这些石、天、水的福音中，没有起死回生一说。从此以后，扎根于心灵深处难能可贵的荒寂使这些国家的民众萌生诱惑。高雅的智者面对富有气魄的景色，在美的稀薄空气中，难以相信高贵之美居然能与美融合，这有什么好惊讶呢？一个不信上帝的智者到头来在否定他的东西中寻找一个上帝。怪不得波吉亚[①]抵达梵蒂冈时写道："现在上帝把罗马教廷给了我们，必须及时行乐呀！"他说到做到。"及时"一词，说得恰到好处。这不，言下之意，已经感受到失望，这些如愿以偿的人们感受到那种特有的失望。

也许我弄错了。不管怎么说，在佛罗伦萨，我称心如意，在我之前定有许多人备感幸福。何谓幸福？无非就是一个实在的人与其经历的社会存在之间随和融合吧。何种更加合情合理的融合能把人与生活结合在一起呢？莫非是对其寿命的期盼与其死亡的命运双重意识？我们至少学习一无所

① 此处指的是教皇亚历山大六世，他在位期间，权倾一时，波吉亚家族由此发迹。

求，学习把现时视为唯一的实在，而且这种实在性还是“额外”赋予我们的。我的意思是人们对我说：意大利，地中海，古老的土地，一切皆为世人量身定做。但道路在何方？请给我指出通道，好吗？让我睁开眼睛寻找我的尺度和满意度吧！更恰当地说，就算我看到了菲耶索莱、贾米拉以及阳光灿烂的港口。那么人的限度呢？寂静和顽石。其余一切皆属历史。

然而，不可就此却步，因为尚未谈及幸福尽一切力量不与乐观主义分离。我熟知有些地点和时间幸福显得非常苦涩，宁愿得到许诺就行了。但恰恰在这样的地点或时间，我没有足够的心情去爱，就是说不肯出世。在此必须指出，不肯出世等于是人入世于人间节庆，即大美的节庆。因为，在这样的时刻，犹如新教徒，他揭下最后的面纱，面对上帝遗弃自我这个微不足道的小人物。是的，确实存在更高尚的幸福，尽管这样的幸福毫无价值。在佛罗伦萨，我登上山顶波波里花园平台，看到了橄榄山以及一直延伸到天边的山城。每座丘陵上的橄榄树一概苍白如烟，在其所形成的轻雾朦胧中冒出柏树坚硬挺拔的枝杈，近处的柏树呈绿色，远处的柏树呈黑色。但见天空深处一片蔚蓝，点缀着朵朵云彩。午后天空洒落一片银色光芒，一切万籁俱寂。众山陵之巅起先掩隐在云彩中，但一阵和风掀起，我感到从我的脸上掠过，随着微风荡漾，山后的云彩自行散开，仿佛一幅窗帘自动打开。与此同时，山巅的柏树仿佛在豁然开朗的蔚蓝中一下子脱颖而出。随着整排丘陵以及橄榄树和岩石的景色慢悠悠重新升起。另一拨云彩飘然而至，云帘自动拉上。山陵携带着自己的柏树和屋宇又渐渐下沉。然后，再一次在远处有另外的山陵渐渐消失，同样的和风在这里打开云彩厚实的褶子在那边重新拉上。在世界的巨大呼吸中，同样的气息在几秒钟完成，并且相隔甚远，那是世界级的石头主题曲和赋格主旋律。每次降低一个格调：随之渐行渐远，却都能重新找得到，于是我稍为安宁一点。我极目天际，心旷神怡，一眼扫遍众山陵气喘吁吁地纷纷流逝，仿佛全球吟唱着滚滚向前行。

我心知肚明，几百万双眼睛静观这片景色，对我而言，此景宛如天空初次微笑，极而言之，使我灵魂出窍，进而使我确信，没有我的热衷，石头美丽的呼叫声以及一切，毫无用处。世界是美的，除此之外，别无他用。这片风景耐心地教我懂得精神无足轻重，人心也一文不名。太阳晒热的石头，抑或无云天空烘托的柏树为唯一的宇宙划定界限，“合情合理”含有一种意义：没有世人的天然状态。这个世界把我吞没了，自始至终支撑着我。在夜幕降临的佛罗伦萨原野上，我逐步走向一种智慧：一切已经被征服，尽管泪水没有涌上我的双眼，尽管心中充满诗意的号啕大哭使我忘却世界的真理。

应当在摆渡[①]的当口儿，戛然而止，奇特的时刻：灵修离弃道德，幸福从希望不在场中产生，精神在躯体中找到其依据。如果说一切真理自身承受其苦涩是确实的，那么一切“否”皆包含“是”的绽露也是确实的。从静观中产生无望的情歌也可能显现最有效的行动规范。弗朗切斯卡笔下的基督，从坟墓中复活而出时，并不具备世人的目光，脸上毫无幸福感，仅有愤世嫉俗的威严，并没有灵魂，我情不自禁地活下去。这不，贤哲之士像白痴，寡言少语。如此回头一想，令我喜上心头。

这个教益，多亏了意大利，抑或是我内心领悟过来的？反正是在那边显现于我心头的。是意大利，如同其他得天独厚的地方，向我呈现一种美的风光，那是一种包含世人死亡的凄美。这里，真理应该是腐朽了吧，还有什么更令人振奋人心的呢？即使我企望真理，一个不该腐朽的真理于我有何用？这样的真理不适于我。喜爱这样的真理就是一种伪装了。人们难得明白从来不是因为绝望，一个人才抛弃构成其生活的东西。一时冲动的行为和种种绝望导致其他的生活，只不过标记对世间的教训一种战战兢兢的情愫。但有时会有可能，一个人达到一定程度的清醒时，自己觉得心情很不开朗，既不反抗，也无诉求，不肯正视他迄今为止的生活是什么样子，我

① 参见《阴界与阳界》。

想说他神魂颠倒了。兰波之所以终于在阿比西尼亚没有写下一行字，并非因为热衷冒险，也不是因为不干作家了，而是“因为就是这个样子”。处在意识的某个点上，人们终于认可我们大家根据各自的走向尽量糊涂下去算了。人们没准儿觉得问题在于必须搞懂某种荒寂的地理学。但这种奇特的荒寂，只有能够生活其间的人们才有所感悟，因为他们从来不会聊以解渴。如此，唯其如此，这种奇特的荒寂方始充满幸福的活水。

在波波里花园，硕大的金黄色柿子垂吊着，我随手可得，裂开的柿子肉流出浓稠的果汁。从单薄的山丘到多汁的水果，从把我托付给世界的神秘手足之情到饥饿促使举手采摘橘色果肉，我把握住摆渡，即导致某些人从禁欲到享乐的摇摆以及从被剥夺了满足享乐的摆渡。我过去赞赏，现在仍赞赏这种把人与世界融合在一起的联系，我的心在这种双重的反射中可以干预并指令其幸福直至某个确切的界限，因为在这个节点上，世界仍可以成全我的心或摧毁我的心。佛罗伦萨呀！你是欧洲寥寥可数的地方之一，让我懂得我的反抗核心中蕴藏着一种顺应。在佛罗伦萨掺和着泪水和阳光的天空下，我学习顺应尘世，学习在尘世节庆忧郁的火焰中燃烧。我备感……什么？用什么字眼儿好呢？何谓过分限度？如何认可情爱与反抗的和谐？啊，尘世！在这座被诸神搅得荒寂一片的大庙宇中，我所有的偶像都是泥塑巨人。

幸福死亡

小　说

《幸福死亡》名句摘录

幸福意味着一种选择，在选择中，要有协商调和的意志和清醒明晰的头脑。

幸福属于人类，永恒便是一日复一日。一切在于善于谦卑，以每天的节奏去调整心态，而不是迫使自己的心屈从于希望的弧线。

所谓死人的灵魂升入天堂，其实是一张空头支票。

死亡恰如一种行为：绝对不向徒劳寻找办法止渴的旅行者提供清水。

一个理想主义者的对立面，在太多的情况下，是没有爱心的人。

译者题记

赫拉克利特和尼采，他们俩深信生命是一场游戏，却很难知道游戏规则。

——引自加缪《致皮埃尔·博内尔的信》

（1941年3月18日）①

① 参见拙译《西西弗神话》第160页，上海译文出版社。

目 录

译者引言

——加缪处女小说《幸福死亡》沉浮记

《幸福死亡》于1971年由加利马出版社出版，即加缪仙逝十一年之后才获得其继承人的同意。这部小说处女作虽不十分成熟，却非常清晰地以人物形象体现加缪的哲学理念。正如作者于1936年5月在《手记》中写道："《西西弗神话》，哲学著作"，"小说《幸福死亡》，可以说与这部哲学著作同步前行"。很不幸，这部加缪精心创作的处女小说，由于加利马出版社的高士们，包括加缪的导师以及文友们，都不同意出版，被束之高阁了。他自己心里不服，却也无怨言。笔者或许孤陋寡闻，至今尚未发现有关当年为何被拒绝出版的文字材料。只凭译者猜测，因为作者把纪德的背德主义和唯我主义推至极端，这在上世纪三十年代是难以让人接受的（详情请见拙译序）。耐心的加利马出版社等到作者获得诺贝尔文学奖四年之后才低调出版。这不，经过第二次世界大战以及多年冷战之后，书中的背德主义和极端个人主义早已在法国司空见惯了。

况且，《陌路人》（1942）一炮打响，举世闻名。殊不知《陌路人》主人公默尔索就是以《幸福死亡》主人公梅尔索的模板写成的。好在加缪早已夙愿得偿，请看他1941年2月21日在《手记》中写道："《西西弗神话》完稿。荒诞三本儿写完。自由启行。"得意之情溢于言表。何谓荒诞三本儿？系指荒诞三部曲：散论《西西弗神话》，小说《陌路人》和剧本《卡利古拉》（1939—1941）。以《幸福死亡》为模板写成的《陌路人》，按加缪的想法，梅尔索和默尔索难兄难弟都是荒诞人，他们处于现代人世界观"发展的负面阶段（或消极阶段）"。加缪在手记中写道："《陌路人》描绘世人赤裸面对荒诞。"此言出自萨特对刚出版的《陌路人》"诠释"，一言定鼎。加缪备受鼓舞，将此论点概括如下：荒诞人本质上是一名玩儿的好手（玩家），一身体现三个角色：一为唐璜主义者，二为喜剧演员，三为征服者。

《幸福死亡》中的梅尔索变成《陌路人》中的默尔索，前者作为倔强的玩家，从后者身上撤离了。后者不再玩儿了，也不善于或不愿意玩世俗游戏了。正是这种捉摸不透和被动消极的态度使梅尔索成为替罪羊，从而作为"糟粕"被剔除了。

沈志明

2018年春末于上海

译 序

——梅尔索自欺欺人的幸福观

何谓幸福死亡？加缪在《西西弗神话》中以文学人物形象表述荒诞人，诸如唐璜、伊凡、基里洛夫等，指出他们一概乐意承担自己的命运和自己的生存状况。“西西弗做到了，我们可以想象他是幸福的。”进而，加缪赞赏尼采再也不能超越自我时，跑到荒山野地自杀身亡，并为尼采的行为下了定义：“按自己的意愿自杀，这就是幸福死亡。”加缪理解幸福之涵义，无非是说，一个实在的人与其经历的社会存在随缘融合了。

《幸福死亡》中废人扎格雷斯在《正常死亡》（或称《自然死亡》）和《如意死亡》（或称《有意识死亡》）前后两部分都没有留下命中注定的痕迹。相反，扎格雷斯的死亡可谓正常死亡，也很自然，因为杀人者与被杀者之间有默契：被杀者没有勇气自杀，于是默认事成后杀人者可以得到一大笔钱。因此梅尔索认为这是一笔交易而已，何乐不为：不仅不会被惩罚，还可以问心无愧地花钱过幸福的生活。他竟然还自以为得到神明的厚爱，亢奋之余，乐极生悲；因过度疲劳，进入虚幻境界，自娱自乐，自欺欺人，由着性子来，不计身心后果，自以为死亡就是进入圣人的境界，可以与大千世界融合在一起了。这就是所谓如意死亡，也可以说有意识死亡，亦曰幸福死亡。

然而，梅尔索这种荒诞幸福观是自欺欺人的。首先他根本无视扎格雷斯的遗嘱：希望把剩余的大笔钱奉献给被判死刑的犯人们改善生活，尽管心知肚明此乃奢望。这个教唆犯明知梅尔索这个穷光蛋贪财如命，明知虽然自己并不悔恨投机倒把致富，即使做善事也赎不了罪，只好因自己懦弱和虚伪而带着遗憾离世，权充“正常死亡”，甚至“如意死亡”吧。但深信受到他教唆的梅尔索将得到报应，其下场必定比他还惨：其实扎氏的善恶报应的命定论实质上也是自欺欺人，另类罢了。

果不其然，梅尔索虚荣心特强，家境贫寒却念了书得了文凭，有了这点儿资本，野心勃勃，对自己小职员地位很不满足。他虽然时不时思念已故母亲，其实是怜悯他自己。他把“教唆犯”扎格雷斯的话句句记在心头并付之行动：“您唯一的义务便是活着，活得幸福”；“什么是幸福？随心所欲便好，就像雨下在卵石上，给卵石冲个澡”。进而，扎氏把金钱至上的幸福观传教给梅尔索，他着重指出：“没有钱就没有幸福”，“也不可能幸福”，“我确信人们没有钱是不可能幸福的，一言而为天下法”。而且这钱必须是人们不择手段得来的，他进一步分析道，大部分有钱人反倒没有幸福感，因为天生有钱，爹娘给的，不必努力追求。穷人要翻身，有意愿，有诉求，有权利成为富翁。因此，追求幸福是世人心中最为高贵的东西，“名正言顺”，“我搞诈骗不择手段，不惜一切，瞒天过海”，“宁可今生赌一把，也不指望来世”。可惜，出了车祸，高位截下双腿，没有勇气自杀：“我的生命由不得我来了结。”胆小鬼扎格雷斯这番教唆字字句句说到梅尔索心坎儿里，使他茅塞顿开：先前确实以为好端端的正常人都以为命运是与生俱来的，包括成长条件也是天赐的，只觉得极不公平，现在终于能够消除这种苦楚了。所谓穷人的生活，在贫困中开始，也在贫困中结束，这种令人可鄙也令人愤慨的厄运，只有拥有了金钱才可改变，如扎格雷斯所说：“拥有金钱，就是把自己从金钱中解放出来。”他这种恶劣的背德主义深深影响了梅尔索。从此以金钱战胜金钱，以憎恨战胜憎恨，终于成为梅尔索唾弃厄运的指导，经过短暂的恐惧和犹豫之后，毅然决然走上短命的不归之路。

梅尔索杀了扎格雷斯，心怀鬼胎，逃到中欧，向玛尔特谎称“中欧有个特殊职位留给了他”，其实是吓破了胆，落荒而逃。起初惊慌失措，六神无主。逃到布拉格依旧惊魂未定，草木皆兵，心理阴暗，疑神疑鬼，好像总有人在跟踪他，监视他。照镜子看着自己可耻卑鄙的嘴脸，总有挥之不去的违法感。他在街上，酷似布拉格的夜游恶魔。于是乘火车北上波兰，去人迹稀少的地方：火车疯奔疾驶。他形只影单却头脑清醒了，唯独焦躁不安仍挥之不去。他处在虚弱的状态，需要讨个说法，而纠缠说法不果之时，望见窗外群鸟一阵阵飞过，突然一只离群孤鸟，掠过地面飞行，像一颗黑点突显在天际，于是联想到自己是只孤鸟而不甘心，决定找回潜伏于自身的“伟大”。终于下决心途经热内亚返回阿尔及利亚：热那亚热闹非凡，凭着海湾和天空生机勃勃，使他如饥似渴地盼望美好生活。

热那亚的人文景观使他内心阴暗和恶劣的东西沉淀下来，他的心灵清水变得透明，重新变得果断。从此，他有钱了，唯一寻找的是自己内心的幸福，但为了得到真正的内在幸福，还得赌上一把，目的是构建自己幸福的正当性以及证明自己行为的正当性，从而重新产生希望和得到幸福。其实，他原本就是如此。比如，先前他勾搭玛尔特，是虚荣心多于恋爱，直到她把双唇递给他产生奇妙的感觉，然后妒火中烧：必须独自占有她的一切，要完全控制她，凌辱她，这是一种杀气腾腾的性爱：明知不可为而为之，以成败论英雄，要么完全占有她，要么完全把她废掉。这很符合加缪荒诞哲学的二律背反：他生活中最好的部分始终围绕着最坏的部分，两者密不可分。梅尔索否认男女之间存在爱情，即没有心爱；对他而言，美丽和性感是第一位的，两性相悦便做爱，然后完事。这样，肉体的享受成了他最大的享受。他喜欢玛尔特，因为她不仅漂亮，可供他在众人面前炫耀，主要是“他们做爱配合得臻至完美”。他抚摸玛尔特“就像抚摸和蔼可亲的狗”，忌妒心和占有欲特强，他绝对不能容忍玛尔特与别的男人曾经或现在或将来做爱。至于两心相悦，产生爱情，他从来没想过，认为爱不爱无所谓，两性相悦即可，彼此喜欢就行。

有鉴于此，“面临大千世界的楼阁”并非他久留之地。梅尔索初到之时，这里简直就是世外桃源：天天露身晒太阳，瞭望五彩缤纷且光辉灿烂的宽广海港；山陵草木丰厚，鸟语花香，十分宜人，确是生养休憩的好地方。但，对梅尔索而言，这里只是一个歇脚之地，不是他享受幸福之处。况且三个女孩子一味追求爱情，因为这关系到她们最大的幸福，但梅尔索认为爱情只是手段，而且不是唯一的手段。他的结论是，跟三个女友生活在一起，大千世界只能体现一件事情：先引人注目，后使人讨厌。于是他下决心单独跟大千世界相处，即使跟吕西埃娜结婚之后，也各住一方。他安顿好海边新居之后，贪婪地凝望大千世界，跟大千世界做一处，跟大千世界说话，跟大千世界做爱（在海水里，在山间草木中）。他备感幸福。

加缪写道，梅尔索一心想把自己的生命掌握在自己的手里，于是自行准备了一种活法，恰似舔麦芽糖似的舔自己的生命，塑造之，磨砺之，最终爱惜之，永不暴露自己幸福的来源，这正是他全部激情之所在。极度而深厚的实力，去爱护和赞赏这个满脸泪花和阳光的生命，这种浸入盐和石中的生命，他觉得抚摸这条生命，种种情爱与绝望的力量将会交织在一起：这是他的贫困也是他唯一的财富，酷似零和游戏。他重新开局，但带着对自己力量的意识和坚韧不拔的热忱，催促自己面对自己的命运。经过一番自欺欺人的思辨得到了自我安慰，于是可以毫无顾忌地享受幸福了。居然把扎格雷斯也忘了，自以为就是为幸福而生的，深信自己是无辜的。这种幻觉式的幸福感居然使他心安理得起来。

最终，命运在他身上作出选择，他也有意识地、勇敢地作出了选择，这是他活着和死亡的全部幸福：他虽然怀着畜生般的惊慌失措注视这起死亡，但心里明白害怕死亡意味着害怕生活。梅尔索处于体力和抗力极限上，第一次从内心与扎格雷斯会合。之前，他差一点向贝尔纳医生说出自己的来历，说出真相，以示忏悔，使自己心灵得救，所幸保持了秘密，因为他即将重逢扎格雷斯，对此公产生强烈而兄弟般的友爱，尽管觉得离开他非常遥远了：杀掉他就是跟他一起成全他俩永远结合在一起，这份良缘出于合谋杀害，难兄难弟，无怨无悔，视死如归，分享了幸福。至于兄弟俩活两年还是二十年无关紧要，幸福毕竟依然如故。最终大地笑迎他们回归自己的怀抱。

梅尔索这种心安理得状态来自他与大自然融合的幻觉，不妨从加缪多处描绘中摘录两例："海面上还是笼罩晨雾茫茫一片白色，帕特里斯也一声不吭，完全与大山融合了，与蓬头散发般的秋手仙、与冰凉的泉水、与阴影、与太阳相融了，总之，感到自己的躯体正在半推半就地与大自然融合"，

“眯着眼睛久久瞧着一片片废墟、一道道亮光山路上一摊摊阳光”，“天空以太阳和色彩之重从最高处坠落，卡特琳娜紧闭双眼，感受着慢悠悠而沉甸甸的坠落，促使她回到自己的本原，这头动物像精灵似的缓缓蠕动着。”

就这样，梅尔索逐渐与大自然融合，最终石化了事。虽然与尼采以及《陌路人》主人公默尔索殊途同归，但是有质的差异。尽管梅尔索反抗自己的命运原则上符合加缪反命定论，我们知道加缪荒诞存在自由观反命定性、反必然性，总之否定命中注定，他的荒诞幸福观有正面的、积极的意义，但梅尔索不属于这样的反抗者，因为他不符合陀思妥耶夫斯基和加缪成熟作品中的荒诞人的标准：亵渎神明，敢于自杀。造反者之所以亵渎神明，是希望产生新的神明。陀氏笔下的基里洛夫就是上帝。他的结论是：为了成为上帝，他应当自杀。唯其如此，才能教育芸芸众生，因为敢于自杀的人都是上帝。然而，梅尔索不是造反者，而是既惧怕死亡也惧怕生活的反抗者，既需要独处又惧怕孤独的隐逸者。尽管在孤独中能够面对该面对的冲突而自我感到幸福。总之，他怀着自欺欺人的幸福观追求幸福，结果与被他杀害的人一起回归大地，变成毫无价值的冥顽荒石。

综上所述，《幸福死亡》贯串背德主义和唯我主义，好像是受到纪德式背德主义的影响，因为加缪非常崇敬纪德老前辈。但，加缪笔下的背德主义并没有得到应有的批判，看来对纪德式背德主义理解有误，至少不得要领。比如，纪德笔下一位背德主义者无缘无故把一个陌生人从火车上推下去摔死了，这是著名的无所为而为的行为。与之相反，梅尔索则是医生贝尔纳最为鄙视的那种人：“此人在无论什么情况下都受利益或钱欲所驱使。”为此，梅尔索非但没有忏悔而暗中自喜，庆幸对自己的作为秘而不宣，并且在这种类似兽与兽的搏斗中，完全沉浸在幸福这中，居然“感到自己终于得到他诉求的东西，安宁占满他的身心”。

因此，我们斗胆猜想，以上论述大致道破加缪这部精心创作的小说处女作在其生前没有被加利马出版社批准出版的主要原因吧。好在梅尔索这位难兄为默尔索难弟打下了坚实的基础。他们俩对自己的命运无怨无悔倒是相同的。他们俩先后变成了石头，回归大地的怀抱。让我们借用加缪的一句话来作为结束语吧：

他们“像石头，在太阳底下，或与风或与海或与雨永远相伴”。

沈志明

2018年春末于上海

上卷　正常死亡

一

上午十点，帕特里斯·梅尔索稳步走向扎格雷斯[①]住的别墅。这个时辰，门卫出门去菜市场，别墅僻静冷清。时值四月，是个美丽的春天上午，熠熠生辉却春寒料峭，天空蔚蓝却平滑如冰，阳光耀眼却毫无暖意。别墅附近，布满山丘的松树，有一股纯净澄清的阳光朝林立的树干空间流泄。公路空寂无人，略为向上延伸。梅尔索手提一只箱子，在这世间的大好早晨，走在冰冷的道路上，脚下发出干巴巴的声音，提着的箱子把手咯吱作响。

临近别墅之前，道路通到一个小广场，那里设置一些长凳和花坛。灰色芦荟丛中早熟的天竺葵，天空的蔚蓝和涂上白石灰的篱笆墙，这一切既新鲜又稚气，梅尔索情不自禁停留片刻后继续赶路，小路从广场下坡通往扎格雷斯的别墅。梅尔索到门槛前驻足，戴上手套。他推开屋门，是残疾主人执意不让上锁的，并顺手把门关上。他踏进走廊，前行至左边第三扇门，敲门进屋。扎格雷斯已在屋内，坐在扶手椅上，一条格子花呢长毯盖在双腿的残肢上，靠近壁炉，正是梅尔索两天前待过的位置。他在阅读，把书放在盖残肢的毯子上，眼睛睁得大大的，却毫不惊讶地望着关上房门而站在门旁的梅尔索。屋内窗帘已拉开，地上、家具上、物件角落，洒着一摊摊阳光。玻璃窗外，早晨含笑照在金黄的、冷飕飕的大地上，冷冰冰的喜悦，鸟儿走调的尖叫声，无情阳光的一片泛滥给早晨蒙上一副无辜而真实的面貌。梅尔索止步不动，因室内令人窒息的闷热而感到喉哽耳鸣。尽管时节变暖，扎格雷斯却早早在壁炉里生起熊熊烈火。梅尔索感到血液往上涌，直冲太阳穴，在耳际怦怦直跳。另一位，一直默不作声，双眼则始终追随着他。帕特里斯走向壁炉另一端的矮衣柜，不看残疾人一眼，便把手提箱放在桌上。一旦到位，方才觉得自己踝子骨隐隐颤栗。他站定之后，抽出一支烟，叼在嘴上，点烟则有点儿笨拙，因为戴着手套不方便。他身后传来轻微的响声，双唇衔着烟，转过身去。扎格雷斯始终盯着他，不过刚合上书本。梅尔索在感到炉火烤得双膝生疼时，从书背面瞥见书名：《朝臣》，巴尔塔沙·葛拉西[2]的大作。他毫不犹豫地向矮衣柜欠身，将其打开。毋庸置疑，转轮手枪曲线明晰，亮光光的，活像一只备受呵护的小猫，他始终持有扎格

① 作者借用Zagreus（或Zaglée）扎格雷斯（或扎格雷），出自古希腊民间传说，是宙斯和珀耳塞福涅之子。

② 巴尔塔沙·葛拉西（1601—1658），西班牙作家、道德学家，耶稣教会教士，其代表作《朝臣》(1647）流行一时，共收集三百条格言，概括耶稣教会的道德规范。

雷斯的信。梅尔索左手拿着信，右手提着枪。他犹豫片刻后，把武器夹在左腋下，并打开书信：一张大号信纸，只有几行棱角分明的大字，是扎格雷斯的手迹，上面写着：

> “我只不过铲除半个人，尚希见谅，恳请宽容。敝人矮衣柜里的钱财用来补偿至今为我服务的人们绰绰有余，谨请自便。此外，这笔钱财奉献给被判死刑的人们改善伙食。但我心知肚明此乃奢望矣！”

梅尔索紧绷着脸，折叠好信纸，当下香烟的雾绕熏得他眼睛生疼，些许烟灰落在信封上，他抖落了一下，便把信放在桌子明显处，转身朝向扎格雷斯。后者瞧着信封，他短小而有力的双手依然搁在书旁。梅尔索弯下腰，转动保险箱钥匙，取出用报纸包好的一沓沓钞票。他把武器夹在腋下，只用一只手有板有眼地把钱装进手提箱：接近二十沓百元法郎。梅尔索明白自己带的箱子太大了。他在保险柜里留下一沓百元现钞，关上箱子后，把抽了一半的香烟扔进壁炉，右手握着转轮手枪，走近残疾人。

此时，扎格雷斯望着窗外。一辆汽车从门前缓缓驰过，夹着轻微的橡胶胎摩擦声。扎格雷斯一丝不动，好像在静观四月清晨完全不通人性的美。当扎格雷斯感觉枪口对准他的右太阳穴时，并没有转移眼睛，而一直盯着他的帕特里斯却看见他的眼睛充满泪水。而帕特里斯倒是闭上双眼，退后一步，开枪射击。一时间，他背靠墙壁，双眼依然紧闭，感到身上的血涌向耳际跳个不停。他睁开眼睛，但见扎格雷斯的头倒向左肩，躯体几乎没偏斜，以至于不再看得出扎格雷斯的脸部，只见得脑髓凸起部位一个巨大的脑、骨、血混杂的创口。梅尔索不由得直打哆嗦。他绕到扶手椅另一侧，摸到扎格雷斯的右手，把枪塞到他手里，然后连枪带手举到他的太阳穴，任其坠落，转轮枪掉到扶手椅子扶手，再从扶手落到他的双膝。梅尔索在做这个举动时，瞥见残疾人的嘴和额：其表情一如其凝视窗户那般严肃和忧伤。此刻大门前响起一声尖厉的小喇叭，这是第二次响起非真实的召唤。梅尔索依旧俯身扶手椅没有动弹。一阵汽车轮子滚动，告示肉铺老板出发了。梅尔索拿起箱子，打开大门时，门栓上闪烁一抹阳光，出门时脑袋嗡嗡作响，舌头干燥苦涩。他跨出大门，迈着大步离开。除了小广场末端一群小孩子，四下无人。他渐行渐远了，到达广场，突然意识到冷，上衣单薄，不禁浑身发抖，连打两个喷嚏。天空却明净如水晶，越往上越显寥廓，映照山谷的彩霞逗弄似的交相辉映，满谷缤纷。梅尔索踉跄了一下，不禁停下步伐，做一下深呼吸。蔚蓝的天空撕下成百万个小小的白色微笑。朵朵微笑，在布满雨水的树叶上戏耍，在小径凝灰岩上游戏，飞向鲜血红瓦片，并振翅腾云驾雾，融入空气和阳光的湖泊，其实它们刚才正是从这些湖泊漫溢而降的。一架在天空航行的小飞机传来一阵轻柔的嗡嗡声。在空气喜开颜笑和天空丰富多彩的境况下，好像世人唯一的任务便是活下去，而且活得幸福。然而，梅尔索全身心不露声色。第三次打喷嚏使他遍身震动，他觉得好像是发烧的寒战。于是，他目不斜视地窜逃，只听得手提箱的咯吱声和自己的脚步声。一到家，便把箱子往角落一扔，上床闷头儿睡，一直睡到下午中段时辰。

二

夏天，港口喧哗嘈杂，烈日炎炎。上午十一点半。白天，从中午开始，灼热一股脑儿倾泻下来，逼烤着码头。阿尔及尔商会的库房前，几艘黑色船体和红色烟囱的“意大利货轮”正把一袋袋小麦装上船。小麦微尘的香味混入被炽热太阳晒裂的柏油路散发出的一股股浓浓沥青味儿。一座涂上清漆的卖茴香酒的小木板屋前，几个男人喝着酒，几个穿红色紧身衣的阿拉伯杂技演员在炽热的石条板上倒来复去翻筋斗，面前的大海上，阳光也在波浪上跳来跳去。这一切，码头工人却无暇顾及，只顾扛着一袋袋小麦走上两条有弹性的跳板，从码头扛到货船。扛到高处，突然他们的轮廓明显被勾勒出来，处于高空和港湾中间，处于卷扬机和桅杆之间，时不时停下一秒钟：面对天空，目眩神迷，脸上除眼睛闪闪发亮，其余被涂上一层汗水与灰尘混合而成的微白色石灰，之后则两眼一抹黑地潜入底舱，一股沸热鲜血的气味扑面而来。在炽热的空气中，一阵阵汽笛声不绝于耳。

突然，长条木板上，人们乱纷纷停下脚步：他们中间一人掉进两块相当靠近的厚木板中间被夹住了，但他的右臂被沉重的麦袋压在身后，疼得直喊。此刻，帕特里斯·梅尔索从他的办公室走出来，刚出门就觉得炎炎夏日使他喘不过气来。他不禁张大嘴巴吸了一口气，吸进的却是焦油沥青蒸汽，直捣他的喉咙，好歹走到码头工人们跟前站住。工人们已经把伤者解脱出来，让他倒卧在几条木板上，全身布满灰尘，痛苦难熬，双唇泛白，听凭折断的手臂悬在肘上。一块碎骨片穿破了皮肉，一道极难看的伤口流着鲜血，沿着手臂一滴滴鲜血往下淌，滴在灼热的石头上，细微吱吱作响，居然冒蒸汽呐。梅尔索呆着不动，凝视着鲜血，当下有人拉了一下他的手臂，原来是埃玛纽埃尔，绰号“小跑腿”。他向梅尔索指了指向他们迎面驰来的一辆卡车，带着铁链子碰撞以及车身颠簸，搅得震天价响。“走吗？”帕特里斯说着拔腿就跑。卡车已经超过他们而去。他俩紧追不舍、湮没在噪音和尘埃之中，上气不接下气，双目缭乱，不顾一切，却相当清醒意识到是在狂奔飞跑，以卷扬机和机械狂乱的节奏，伴随着天边桅杆的舞蹈以及斑斑驳驳的承载式车身横向摆动。梅尔索第一个抓住车身，对自己的健壮气力和柔韧灵活很自信，飞快跳上车。他帮埃玛纽埃尔上车后坐下，双腿悬垂，在白色和粉白的灰尘中，由天而降的灿烂闷热，太阳，一望无际而神奇古怪的港口背景：充满桅杆和黑色吊车；卡车全速远离，在堤道高低不平的石铺面上把埃玛纽埃尔和梅尔索颠簸得够呛，他俩却笑得喘不过气来，晕乎乎不知所以。

到达贝尔库尔，梅尔索跟埃玛纽埃尔一起下车，埃玛纽埃尔唱着歌。他高声歌唱，却老是走调，对梅尔索说："唱歌，你懂的，要胸中有感而发，当我高兴的时候，当我游泳的时候。"确实，埃玛纽埃尔一边游泳一边唱歌，他的歌喉被水压迫得很沙哑，在海上察觉不出来，倒使他粗短而有力的双臂姿势富有节奏。他们取道里昂街。梅尔索大步向前，步子很大，带动着宽阔而强壮的双肩摇晃。他抬脚踏上人行道的姿态，收紧臀部避开有时围在他四周的人群，让人感觉他的躯体年轻健壮得离奇，能使躯体的主人享受肉体的极乐。休息的时候，他把身子骨儿依傍于单边臀部，刻意摆出灵巧柔软的架势，像有人通过运动学会显摆躯体风度。他目光炯炯，眉弓颇浓，跟埃玛纽埃尔说话时，手势机械，弯曲而变动的双唇有抽搐的动态。他拉拉衣领，露出脖子放松一下。他俩踏进常去的餐馆，安顿好座位，默默进餐。在阴暗处挺凉快的，但听得苍蝇飞舞声、盘碟碰击声以及人们交谈声。老板，塞莱斯特，朝他们走来。他个儿高大，蓄着很大的唇髭，撩起围裙搔肚皮，然后任围裙垂落。

“好吗？”埃玛纽埃尔问。

“好得像老伙伴们哪！”塞莱斯特回答。于是他们聊开了，互相称呼：“喂，伙伴！”他们互拍肩膀，塞莱斯特说：“你是知道的，人上了年纪，都有点儿蠢啦，说什么人到五十岁才是真正的男子汉，就因为他们五十岁了嘛。我呀，曾经有个伙伴；他呀，很幸福，只因他有个儿子做伴。他们一起外出，吃喝玩乐。他们一起去娱乐场，我那位伙伴说：‘您干吗非要我跟那帮老家伙混在一起呢？他们每天对我说他们服泻药，说是肝有病。跟我儿子待在一起更好嘛。有时候他搭上一个轻佻女子，我假装没看见，径直登上一辆有轨电车，再见，谢谢。我很心满意足了。’”埃玛纽埃尔哈哈一笑。

“当然喽，”塞莱斯特说，“他倒不是专横的人。我挺喜欢他的。”接着他对梅尔索说：“我更喜欢他，相比另一个伙伴。他发迹了，跟我说话把头抬得高高的，指指点点。现在好了，他没有那么神气了，因为他丧失了一切。”

“活该。”梅尔索说。

“是呀，人一生中万万不可势利。他遇到了好时机，把握住了，很对嘛，搞到九十万法郎。咳！要是我呀！”

“你用来做什么呢？”埃玛纽埃尔问。

“我会买一栋海滨木屋，在最显眼的部位抹一小堆胶，插上一面旗子。这样，我就等着瞧风向啦。”

梅尔索静心吃饭，直到埃玛纽埃尔开始向老板讲述他参加过的马恩河战役[①]："我们这些佐阿夫兵[②]，人家把我们派去充当分散的狙击兵……"

"真叫人讨嫌。"梅尔索沉着冷静地说。

"指挥官下令：冲啊！杀啊！"他继续往下讲，"我们直冲下去，那是树林遍野的山谷。他命令我们冲锋，却不见前面有任何人。于是，我们走呀走，就这么一直向前。突然，几架机关枪开始向我们扫射。我们一批又一批倒下，成堆的死伤者，布满谷底，淤积那么多鲜血，可谓流血成河，得乘小游艇才穿越得过去啊。有些人直喊：'妈妈！妈妈！'真是太可怕了。"

梅尔索站起身，把餐巾打了个结。老板过去用粉笔在厨房门背上记下梅尔索的午餐。这便是他的记账本。若有争议，他就将门从铰链上卸下，把门背后的账目扛出来。老板的儿子雷内耽在餐厅一角，吃着带壳煮的溏心儿鸡蛋。埃玛纽埃尔说："可怜的小伙子，肺部不行，快完蛋了。"确实如此。雷内通常沉默寡言，不苟言笑。他不算太瘦，目光炯炯。当下，一位顾客向他解释道，肺结核病，"随着时间推移和预防措施得当，自然会好的"。雷内表示赞同，一边吃，一边郑重其事地正面回应了。梅尔索来到酒水柜台，靠近雷内坐下，要了

---

① 1914年德法两军大战，法军最后占上风，逼德军撤退，但伤亡严重。

② 佐阿夫兵团，系法国轻步兵团，原由阿尔及利亚人组成，1841年起全部由法国人组成，号称佐阿夫兵团。

一杯咖啡。那位仁兄继续说："你不认识让·佩雷兹吧？就是煤气公司那个佩雷兹。他死了。他只有一叶肺得病，却硬要出院回家。家里有老婆呗。他老婆壮得像匹马，而他，肺结核病使他死缠着老婆。你明白吧，他总要扒在老婆身上。她，才不乐意呐。可他倒好，每天要搞两三次，终于他个病人给搞死了。"雷内，一片面包夹在上下牙床之间，不禁停止咀嚼，目不转睛瞧着那个客人。此公最后下结论道："是呀，疾病来得快，去得慢哟，需要时间哪。"梅尔索用手指在蒙着水汽的大咖啡壶上写下自己的姓氏。他眨了眨眼睛。从沉默寡言的肺结核患者到哼歌壮胆的埃玛纽埃尔，他的生活一日复一日游移在咖啡味儿和沥青味儿之间，与他本人及其利益相脱节，与他内心格格不入，也不符合他的真实性。在其他情况下同样的事情没准儿会让他热衷，亲身经历过而保守秘密，直至回到自己的房间，竭尽一切力量和谨慎去熄灭心中燃烧的火焰。老板说：

"梅尔索，你说说，你是受过教育的呀。"

"是的，没事的，"梅尔索回答，"下回再说吧！"

"嘿，今晌儿，你倒来劲儿啦！"[①]

梅尔索微微一笑，离开饭馆，穿过马路，上楼回到自己卧房。这间屋位于一家马肉铺楼上。他从阳台伸出身子就闻

① 原文直译："你吃了狮子肉啦！"

得到血腥味儿，看得到招牌："致世人最高贵的战利品！"他躺在床上，抽了一支烟，睡着了。

梅尔索住在母亲曾经住过的房间。他们曾经在这个三间的套房生活了很长时间。母亲死后，他把两间房租给其友人中的一个箍桶匠，自己占最好的房间独住。母亲五十六岁那年去世。她很美丽，以为可以卖弄风情，风风光光生活，体体面面做人。不料，她四十来岁得了一种可怕的疾病，舍弃了袍子和脂粉，只好穿病人服；她的脸浮肿得很难看，完全变形了，几乎动弹不得，因为双腿肿胀，毫无力气。终于成了半个瞎子，发了疯似的在没有色泽的房间瞎摸，不得不放弃了事。最后一击丧命，既突然又干脆。她原先得的是糖尿病，满不在乎，又因无忧无虑地活着而加重了病情。梅尔索不得不辍学和就业。直到母亲去世，他一直继续阅读和思考。十年中间，女病人忍受着这种生活。这个受尽痛苦的女人拖延的时间太长，周围的人对她的病习以为常，忘却了病情一旦严重可能导致她死亡。一天，她终于死了。街区里，大家同情梅尔索，十分期盼葬礼。人们想起儿子对母亲的深情，恳请远方亲戚不要哭泣，为了不使帕特里斯感到更加悲伤，恳求他们保护和成全帕特里斯。好在，帕特里斯，他，尽可能穿得最好，手托礼帽，静观各种准备工作。他跟随葬礼行列，参加宗教仪式，撒下一把泥土，与送殡者一一握手。只是有一次，他感到惊讶，对接送邀请者的小汽车太少表示了不满，仅此而已。母亲死后，帕特里斯住她的房间，从前在母亲身旁虽然贫穷却有一种温馨。每当晚上他俩团聚，静静围着煤油灯吃晚饭，氛围简朴，却有抱团做一处的天伦之乐。他们周围的街区静悄悄。梅尔索望着母亲疲态的嘴巴，微微一笑。她也笑了笑。他继续吃饭。油灯冒出一点儿烟。母亲用精疲力竭的手调了一下灯，仅伸出绷紧的右手臂，身体往后仰。她稍后问道："你不再饿了吧。"——"不。"于是，梅尔索或抽烟或阅读。在第一种情况下，母亲说："还抽烟哪！"在第二种情况下，她则说："靠近油灯，不然会伤着眼睛的。"现如今正相反，孤独中的穷困是一种可怕的苦难。每当梅尔索忧伤地想念已故母亲，事实上他对母亲的怜悯反过来落及自身。他大可住得更舒适一些，却坚守老套房，维持穷酸相。至少他保持着本色，重新操持自愿尽量不抛头露面的生活，这种阴暗卑劣而有忍耐力的冲突使得他在忧伤和懊丧之际还能对得起自己的良心。他保留着房门上一小块灰色纸板，边沿已起毛了，上面有母亲用蓝铅笔写下的他的名字。他还留下旧铜床，铺着锦缎罩子，以及祖父的肖像：蓄着短胡子，眼睛明亮而凝滞。壁炉上，一座老摆钟，由男女牧童守护着，已经停摆；还有一盏煤油灯，几乎从未点燃过。再有几把有点凹陷的草编椅子，发黄的带镜衣橱，缺一个角的梳妆台。这些东西的背景，对他而言，疑虑重重，这不，习惯把一切都磨蚀了。他在影子般的套房里走动一点儿不费劲，若换另一间屋子倒不得不要习惯新布置，且费劲儿呢。他，刻意缩小献给外界的面积，可以睡个安稳觉，直到把所有的地方都派上用场。为了实现这个意图，这间屋子可供他利用：一面临街，另一面是露台，始终晾满衣物，则朝向几家小花园，其四周高墙之间种满橘树。夏天夜晚，有时候，他让自己的房间漆黑一团，然而打开朝向露台及其阴暗小花园的窗户。从黑暗到黑暗，橘树的气味冒上来，十分浓郁，仿佛给他披上薄薄的轻纱。夏日整个夜晚，他的房间和他自己浸沉在妙不可言又稠密浓郁的香气中，仿佛经过好些日子他都处于阴间之后，第一次打开了朝向生命的窗户。

他午睡醒来，满嘴的睡意，全身冒汗。睡过时了。他梳了梳头，跑下楼梯出门，跳上一辆有轨电车。二点零五分到达办公室。他工作的地方是一间大堂屋，四面墙凹进处共有四百十四个壁龛，一律堆放卷宗。办公室倒不肮脏，更不污浊，但大白天时时刻刻让人想起骨灰存放所，一片死气沉沉，腐败不堪。梅尔索检验核实提领单，翻译英国船舶采购清单，从下午三点到四点接待需要发送邮包的顾客。他自己求来的这份工作，实际上对他并不合适。但起初，他找到了走向生活的一条门路：一些有朝气的脸面，一些常客，一条通途，一股生机活力，终于感到自己心脏正常跳动了。因此，他不必看三位女打字员和办公室主任朗格卢瓦的脸色了。其中一位女打字员相当漂亮，最近结婚了，另一位跟母亲住在一起，第三位是上了年纪的女士，精明干练，正派庄重，梅尔索喜欢她说话辞藻华丽，但按朗格卢瓦的说法，她对“自己的不幸”抱持重内敛的态度。主任常跟她唇枪舌剑，但埃比永老太太总占上风。她瞧不上朗格卢瓦大汗淋漓，裤子紧贴着屁股，还有他在主管经理面前惊慌失措的模样，甚至有时候打电话听到某个律师或某个姓氏带着贵族介词的怪家伙便诚惶诚恐起来。可怜虫，一心想让老太太温和下来，抑或讨她喜欢，但一切皆白费心机。那天傍晚，他在办公室中央摇摆着踱方步，一边问道：“埃比永太太，您对我有好感，不是吗？”梅尔索翻译清单：Vegetables（蔬菜），Vegetables（蔬菜），望着头顶上的灯泡和打褶的绿色纸板灯罩。他的正面挂着一张五颜六色的日历，底画是法国布列塔尼捕鳕远洋渔民的朝圣节[①]。他的办公桌上整齐地摆着蘸带壳溏心蛋的细长面包块、吸墨水纸、墨水和尺。窗外堆放高高一大片从挪威运来的木材，是从黄白相间的货船卸下的。他侧耳倾听，墙外生命强烈地呼吸，在大海和码头上发出沉闷和深沉的声音，既远在天边又近在身旁……六点下班铃响了，他解脱了。这是个周六。

他回家便躺下，一直睡到晚饭时辰，煮了几个鸡蛋，就这么吃了（没有面包，因为忘记买了），然后又躺下，很快入睡，一觉睡到翌日清晨。他醒后，再睡，快到午饭时辰才起

---

① 朝圣节：此处系指法国布列塔尼传统天主教庆典。

床梳洗，下楼去吃饭。回家上楼，填了两个字谜游戏，细心剪下克鲁申老爹嗅盐的一幅广告，贴入一个本子，里面已贴着像成排照明灯似的世代滑稽老爹。事毕，起身洗手，去阳台待着。下午晴朗。不过，路面泥泞，行人不多，却依然行色匆匆。梅尔索的目光仔细追随每个行人，直到走出他的视线，再去盯另一个行人。起先注视上街散步的家庭，比如一家五口：两个穿水手服的小男孩，短裤降到膝下，上身裹着僵硬的衣服，显得拘泥；一个小姑娘头戴一个玫瑰色大花结，脚踏一双黑色漆皮鞋。在他们后面的母亲穿栗色绸袍，裹着羽毛长围巾，活像个大怪物。父亲比较高雅，手持拐杖。稍晚些时候，是本街区年轻人，他们头发抹油上腊，系着红色领带，上衣收紧腰身，有个绣花的小口袋，脚踏方楦头皮鞋。他们去市中心电影院，大声嬉笑着赶乘有轨电车。在他们之后，街上慢慢人迹稀少，各处演出已经开场。现在街区交给了店主和猫咪。天空尽管澄清，街道两边榕树的上空却不明亮。梅尔索的正对面，烟店老板搬出一把椅子到门前，反跨坐下，双臂依傍在椅背上。刚才挤满人的有轨电车几乎空落落了。皮埃罗[①]之家小咖啡店里，跑堂儿的在空无一人的店堂里打扫木屑[②]。梅尔索把椅子倒放，像烟店老板那样坐下，连

① 即小丑角的意思，源自意大利喜剧角色佩卓利诺（Pedrolino），身穿白衣，脸抹白粉。

② 打扫时先撒木屑，然后和着垃圾一起扫掉，更为干净。

续抽掉两支香烟。然后，回到房间，掰下一块巧克力，回到窗口去吃。一会儿天空暗淡下来，接着阴云又散去。但乌云更向街道预示雨的来临，使街道更阴暗。五点钟，一辆辆有轨电车带着噪音到来，把郊区几家体育场的观众像匍匐串似的运回来，他们栖息在脚踏板和栏杆上。随后来到的有轨电车载回运动员，从他们手提的小箱子认得出来。他们大喊大叫，高声歌唱，颂扬他们的俱乐部万古长青。其中好几个人向梅尔索打招呼，一人高喊："我们赢了他们！"——"好样的！"梅尔索简单回应，频频点头。这时汽车越来越多了，其中有些汽车的挡泥板和缓冲器载满鲜花。然而，白日又有一点儿变化：屋顶上的天空变成了淡红色。随着夜晚的出现，大街小巷重新热闹起来。散步的人们又纷纷出门，孩子们疲倦了，哭哭啼啼，抑或听任拖来带去。此时街区的几家电影院向街道倾泻滚滚的观众浪涛。刚出电影院的年轻人做着果断而炫耀的手势，梅尔索看得出他们正在对看过的冒险影片表达无意识的评论。从市中心电影院回来的人们稍为晚到一会儿，他们的表情比较庄重，眼睛和举止介于嬉笑和戏弄之间，仿佛重新显现一种怀念，对电影给他们打开熠熠生辉的种种生活产生一种离愁别恨之感。他们待在街上来回走动。梅尔索对面的人行道上，最终形成两股人流：街区的姑娘们，留着长发，手臂挽着手臂，形成一股；另一股是男孩子们，他们向对方打趣逗乐儿，姑娘们光顾着扭头嬉笑。正经的人们上咖啡馆或三五成群待在人行道上形成一个个小岛，人流宛如流水，绕着一个个小岛弯弯曲曲向前奔涌。当下，街道明亮，电汽灯光使初升于黑夜的星星显得苍白失色。梅尔索住所下方的人行道上熙来攘往，流光溢彩。灯光使泥泞的路面闪闪发亮，一辆辆等距离间隔的有轨电车映照着油光的秀发、湿润的嘴唇、嫣然的微笑，抑或银手镯，这一切交相辉映。不久之后，有轨电车越来越少，树木和灯光上空的黑夜已经浓郁，街区不知不觉空寂无人，第一只猫慢悠悠穿过空荡的街道。梅尔索想起晚餐，觉得脖子有点儿酸痛，原来是趴在椅背上跨坐的时间过久了。他下楼买了面包和面条，自己下厨，吃完了事。他又回到窗口。一些人步出户外。天气凉丝丝，他不禁打了个冷颤，于是关上玻璃窗，回到壁炉上的镜子前。除了有些夜晚，他接待玛尔特或跟她一起外出，以及给突尼斯的几个女友写信，他的一生就在这个发黄的境界中度过，镜子向他映照出一间屋子里积满污垢的酒精灯旁边吃剩的面包头。梅尔索叹道：

“又是一个礼拜天给打发过去了！”

三

每当梅尔索晚间上街散步，每当看到光和影也在玛尔特脸上交相辉映，他觉得似乎一切唾手可得，甚至觉得自己力量充沛，勇气饱满。玛尔特每天把美细致入微地向他倾泻，使他昏昏欲醉；对她在公众场合待在他身边出头露面而感激不尽。不管玛尔特怎么微不足道，但梅尔索看到男人们对她充满性欲，而她一概喜出望外时，他还是痛苦万分。反正，他这晚很高兴跟她共进电影院。快开场前，影院几乎坐满。她走在他前面，周围投来羡慕的目光，她如花似玉的脸上笑容可掬，给人以强烈的美感。他呢，手托一顶毡帽，自我感到超乎自然的落落大方，好像对自己的风度有一种出自内心的意识。他摆出心不在焉而举止庄重的样子。他要求自己礼貌周全，主动躲闪一旁让引座女郎先走，主动把玛尔特的座椅调低后让她坐下。不怎么刻意表现自己，更是出于满心感激不尽的好情绪使他对所有的人都充满爱心。他之所以给引座女郎过多的小费，是因为他既知道如何支付自己的喜悦，也是通过这个寻常的姿态去爱慕一位仙女：她晶莹的微笑光彩夺目。幕间休息，在四壁铺满镜子的休息室里，四周向他反照的是他幸福的脸，四壁镜子里众多风致翩翩而满腔热忱的形象中，显现他高大的深色身影以及浅色穿着的玛尔特的微笑。诚然，他喜欢如此见到自己的面容，夹着香烟微微颤动的嘴巴以及微微凹陷的眼睛，因动情而兴奋的眼睛。总之，一个男子的美表露出发自内心的、讲究实惠的真情实况。他的脸显现他能做什么，就是说能为女性脸上华丽的无用性付出代价。梅尔索心知肚明，女人的脸蛋儿满足他的虚荣心，向他内心隐秘的魔鬼们敬献殷勤。

梅尔索回到放映厅，心想平常一个人幕间休息从来不出厅，宁愿就地抽烟，听听幕间播放的轻音乐唱片。但这个夜晚一不做，二不休，不放过一切机会，事已至此，豁出去了。就座时，玛尔特向坐在他们背后几排远的一名男子回礼致意。梅尔索也向此人致意，似乎瞥见他嘴唇角上一抹微笑。他坐下时没有察觉玛尔特用手压了一下他的肩要跟他说话，一分钟以前，他会满心喜欢这个动作，就像她对他表达感激之情的新证据。

"此人是谁?"他问道，等待回答"谁?"非常自然，这不，有问必答嘛。

"你知道的，此人……咳。"玛尔特答道，欲言又止。

"说话呀?"

"你非想知道不可吗?"

"不。"梅尔索回答。

他略为扭头又看了一眼：那人盯着玛尔特的颈背，脸上却不动声色。此人相当英俊，漂亮的嘴唇红通通的，但双眼毫无表情，有点儿小白脸模样。梅尔索顿时觉得一股股热血涌上太阳穴。几小时前，他身处的这个理想背景是五光十色的，现在突然被烟臭玷污了，他眼前变得一片漆黑。还需要听她讲什么吗?十拿九稳，这家伙跟玛尔特是睡过觉的了。更有甚者，一种恐惧在他身上油然而生，因为可以想象此人心里可能想些什么，明摆着的，连他自己都会这么说："你始终可以充好汉嘛……"一想到这家伙就在此刻回想起玛尔特干净利落的动作，回顾她一高兴就把手臂抬起遮挡自己的双眼；一想到这家伙也竭力挪开她的手臂，企图看清女人的眼睛弄明白究竟在搞什么鬼名堂，梅尔索感到自己崩溃了，两眼紧闭不愿睁开，突然电影院铃声响了，电影重新播放，愤怒的泪水倒流，任其膨胀。他忘却玛尔特只是供他快乐的机遇，而现在却成了引起他愤怒的活体。梅尔索久久闭着眼睛，直到睁开看银幕：一辆汽车翻覆，乐队停止演奏，场内一片寂静，只有一只轮胎在慢慢空转，仿佛拖带着梅尔索恶劣心情所产生的全部耻辱和委屈。但他按捺不住，必须弄个水落石出，反倒使他忘却自己的尊严。

"玛尔特，"他问道，"他曾经是你的情人吗？"

"是的，"她回答，"但我对电影感兴趣。"

就在那天，梅尔索开始依恋上玛尔特，认识她已有几个月，被她的美貌和雅致打动了。她的脸庞有点儿偏大，但五官端正，眼睛金色，嘴唇化妆完美无缺，活像画上的仙女。她双眼闪烁着天生的轻浮，却显露出心不在焉和无动于衷。时至今日，梅尔索每次与女子初次接触，情投意合之后，都会意识到不幸的是爱情和性欲以相同的方式表现出来，用双臂拥抱美人儿之前就想到了分手。但玛尔特出现之时，正逢梅尔索解脱了一切连同弄清楚了他自己。对自由和独立的关注只孕育于对生活抱有希望的人身上。当时的梅尔索对什么都无所谓了。玛尔特第一次在他怀里脉脉含情的温柔，使他感到生机勃勃，肉体的接近使得她五官面容非常失态，至此一直僵住的嘴唇宛如绘制的花朵突然充满活力向他移动，他透过这个女人看不到未来，但情欲的全部精力凝固在她身上，自己完全倾注在这样的表象中了。她向他伸过去的双唇似乎向他传递着缺乏激情的世界，鼓胀着性欲的世界，尽管在这样的世界里他依然心满意足了。这一点，他如同体验到一种奇迹。他的心激动得怦怦直跳，并一直把这种激情视同爱情。当他感到在上下牙床之间含着饱满又有弹性的肉团时，他似乎疯狂地衔着一种野性的自由，那是在用自己的双唇久久舔弄之后的感觉。她就在那一天成为他的情妇。不久，他们做爱配合得臻至完美。但，随着对她了解越来越深，他逐渐失去曾经在她身上辨识到的奇特感，不过欠身贴近她的嘴时，依然时不时设法激发这种奇特感。就这样，玛尔特习惯了梅尔索的持重和冷漠，从来弄不懂为什么在挤满人的有轨电车里，有一天他要吻她的嘴唇。她惊愕之余，还是把嘴唇向他伸去。他满心欢喜吻她的嘴唇，先用自己的嘴唇舔抚，然后慢慢地啃。玛尔特问他："你怎么啦？"他笑了笑，她喜欢他的微笑：微微一笑解答问题。他曾说："我特别喜欢站不稳。"然后重新保持沉默。每每做爱之后，躯体解脱了，放松了，这时心却困了，不过依然温情脉脉，就像抚摸和蔼可亲的狗，梅尔索微笑着说："向表象致敬！"她不明白帕特里斯的用语。

玛尔特是个打字员，她并不爱梅尔索，但心系于他，这不，他老是勾搭她，奉承她。梅尔索把埃玛纽埃尔介绍给她的那天，后者便对她说："您知道吧，这是个不错的家伙，梅尔索，肚子里有货，但闷声不吭，所以咱们捉摸不透他。"玛尔特好奇地望着梅尔索，好在做爱时，他使她很幸福，她也没有更多的要求，就尽力适应这个沉默寡言的情人吧，而且他很少喧嚷，从来不要求她做什么，只在她乐意时才跟她做爱。面对这个男人，她只是感到有点儿不自在，因为发现不了他的缺陷。

然而这天晚上，从电影院出来，她明了可能有什么事伤害到他了。她整整一晚上默不作声，在他家过夜。他整个晚上都没有碰她。但从此时开始，她运用自己的优势了，因为她早已对他说过她有过一些情人，而且找得出必要的证据。

第二天一反平时习惯，她一下班就来到梅尔索家。她发现他睡着了，便坐在铜床的脚边，没叫醒他。但见他身穿衬衣，两袖卷得高高的，露出前臂玉白的背面，手臂却是棕色的，肌肉发达。他呼吸均匀，胸部和腹部起伏正常。双眉之间两道皱褶赋予他毅力和执拗的表情，这是她很熟悉的。他卷曲的头发打着卷儿披在深褐色的前额，一条静脉饱满地横跨其间。就这样，脑袋耷拉在宽阔的双肩上，双臂沿躯体下垂着，一条腿折拢一半，看上去活像一个孤独而固执的天神，熟睡在一个陌生的世界里。她看着睡眠使他的双唇变得鼓鼓囊囊的，性欲油然而生。他，正在此刻，睁开一半眼睛，又重新闭上，平静地说：

“我不喜欢别人看着我睡觉。”

她跳过去搂住他的脖子亲吻。他依旧不动窝儿，无动于衷。

“哦，亲爱的，又在异想天开了吧。”

“别称呼我亲爱的，下不为例。我已经对你说过了。”

她紧靠他躺下，从侧面瞧他：

“我在想你这副样子像谁。”

梅尔索套上裤子，转过背去没理她。经常如此，玛尔特在电影院，在戏剧院，很熟悉梅尔索的姿态或习癖。况且在这方面，梅尔索再次发现他对她的影响，但这个经常使他得意的习惯今天却惹他生气了。她贴紧拥抱他的后背，自己的腹部和乳房感受到他睡眠后的温暖。夜晚很快降临，房间布满阴影。从楼房内部传来挨打的孩子哭声、猫叫声，房门碰撞声。街道路灯照亮阳台。有轨电车稀稀落落经过，之后，从街区飘上来一股股浓厚的茴香酒和烤肉气味直往房间里灌。

玛尔特感觉十分困倦。

“你好像生气了，”她说，“昨天已经……我是为此而来的。你不说点什么吗？”她摇晃他一下。梅尔索一动不动，在已经浓厚的夜色中他两眼盯着梳妆台下一只皮鞋发亮的曲线。

“喂，”玛尔特说，“昨天那个家伙，嗨，我夸张了。他不曾是我的情人。”

“是吗？”梅尔索问。

“总之，不完全是吧。”

梅尔索什么也不说了。他可是完全看清楚手势、微笑……他咬紧牙关。然后他起身，打开窗户，又回过身来坐到床上。她蜷缩在他身旁，把手伸到他衬衣的两个纽扣儿中间，抚摸他的胸脯。他终于问道：

“你有过多少情人？”

“你讨厌。”

梅尔索不吭声了。她回答：

“十来个吧。”

梅尔索感到困倦，想抽烟。他掏出一包烟，一边问：

“我认识他们吗？”他只见玛尔特脸部泛起一层白色，心想：“像做爱时那样。”

“有几个吧，是的，在街区就有。”她边说边把头贴着他的肩膀摩擦，操着小姑娘的声音，让梅尔索软化下来。

“听着，小乖乖，”他说，一边点燃香烟，“听懂我的话，你要发誓对我说出他们的名字。至于其余我不认识的，你还要发誓下次我们遇到他们，可要给我指出来哟。”玛尔特往后一仰说：

“哦，不嘛！”

一辆汽车在房屋窗下粗暴地揿喇叭，又揿了一次，两次按的时间都很长。有轨电车的叮当声响彻黑夜尽头。梳妆台的大理石台面上闹钟发出冷冷的嘀嗒声。梅尔索吃力地说：

“我对你这么要求，是因为我了解自己。我若心中无数，就会怀疑我遇到的每个人，结果如出一辙。我将会起疑心，将会凭想象。就是这样的嘛。我会有太多的想象。不知道你是否明白。”

她明白到了极点。她说出他们的名字，只有一人，梅尔索不认识。最后一名是个年轻人，他认识，正是他想到的，因为他知道此人英俊，备受女人们青睐。他对性爱感到吃惊，至少第一次感到震惊：女人能接受令人毛骨悚然的隐私，并且她的下身能接受一个陌生人的下身。他从这种听之任之、从这种从容随意、从这种意乱神迷，确认性爱的亢奋力和邪欲力。这就是他首先想象玛尔特和她的情人之间的隐私。此时，玛尔特在床沿坐下，把左脚挪到右腿上，脱掉一只鞋，而后卸下另一只，随意扔下，一只鞋侧着倒在地上，另一只由高跟支撑挺拔地立着。梅尔索感到喉咙哽塞，胃里有什么东西在翻腾。

“你就是这样跟雷内干好事的吗？”梅尔索微笑着说。

玛尔特抬起头，眼睛盯着他说：

“你往脑袋瓜里装什么呀，他只是我的一次性情人。”

“哟！”梅尔索回应道。

“况且，我连皮鞋都没脱掉。”

梅尔索站起身，仿佛看到她和衣仰卧在像眼前的床上，全身心地、无保留地奉献，嚷道：“别说啦！”径自走向窗户。

“喔唷，亲爱的！”坐在床上的玛尔特说，她穿长袜的双脚踩在地上。

梅尔索镇定下来，瞧着电车轨道上空的灯光闪烁，感到从来没有如此贴近玛尔特，明白自己一下子向她稍微敞开了胸怀。尽管自负依然烧痛着双眼。他回到她身旁，用折拢的食指夹着她耳下脖子温暖的皮肤，微笑着问道：

“这个扎格雷斯，他是谁？是唯一我不认识的。”

“他呀，”玛尔特笑着说，“我还常见他呢。”

梅尔索双指捏紧她的皮肤。

“这是我第一个情人，明白吗？”她说，“我那时还很年轻，他的年纪大一些。现在他的两条腿都截了。他一个人生活，我有时候去看望他。这是个正派而有教养的男人，总是在看书。那个时候他还是大学生。他很开朗。一个大男人嘛。再说，他说话像你，他对我说：‘过来，表象。’”

梅尔索陷入深思。他松开手指，任凭玛尔特倒在床上紧闭双眼。过了一会儿，他坐到她身旁，俯下身子，贴近她微开的双唇，寻找她这个动物女神的征象，忘却他断定不体面的痛苦，但还是离开她的嘴巴，没有进一步的动作。

送别玛尔特的时候，她主动谈起扎格雷斯，她说：“我向他谈起你。我对他说，我的心上人非常英俊，非常能干。于是，他对我说他乐意认识你，因为用他的话来说：'看到一个俊美的躯体有助于我呼吸畅通。'"

"此公蛮复杂的嘛。"梅尔索回应道。

玛尔特想让他高兴，认为是时候搁置她策划的忌妒小闹剧，心想该让他也差不多感受一下，随口便说：

"咳，他不如你那些朋友复杂吧。"

"哪些朋友们？"梅尔索问道，他由衷地感到惊讶。

"那些小母驴呗，你心中有数，对吗？"

小母驴们，是指萝丝和克莱尔，还有突尼斯的女大学生们，梅尔索以前交往过的，而且跟她们保持通信，他一生中唯一的通信往来。他微微一笑，捏了捏玛尔特的颈窝。他们漫步了好久。玛尔特住在练兵场附近，街道很长，两旁房屋的高处亮着灯光，下方的商店已关闭，漆黑一片，阴森森的。

"喂，亲爱的，你不爱她们吧，那帮小母驴？"

"才不呢。"梅尔索回答。

"你爱我吗？"玛尔特问道，不搞转弯抹角。

梅尔索突然兴奋，大笑起来说：

"这是个严肃的问题。"

"请回答。"

"我们这个年纪，无所谓爱不爱，是吧。彼此喜欢即可。等到将来，人老了，无能为力了，就可以爱啦。在我们的年纪，自以为相爱就行了呗。”

她显得忧伤，说：“再见，亲爱的。”梅尔索跟她吻别，又经过黑洞洞的街道往回走。他快步走着，大腿肌肉使劲时他觉得裤子衣料滑溜溜的，心里想着扎格雷斯及其两条截肢的腿。他极想认识此人，决定要求玛尔特带他去见一见。

梅尔索第一次见到扎格雷斯，很是恼火，但后者企图缓和尴尬局面，因为同一个女人的两个情人当着她本人在场见面，那种情境可以想见。为此，扎格雷斯竭力使梅尔索跟他心照不宣，把玛尔特说成“好姑娘”，并且高声嘻嘻哈哈。不过，梅尔索依旧倔头倔脑，他俩一旦离开做一处时，他马上粗暴地对玛尔特说：

“我不喜欢做小人，让我难受，阻碍我思想。尤其讨厌跟充好汉的小人打交道。”

“你呀，”玛尔特没有明白便回答，“听听你，说了些什么……”

后来，扎格雷斯有朝气的笑声，起先使梅尔索恼火，却引起他的注意和兴趣，同时难以掩盖的嫉妒导致他判断有误，但见到扎格雷斯本人时，嫉妒消失了。玛尔特头脑简单地追忆她认识扎格雷斯那个时期当口儿，梅尔索反倒劝告她说：

“别浪费时间啦，我不可能对一个失去双腿的家伙产生嫉妒的。只要一想起你们俩在一起，我如同见到他像一条大虫趴在你身上。你明白吧，这让我好笑。别费劲啦，我的天使。”

后来，他独自去扎格雷斯家，后者谈笑风生，话说得又快又多，然后闷不作声了。梅尔索在这间大屋里很自在，扎格雷斯待在这里，在他的书籍和摩洛哥铜器中间，生着壁火，工作台上高棉菩萨不露声色的脸上映照着火光。他倾听扎格雷斯高谈阔论。这位残疾人引人注目之处，在于他深思熟虑之后才说话。除此之外，激情被扼制了，炽热的生命无非使得这具可笑的躯干富有活力，足以留住梅尔索，足以在他身上产生某种东西，不妨大方一点，权当友谊吧。

四

星期天下午，罗兰·扎格雷斯高谈阔论，逗乐打趣，之后，他一声不吭待在壁炉火旁，坐在宽大的扶手椅里，上身露出层层覆盖其下身的白色盖被。梅尔索背靠书柜，透过白色丝绸窗帘凝望天空和乡村。他来时天空下着毛毛雨，怕到得太早，在乡间徘徊了一个小时。天色阴暗，听不到风声，只见到小山谷里树木和枝叶静静摇晃。街道那边，一辆牛奶车经过，发出铁与木交杂的巨大噪声。几乎一下子大雨滂沱，淹盖了窗户。大雨好像把窗玻璃蒙上一层厚厚的油水，远处马蹄声在空旷中回响，比刚才汽车的噪声更使人心动，骤雨沉闷而经久，体面却一无是处的残疾人待在火焰熊熊的壁炉旁，一切披带着旧时的面目，其沉闷的惆怅渗透梅尔索的心房，就像刚才雨水湿透他的皮鞋，寒冷冻僵他的双膝，因为裤子单薄不保暖。几个片刻前，既无雾又无雨，脸上的水汽化了，像一只轻飘飘的手把他的脸洗了，眼睛虽露了出来，四周的黑眼圈却明显可见。当下他凝望天空，深处乌云不断飘来，很快消失，又很快换上乌云。裤子烫出的折儿早已消失，他却感觉心里暖洋洋的，因为得到了信任：一个正常人带着他在一个为了他而设计的世界里漫步。为此，他走近炉火和扎格雷斯，有点儿处在高大壁炉烟囱的阴影下，但始终脸朝着天空。扎格雷斯微微一笑，什么也没说。突然，他向梅尔索侧过脸去。火光只映在他的左颊上，但他的声音和目光充满热忱。他说：

"看样子，您累了。"

梅尔索顾着体统，简要回答："是的，我感到烦恼。"过了一会儿，他直起身子，走向窗户，望着窗外加添道：

"我很想结婚，很想自杀，很想订阅《名流画报》，很想搞一个绝望行动之类的。"

扎格雷斯微笑着说：

"您穷，是吧，梅尔索。这一半说明您厌倦，另一半因为您荒诞地认同您活该贫穷。"

梅尔索始终背向着他，凝视风中的树木。扎格雷斯撸平盖着双腿的盖被。

"您知道吧。一个人总是自以为知道在身体的需要和精神的需求之间找到平衡。您，正在评断您自己吧，很不对劲呐。梅尔索，您活得很糟糕，很不开心啊。”他说着转身问帕特里斯：

“您喜欢开汽车，是吗？”

“是的。”

“您喜欢娘儿们？”

“如果她们漂亮的话。”

“这就是我想说的。”扎格雷斯说完转身向着炉火。

片刻之后，他开口说：“这一切……”梅尔索应声转过身来，靠着身后有点儿失去光泽的窗玻璃，等着他把这句话讲完。扎格雷斯却戛然而止。一只过早出现的苍蝇在玻璃窗上颤动。梅尔索转过身去，用手心罩住苍蝇，之后又将其放飞了。扎格雷斯瞧着他，犹豫地对他说：

“我不喜欢一本正经说话，因为那样就只有一件事可以说的：说明生活的正当性。我呢，我说不明白，在我看来我怎么能说明我残废双腿的正当性。”

“我也不明白。”梅尔索说，并没有转过身来。

扎格雷斯突然爽朗大笑，说道：“谢谢，您没有给我留下任何幻想的余地。”他改了口气接着说：“您下得了狠心就对喽。但有件事，我想告诉您。”他神情严肃，一时沉默不语。梅尔索过来坐在他对面。

“听我说，”扎格雷斯重复道，“请瞧着我。人家帮我大小便，之后给我洗净擦干。更糟的是，我为此付钱雇用人。而我永远不会下手缩短我多么珍视的生命。还有更糟糕的是，我会承受眼瞎、哑巴，不管什么都行，只要我感觉得到自己肚子里这股郁闷而热忱的火焰就是我，就是活生生的我，所以，我一心感激生命，使我得以还在燃烧。”扎格雷斯挺身朝后一仰，有点儿气喘。此时看不太清他的脸色。只见一缕苍白的反光折射在他的下巴，原来是他的盖被折射过来的。他继续说：“您哪，梅尔索，凭您的体魄，您唯一的义务便是活着，活得幸福。”

“别拿我打趣儿，”梅尔索说，“凭我坐八小时办公室！嗨！假如我是自由的！”

他越说越兴奋，好像时不时希望又复苏了。今天感到被助一臂之力，希望更强劲了。他的信心来自他终于能够相信什么了。他平静了一下，顺手把香烟掐灭，更从容不迫地继续说：“几年前，我前途无量，人们谈论我的人生、我的前途。我认同了。我甚至为此做了必须做的事情，我全神贯注于毫无个性的事情，成天忙于此道。但结果呢，一切与我渺不相关，没戏。我说得不好，但您懂的，扎格雷斯。”

“是的。”扎格雷斯说。

“现在依然如此，假如我有时机……我便会为所欲为，不管发生什么事，随心所欲便好，就像雨下在卵石上，给卵石冲个澡，就十分好看哪。哪一天，在烈日照射下卵石发烫，就让它火辣辣好啦。我始终觉得，准确来说，这就是幸福。”

扎格雷斯交叉着双手。在接下来的沉默中，雨势似乎更凶猛，乌云膨胀得一团团的，裹在蒙蒙的薄雾中。房间阴暗下来，宛如天空倾泻其满载的阴影和寂静。残疾人别有用心地说：

“一个躯体总会有其应得的理想状态，这就是卵石的理想状态，我敢说，必须有半个天神躯体才支撑得了这种理想状态。”

“确实如此，”梅尔索回应道，颇为惊讶，“但也不必夸张。我搞过许多体育运动，不过如此吧。我可以为了痛快而走得很远。”

扎格雷斯思考了一下说：

“好哇，对您再好不过了。认知自己躯体的局限，这可是真正的心理学哟。不过，这并不重要。我们没有时间成为我们自己，我们只有获得幸福的时间。麻烦您确切讲讲您对无个性的想法，好吗？”

“没有什么想法。”梅尔索答后沉默了。

扎格雷斯喝了一口茶，搁下满满一杯不饮：他喝得很少，只愿每天小便一次。凭着坚强的意志，几乎总能减少日常给他带来委曲求全的负担。一天，他对梅尔索说：

“聚沙成塔，凡事都可创纪录啊！”

几滴水从烟囱首度掉落壁炉，火苗发出吱吱声，雨敲打玻璃窗更加猛烈，某处传来抨门的响声，对面公路上汽车像老鼠似的闪烁穿梭，其中一辆车喇叭揌得很久，穿过山谷传来空荡而凄凉的声音，更加扩大了天地间潮湿的空间，致使梅尔索的回忆本身，对他自己而言，变成天空寂静和灾害的一个组成部分。

“请原谅，扎格雷斯，有些事情我好久没谈起了，弄得我不知所以，或者讲不清楚了。当我注视我的生活及其隐秘色彩，我感到内心像泪水翻涌，就像这样的天空。既下雨又出太阳，既是中午又是子夜。啊，扎格雷斯，当我想到与我接吻的那些嘴唇，想到我曾经是穷困的孩子，想到某些时刻使我冲昏头脑的雄心壮志和对生活的痴心妄想，这竟然就是我的全部。我肯定在某些时刻您会认不出我来：在不幸中表现极端，在幸福中表现过度，我说不好哇。”

“您同时玩好几个局？”

“是的，但不是胡闹的，”梅尔索回答时慷慨激昂，“每次我琢磨内心痛苦和欢乐的途径，做到心中有数，用怎样的性子设的局是最严密的，最最振奋我心的。”

扎格雷斯微微一笑。梅尔索却粗暴地说：

“我玩的是我的命。我现在的工作，上八个小时班，别人忍受得了，却阻碍着我。”

他不作声了，把一直夹在手指之间的香烟点燃，没等吹灭火柴便接着说：

“假如我有相当的能力和耐心……”他吹灭火柴，把黑灰掐在左手背上，“……我知道能把自己的命玩到什么程度，不会把自己的生活当作试验，因为我是体验我的生活……是的，我心知肚明怎样的激情以其全部能量鼓舞我。以前我太年轻，把自己摆在正中央。今天，”他停了一下继续说，“我明白了，行动、喜爱和受苦，这确实是生活，但这是生活在透明的情况下，接受自己的命运，如同一条喜悦和激情彩虹唯一的反射，对所有人都是如此吧。”

“是的，”扎格雷斯说，“您不能一边工作，一边如此生活……”

“不能，因为我处于反抗的状态，这很不好哇。”

扎格雷斯沉默了。雨停了，但天空中黑夜替代了乌云，屋子里阴暗几乎全覆盖，只有炉火映照着残疾人和梅尔索闪亮的脸部。久久沉默之后，扎格雷斯瞧着帕特里斯简单地说：“很多的痛苦等待着喜欢您的人们……”见到梅尔索突然跳将起来十分惊讶，头部处在暗中的梅尔索粗暴地说：“别人爱我阻止不了我做任何事情。”

“确实，”扎格雷斯说，“但据我观察，您总有一天将孤独一人，如此而已，但请您坐下听我说。您对我说的话让我吃惊。有件事儿，尤其因为证实了我做人的经验教我懂得的。我很喜欢您，梅尔索，况且由于您的体魄，是您的体魄叫您学会这一切的。今天我觉得我能敞开心扉跟您谈一谈。”

梅尔索缓缓坐下，他的脸回到亮光中，火烧到最后更加红，突然依稀觉得丝绸窗帘后面的方块玻璃像黑夜的一个口子。窗玻璃后面有什么东西轻快敞亮起来，一道乳白色亮光照进屋里。梅尔索借着亮光，在菩萨含讥带讽而胸有成竹的嘴唇上，在精雕细刻的铜器上，认出他深深喜爱着星星和月亮的夜晚那副既习以为常又稍纵即逝的面孔。这就好像黑夜失去其云彩的衬里而即时闪烁其静悄悄的光辉。公路上，汽车行驰不那么快了。谷底出现一阵突然的惊慌，眷顾着入睡的鸟儿。大门前传来脚步声，在这乳白色的夜里，声响显得更加广远更加清脆。在淡红色的炉火、室内苏醒的搏动与他周围家常器物的秘密生命之间，一首瞬息即逝的诗正在结网，使得梅尔索准备好用另一颗心在信任和情爱中接受忠告，即扎格雷斯即将对他倾吐衷肠。他稍稍仰靠在扶手椅上，面对着天空在倾听扎格雷斯讲他奇特的故事。后者开讲了：

“我确信人们没有钱是不可能幸福的。一言而为天下法。我不喜欢浪漫主义，我喜欢有自知之明。因为，我注意到了某些精英分子身上有某种精神时髦主义，认为钱对幸福不是必需的。这是愚蠢的，错误的，在某种程度上讲，是怯懦的。”

“您明白，梅尔索，对一个出身好的人而言，获得幸福，从来不是复杂的事情。只需重新掌握所有人的命运就是了，不像很多假伟人那样决意出世的，而是怀着获得幸福的强烈意志，只不过获得幸福是需要时间的。幸福本身也要有漫长的耐心。几乎在所有的情况下，我们为挣钱而消耗生命，而有了钱，还得争取时间。对我本人而言，这是唯一让我感到兴趣的问题。问题简明确切，毫不含糊。”

扎格雷斯话毕，闭上双眼。梅尔索死盯着天空。一时间，公路上，田野里，嘈杂声清晰可辨。扎格雷斯不慌不忙继续讲：

“嗨，我很清楚大部分有钱人没有任何幸福感。但这不是问题之所在。要知道，有了钱，就是有时间。到此为止，我不越出雷池一步。时间买得到。一切都买得到。有钱人或变成有钱人，就是有时间去获得幸福，尽管要配得上得到幸福。”

他双眼盯着帕特里斯继续讲：

“梅尔索，我二十五岁时，已经弄明白：一切有幸福感、有幸福意愿和诉求的人都有权成为富翁。我觉得诉求幸福是世人心中最为高贵的东西。在我眼里，追求幸福是名正言顺的。一颗纯粹的心足矣。”

扎格雷斯说话时一直盯着梅尔索，突然放慢语速，声音冷漠而严厉，好像他要把梅尔索从表面走神中拉出来：“我二十五岁开始发财。我搞诈骗不择手段，不惜一切，瞒天过海。几年下来，搞到手一大笔现金，听懂了吗。梅尔索，接近两百万哪。世界向我敞开大门。我拥有了世界，却梦想离群索居而热忱洋溢的生活……”他停止片刻后，声音变得更加沉闷，接着说：“嗳，梅尔索，几乎不久便出事故了，意外失去了双腿，要不然我将会有怎样的生活啊。可是我未能了断……如今，您瞧，成这个样子了。现在您明白了吧，我却依然不乐意过衰退的生活。二十年来，我的钱就在这里，我的身边。我仍省吃俭用，只耗费了一小部分。”他把硬邦邦的手举到眼皮边，压低声说：“永远不可让残废者的性关系弄脏生活。”

当下，扎格雷斯打开贴着壁炉的矮衣柜，用他的钥匙戳向一个粗大的褐色钢制保险箱。在保险箱上放着一封白色的信和两把黑色大转轮手枪，他用前额贴着枪，用两边的太阳穴在手枪上移过来转过去，用他两边面颊的热度减轻铁的冰凉。他就这样耽搁了很长时间，用手指沿着手枪扳机滑动，玩弄手枪卡槽，直到周围鸦雀无声，他已经昏昏欲睡，整个身心蜷缩一团，感受着冰凉而带碱味儿的铁器，死亡很可能从中引发，有了这样的感觉便足以让他在信上签划日期并开枪了。他感受到了死亡如此荒诞的轻而易举，其想象力是相当活跃的，足以用他全部的惶恐给他描绘否定生活对他意味着什么，在他迷迷蒙蒙中消除尚在尊严和沉默中燃烧的一切欲望。之后，他完全苏醒了，嘴里满是苦涩不堪的唾液。他舔了舔枪管，把舌头伸了进去，最后咕哝着一种不可为而为之的幸福。

"不用说，我搞砸了我的一生。但我也有我的道理呀：一切为了幸福，反对我们周围的世界，因为世界是用愚蠢和暴力包围我们。"扎格雷斯终于笑了，加添道，"梅尔索，您明白了吧，咱们的文明既卑躬屈节又暴戾恣睢，以这条愚蠢的公理来衡量的话，大凡幸福的人民都没有历史了。"

此刻时间已很晚，梅尔索判断不出所以然，他的脑袋被焦躁的激动搞得乱七八糟，嘴里充斥一支支香烟抽完留下的热气和苦涩。周围的光线与他倒是相辅而行。从扎格雷斯开讲以来，他第一次朝说话人的方向看着说：

"我自以为听明白了。"

残疾人费劲很长时间后疲倦了，沉默之后，吃力地说：

"我很想确信您的话。不过，千万别以为我说过钱能使人幸福。我的意思只是说对于某个阶层来说，幸福是可能的，还要有时间才行。拥有金钱就是把自己从金钱中解放出来。"

他蜷缩在自己的椅子里，盖着盖被。夜重新自闭在本色中。当下梅尔索几乎不再看得清罗兰了，接下来是一阵长长的沉默。帕特里斯企图恢复接触，想核实一下此人仍在黑暗中，站起来探索着说：

"这要冒好大的风险。"

"是的，"对方沉闷回应，"宁可今生赌一把，也不指望来世。对我而言，则另当别论。"

"一个瘫软的人，"梅尔索心想，"人间一废物。"

“二十年来，我未能体验到什么幸福。生活把我吞食了，我没能完全把握人生，使我怕死的是，可以肯定，生活将带给我的却是我的生命由不得我来了结。独善其身，您明白吗?”

一声稚气十足的大笑直接从阴暗中发出，

“梅尔索，这就是说，事实上在我这样的状态，我还是有希望的。”

梅尔索向桌子走了几步。扎格雷斯接着说：

“好好想想吧，梅尔索，这一切，想一想吧。”

“可以开灯吗?”对方问道。

“请便。”

罗兰鼻子两翼和滚圆的眼睛在明亮的灯光下显得更加苍白。他深呼吸后，伸出手回应梅尔索的手势，并摇了摇头，大声笑着说：

“别把我的话过分当真。我会恼火的，您知道，人们面对我截剩的双腿做出悲情的样子，总叫我生气。”

“他瞧不起我。”梅尔索心里这么想。

“不要把幸福悲情化，好好想想，梅尔索，您有一颗纯洁的心，想想吧。”然后逼视他的眼睛，过了一会儿加添道：

“您有双腿啊，不会把事情弄糟的。”

于是，他微微一笑，摇了摇手铃，说道：

“您可以走了，小子。我要小便了。”

五

星期天晚上回家时，梅尔索满脑子全是有关扎格雷斯的事情，在进自己房间前，听得从箍桶匠卡多纳套房传出来的呻吟。他敲门。没人回应。呻吟继续。梅尔索径直进屋。箍桶匠蜷缩在床上，边哭边像孩子似的抽抽搭搭。他脚边摆着一个老妇的照片。“她死了。”他费了好大劲儿对梅尔索说道。确实的，但这是很久之前的事情了。

他半聋半哑，为人不善，急躁蛮横，至今与姐姐住在这里。但姐姐受够了他的凶恶和专横，逃到自己的孩子们家住着。这样他便独居了，像个大男人第一次做家务上厨房，完全不知所措。有一天他姐在街上遇到梅尔索，对他讲述家里的争执。当时他三十岁，个儿矮小，相当英俊。自童年起，他一直跟母亲住在一起。母亲是唯一使他产生几分敬畏的人，尽管她迷信多于理性。他爱自己的母亲，怀着粗鲁的心，既粗野又冲动，表露情感却是拿手好戏，逗弄老妇，说些不堪入耳的屁话，讽刺神甫和教会。他之所以跟母亲住这么长时间，也因为他从未认真依恋过任何女人。稀少的几次艳遇或逛妓院，都使他得以自诩是大男子。

母亲死了。从此，他跟姐住在一起。梅尔索还是把他们原先占的房间租给他们，直到现在。弟姐俩熬磨着卑鄙龌龊而暗无天日的漫长生活。他们很难进行语言沟通，所以有些日子整天互不讲一句话。后来，她走了，他自尊心太强，不想抱怨，也不想请她回来。中午他去食堂吃饭，晚上在家吃些猪肉食品。他自己动手洗替换衣服和蓝色粗布工人服。但他任凭自己房间黏糊糊肮脏不堪。起初，有时候星期天，他拿块抹布擦擦，力求把几间屋子清理一下，但男人在这方面头脑简单，比如把长柄平底锅放在壁炉台上，以前那里却是放花卉和摆件的，表明乱放东西的随意性。他所谓的整理东西其实是把杂乱无章掩盖起来，是把杂物藏在坐垫后面，或把杂七杂八的东西排列在餐具橱里。总之，他终于厌烦了，连床铺都不整理了，甚至跟狗一起睡在床上，被褥又脏又臭。他姐曾对梅尔索说过："他在咖啡店里自吹自擂。但老板娘告诉我说，她见到过他洗衣服时哭了。这是个事实，不管他怎么吃硬，但有些时辰他也顶不住，惊慌使他不得不掂量自己懒散的程度。"她又对梅尔索说："跟他一起生活当然是出于怜悯。"但她弟弟阻止她见她喜爱的男人，虽然在他们的年龄，不再十分重要了，况且他是个有妇之夫。不过，他给女朋友送花，是从远郊区篱笆采摘的，送她的橘子和利口酒则是在集市上赚钱买来的。诚然，他长得不好看，但俊美当不了饭吃，他是个大丈夫哪。她依恋他，而他也爱恋她呗。爱情，难道是别的什么东西吗？她替他洗衣服，尽量使他干净整洁。他习惯在上衣口袋插上三角手帕，围着脖子打了个结：她把他的手巾洗得雪白，这是他的一大乐事。

可是她那位兄弟，很不乐意她接待男友，她不得不秘密跟他幽会。她在家接待过他一次，突然被发现，公开相骂打仗，可怕极了。三角手帕在他们逃走时落在房间脏兮兮的角落里。她逃到自己儿子家躲起来。梅尔索想起来，确实在那间肮脏不堪的房间里瞧见过这块手巾。

那个时候，大伙儿却是同情箍桶匠生活孤单。他跟梅尔索谈起过一桩可能成功的婚姻，对象是一个年纪比他大的女人，想必她希望年轻力壮的男子抚摸她吧……在婚前，她得到抚摸，但一段时间之后，她的情人放弃了这门婚事，宣称他觉得她太老了。这样，他便孤独一人住在街区这间屋里。慢慢地，脏乱包围他、围困他，沾染他的床，脏到擦不掉抹不去的程度。家里搞得太脏乱丑陋了。对一个不喜欢待在自己家里的穷人来说，咖啡馆便成了一个比较可进入的地方，明亮且好客的立足之地。这个街区的几家咖啡店特别生机勃勃。这里笼罩着人群的热气，是抵抗孤独的最后庇护所，是怀有模糊向往的最后所在地。默不作声之人选此为家。梅尔索每天晚上看见他。多亏有了众人，他尽可能拖到最后才回家。这天晚上，也许，咖啡不足以安抚他了。回到家，他不禁拿出这张照片，跟着母亲一起与死亡的过去发生了共鸣。他找回了自己曾经疼爱和嘲弄的母亲。在不堪入目的房间里，孤独面对荒废的一生，聚合最后的精力，终于意识到过去曾经有过的幸福。至少不得不相信如此吧。在这样的过去与可怜兮兮的现在交会之处迸发出一颗超凡的火花，他情不自禁失声痛哭起来。

梅尔索，正如每次在面对生活中发生剧烈突兀的反应时，他总觉得无能为力，却对这种畜生般的人充满敬意。他在脏而皱的被褥上坐下，用手搭在卡多纳肩上。他面前铺着漆布的桌上，无序地摆着一盏酒精灯，一瓶葡萄酒，散落有一些面包屑，一块干酪和一个工具箱。天花板上挂着几摊蜘蛛网。自从他母亲死后，梅尔索从未踏进这间屋子，估量着此人用自己的历程给这间屋子带进种种龌龊和黏糊糊的无用之物。面向内院的窗户关闭着，另一扇半掩半启。煤油灯悬挂着，围着一圈微型纸牌，投下圆圆的亮光，静静地落在桌子上，也落在梅尔索和卡多纳的脚上以及对面近墙边的一把椅子上。卡多纳却始终手不离母亲的照片，瞧着她，还吻着她，以残疾人似的声音说："可怜的妈妈。"但这是在可怜他自己。母亲葬在俗不可耐的公墓里，梅尔索知道得很清楚，在城市的另一端。

梅尔索决心离开。为了让对方听懂，他一音节一音节着力而清晰地说：

"不—应—该—再—这—样—下—去—了。"

"我丢掉工作了，"对方吃力地说，一边伸出照片，断断续续说，"我爱她。"梅尔索理解为："她爱我。""她死了，"可理解为"我孤单一人"。——"我给她做的这个小木桶祝贺她生日。”壁炉台上有个小木酒桶，上了清漆，配上两个铜环和一个锃亮的龙头。梅尔索把手从卡多纳肩上挪开，他顺势倒躺在脏兮兮的枕头上。从床底下传出一声深深的叹息和一股令人恶心的气味儿。狗慢慢爬出来，一边用爪子往腰身挠痒痒。它把头连带长耳朵和金色眼睛搭在梅尔索双膝上。梅尔索盯着小木桶。在这龌龊不堪的房间里，他呼吸很吃力，与十指下的狗抱团取暖，闭上眼睛，不去想绝望，可是绝望好久以来第一次像大海波涛向他涌来。面对不幸和孤独，他的心今天说："不。"他的心中充满绝望，明显感觉到他的反抗是他身上唯一真实的东西。剩下的才是贫困和凑合活着。这不，昨天他窗下的街道生机盎然，今天依然喧嚷嘈杂。平台下的花园冒上来一股野草味儿。梅尔索递一支烟给卡多纳，两人抽烟，不说话。末班有轨电车一一驶过，随之而去的则是世人依然鲜活的回忆和街上的灯光。卡多纳睡着了，很快打起呼噜，鼻子上布满泪水。狗，蜷缩在梅尔索的脚上，时不时动弹一下，带着梦轻轻呻吟着。狗每动一下，气味就冲梅尔索冒上来。他背靠着一面墙，试图扼制内心对生活的反抗。煤油灯冒青烟了，最终熄灭了，散发一股难闻的煤油味儿。

梅尔索打了个盹儿，醒来时眼睛正对着酒瓶。他费了好大的劲儿站起身来，走到尽头的窗户，站立不动。呼唤和静默都从黑夜的心脏向他涌来，此处是熟睡的人间尽头，一条船久久地呼唤世人们出行和呼吁一切重新开始。

第二天，梅尔索杀死扎格雷斯，回到家里，睡了整整一个下午。他醒来时浑身发烧。晚上，一直躺着，他托人请来街区医生，诊断他得了重感冒。他办公室一名职员闻讯后替他请了假。几天以后，一切安排妥当：一篇文章，一项调查。一切证明扎格雷斯自杀行为的正当性。玛尔特来看望梅尔索，叹息道："有些日子真想处在他的位置，但有时候，必须有更大的勇气活着而不是自杀。"一星期之后，梅尔索乘船去马赛。对大家来说，他去法国休息。玛尔特则收到一封从里昂寄来的绝交信，只不过使她的自尊心难受了一下而已。同时，他向她宣称中欧有个特殊职位留给了他。玛尔特给他发了一封留局自取的信，诉说她的痛苦。这封信永远到不了梅尔索的手里，因为他到达里昂的第二天发高烧，急忙跳上火车去布拉格了。不过，玛尔特向他告知，扎格雷斯的尸体存放了好几天后，终于把他给埋葬了，不得不用了很多的垫子把他的躯干塞进棺材了事。

下卷　如意死亡

一

“我想订一间房。”男子操着德语说。

门房站在吊满钥匙的牌子前面，被门厅一张大桌子隔开。他打量着刚进来的人，此人肩上搭着一件宽大的灰色雨衣，说话时扭头看一看。

“没问题，先生，住一夜吗？”

“不，说不好。”

“我们的客房有一夜十八克朗，二十五克朗和三十克朗。”

梅尔索透过旅馆玻璃门瞧着布拉格小街。他双手插在口袋里，没有戴帽子，露出乱蓬蓬的头发。几步之遥，一辆辆有轨电车传来嘎吱响声，沿着瓦茨拉夫大街往下行。

“您要什么房间，先生？”

“随便。”梅尔索回答，眼睛始终盯着玻璃门。门房从钥匙牌子取下一把钥匙，递给他时说：

“十二号房间。”

梅尔索仿佛苏醒过来，问道：

“这间房，多少钱？”

“三十克朗。”

“太贵了，我要一间十八克朗的。”

门房一声不吭，取下另一把钥匙，向梅尔索指着吊在钥匙上的铜板五角星说：“三十四号房间。”

梅尔索坐在自己的房间里，脱掉上装，拉松一点领带，并没有解掉，下意识地卷起衬衫两袖。他向盥洗盆上的镜子走去，见到自己的面容疲惫不堪，由于几天没刮胡子，周围的部位变得有点褐色，又由于赶火车，头发没梳理，乱蓬蓬披下额头，披散在两眉之间形成两条深深的皱褶，使他的目光看上去有一种严肃而温柔的表情，不禁自感惊讶。于是他一心想看看自己身边不堪入目的房间，供他单独使用，超出这个房间的，他茫然不知所终。灰底色上绣着大朵黄花的地毯脏得使人恶心，污垢绘成的图案像地图似的勾勒出贫困造成的油腻邋遢的世界。偌大的取暖炉后面角落布满油乎乎的污垢和湿漉漉的污泥。转换器破裂了，露出铜开关接触器。房间中央的胶合木板上空，拉着一根脏兮兮的线，黏附着陈年苍蝇残骸，挂着没有灯罩的电灯泡，手指摸上去黏糊糊的。梅尔索细看被单褥子，倒挺干净。他从行李箱里取出洗漱用具，一件件摆在梳妆台上。然后准备洗手，但刚开水龙头便又关上，去打开没有帘子的窗户，窗下是井式内院，设有洗衣池，其他几面墙布满窟窿眼儿似的小窗户，其中有一家，窗户上晾着一些内衣。梅尔索躺下，很快就睡着了。他醒来时满身是汗，衣冠不整，在自己的房间里转了一会儿，然后点上一支烟坐下，脑袋空空，瞧着裤子上弄皱的褶痕，嘴里混杂着睡眠和香烟的苦涩。他又一次瞧瞧自己的房间，手伸进衬衣挠一挠肋骨。面临放任和孤独，他觉得口中冒起一股难受的甜润和孤独，顿时备感一切甚至他的高烧离他远远的，使他非常明显地感到实质上即使完美无缺精心准备的种种生计都是荒诞的，卑鄙的，在这个房间里，他在自己面前看到可耻的嘴脸，隐秘呈现的一种自由产生于可疑和违法。围绕他周围的时间软塌塌的，懒洋洋的，整个时间像踩进淤泥似的汩汩作响。

有人砰砰敲房门，梅尔索颇感震惊，但马上回想起曾被类似的敲门声惊醒过。他打开房门，面前是个小老头儿，红棕色头发，双肩扛着梅尔索的两只行李箱，显得筋疲力竭，与老头儿的小矮个儿相形之下，箱子显得很大。小老头儿强压着怒火，从稀疏的牙齿缺口漏出充满辱骂和指责的唾沫。梅尔索不由想起箱子把手断裂了，使得最大的箱子运送时很不方便。他想表示歉意，但不知道怎么说，这不，他并不知道搬运工会是如此年迈。小老头儿打断他的话，索要：

“十四克朗。”

“寄放一天的价格？”梅尔索吃惊地问道。

对方给出很长的解释，梅尔索终于明白，老头儿叫了一辆出租车运来的嘛。但他不敢讲，在这种情况下，本可以自个儿提取的。他厌烦了，付钱了事。房门关上，梅尔索感到一股莫名其妙的眼泪在自己胸膛涌动。离得很近的自鸣大钟敲响四点。他刚才睡了两个小时。他明白过来他跟那条街之间只隔着对面的房子，他感到流水般的生活在无声而神秘地膨胀。最好还是出去走走。梅尔索用很长时间洗手，为了锉指甲，他再一次在床沿坐下，周到细致地修磨指甲。后院回响起两三次预警似的声音，非常突如其来，促使梅尔索再去窗户。他看到房子下有一条拱顶走廊通向街道，就像普通街道的种种声音；房屋另一边的各种不为人知的生活，世人的动静：他们人人有个地址，有个家庭，跟某个叔伯发生冲突，饮食的偏好，某种慢性病；人群万头攒动而个个有各自的人格，就像每个人的心脏激烈跳动与人群巨大畸形的心永远分离，所有这一切渗透到这条拱顶走廊，沿着整个内院往上升起，林林总总到达梅尔索的窗户，像肥皂泡似的爆裂了。梅尔索对人间每个征象的感觉那么细微那么专注，确认是深深的裂痕把他投入了生活。他点燃另一支香烟，焦躁不安地穿好衣服。在扣上衣扣时，香烟熏得眼皮火辣辣的。他回到盥洗室，抹了抹眼睛，想梳头，但找不着梳子了：小睡弄乱了他的头发，试着弄整齐却毫无结果，于是就这么下楼，头发披在脸上，后脑的头发刺猬似的根根竖起。他感觉更加疲惫了。他上了街，沿旅馆四周兜了一圈后，走进他原先注意到的小走廊。它通向旧市府广场。降临布拉格的夜晚有点沉闷，市府和圣维特主教座堂的哥特式尖顶浮现黑色轮廓。两旁拱廊式小街来往行人熙熙攘攘。梅尔索对迎面而来的每个女人，寻求使他自以为还可能勾引的目光，允许他玩弄一下人生温馨和亲热的游戏。但身体健康的人们都以天生的艺术方式避开兴奋急躁的目光。胡子拉碴儿，蓬头乱发，眼睛闪着焦急不安的动物表情，裤子和衬衣领子一概皱巴巴的，他失去了自信，即失去裁剪得体的套装或汽车的方向盘那种不可思议的自信。从广场下方望去，阳光变成铜色，白日迟迟在巴罗克风格大圆顶保留着金色。他走向其中一处，走进教堂，强烈感受到古老的风味儿，于是找一条长板凳坐下。拱顶已全盘幽暗，柱头的金箔依然泄出金色而神秘的水流，注入柱顶的槽饰，映照脸蛋胖乎乎的天使们和傻呵呵发笑的圣徒们。温馨，是的，那里是有一种温馨，但跨在门槛上的梅尔索感到太苦楚了，把这种温馨抛之脑后，自个儿站到台阶上呼吸夜晚更为清凉的空气，他即将步入黑暗中。他又逗留了片刻，随即看到天上第一颗星亮了，纯净而裸露，挂在圣维特主教座堂两个尖顶之间。

他开始寻找一家便宜的餐馆，走进行人较少更加昏暗的街道。白天没有下雨，地面依然泥泞，梅尔索不得不避开黑乎乎的水坑。之后，却下起毛毛雨，热闹的街没准儿不远，这不，卖报小贩的叫喊声传来，听得清叫卖《国民政治报》。他，就在此时，团团转。他突然停下脚步。一股古怪的气味从黑夜尽头飘过来。辛辣味儿，酸腐味儿，唤醒他各种强烈的焦虑。这种味道，他舌头上，鼻子深处和眼睛里都感觉得到。味道从远处飘过来，经过街角，飘荡在现时已昏暗的天空与泥泞且黏糊的铺石路面之间，味道挥之不去，酷似布拉格的夜游恶魔。他迎上前去，随着走近，味道越来越浓，浸透他全身，刺激他眼睛流泪，使他猝不及防。在一条街角上，他终于明白；一个妇女在卖醋泡黄瓜，正是醋黄瓜味儿刺激了梅尔索。一个路人停下脚步，买了老妇卷在纸里的一条黄瓜。他走了几步，当着梅尔索的面打开纸包，大口咬黄瓜，顿时黄瓜肉断裂，黄瓜汁直流，散发的味道更加浓烈。梅尔索浑身不舒服，靠在一根柱子上喘气，吸纳着此刻人间向他提供的古怪且孤僻的一切。然后，他走开，未经思考便进入一家传出手风琴乐曲的餐馆。他走下几级台阶，在楼梯中间停下，置身于一间地下酒吧，室内点满红色小灯，却相当昏暗。或许他的样子古怪，这不，手风琴拉得比较沉闷，顾客们停止交谈，纷纷转过身来望着他。有个角落，几个姑娘吃得满嘴唇油乎乎的。其他的消费者喝着捷克斯洛伐克甜甜的黑啤酒。很多顾客光抽烟不消费。梅尔索坐下时，那人悄悄挪动一下，靠墙坐稳不动，把火柴挪向来者一边，然后不知不觉地眯缝起眼睛。当下，梅尔索看见此人上衣饰纽孔别着一枚红星。

梅尔索吃得很少很快。他不饿。手风琴此时演奏得比较清晰，但演奏者一直死盯新来者。有两次后者的眼睛充满挑衅，企图顶住演奏者的逼视。但他高烧未退，身体虚弱。那家伙老盯着他。突然，姑娘中一位哈哈大笑起来，上衣别着红星的男子，用力嚼他那根火柴，以至把唾沫吹出一个小泡，乐师紧盯梅尔索不放，但停止活泼的舞曲了，改奏悦耳的乐曲，慢悠悠却沉浊不堪，老掉牙啦。当下，室门突然打开，进来一位新顾客。梅尔索看不见他，但从敞开的门迅速飘过来的酸黄瓜味儿，一下子布满昏暗的地下室，混杂在手风琴神秘的旋律中，鼓吹起嚼火柴的唾沫泡，使顾客们交谈更有意涵，仿佛一个破败而痛苦的旧世界，从沉睡于布拉格的黑夜四面八方跑来躲进这间屋子和这群人中间抱团取暖。梅尔索吃了一份甜得过分的果酱之后，突然被投射到自己的极限，觉得自己内心的裂痕崩溃了，裂缝敞开得更大了，使他陷入焦虑和狂热。他猛然起身叫来跑堂儿的，根本听不懂议价，多付了很多钱，同时再一次瞥见风琴手的目光：睁得大大的眼睛总是盯着他。梅尔索正要离开，走过乐队，发觉风琴手总盯着他刚离开的桌子。他终于明白手风琴手原来是个瞎子。于是，他走上几级台阶，打开大门，完全置身于始终如一的气味儿，穿过几条小街，淹没在漆黑的夜色中。

星星在屋宇上空闪烁。梅尔索大概离河流不远，因为耳听得流水沉闷而有力的声响。他面前是一扇栅栏门，嵌在一堵厚厚的墙里，墙上刻满希伯来文字，他明白自己处于犹太人区。围墙上方垂曳着散发甜味的柳树枝条，通过栅栏可瞥见大块大块褐色石头隐没在草丛中：原来是布拉格犹太人老公墓。离开几步之遥，梅尔索急跑着回到市府旧广场，离自己的旅馆很近了，他却不得不靠在一面墙上费力地呕吐。他凭借极端虚弱所具有的全部清醒意识，总算回到自己的房间，没有找错，一头倒在床上，很快就睡着了。

翌日，他被报贩的吆喝唤醒。天气依然沉闷，但估计乌云过后会出太阳。梅尔索尽管还有点虚弱，自己却觉得好多了，琢磨着刚开始的漫长白天，就这样面对自己活着，时间极度延伸，他觉得白天每个小时都包含一个世界。首先，必须避免发生像前夕的歇斯底里发作。最好是有步骤地游览城市。他身穿睡衣，在桌旁坐下，拟定一份有条理的时间表，填满每天的日程，为期一周。隐修院和巴罗克教堂，博物馆和老街区，一项也没落下。然后梳洗，这才发觉忘记买梳子了，于是下楼仍像前夜那样披头散发，沉默寡言。他出门时，门房发现他大白天头发竖起，昏昏沉沉的样子，上衣第二粒纽扣掉落了。梅尔索走出旅馆门，惊异地听得手风琴稚气而柔和的曲调。前夕的瞎子待在旧广场的角落，蹲着操弄他的乐器，茫然和微笑的表情与前夕相同，宛如把自己解脱了，整个儿属于超越他生命的一种运动之中。梅尔索在街角拐弯，再次闻到酸黄瓜味儿。他一闻到这个味道，又焦躁不安起来。

这一天就像后来连续几天一样：梅尔索起床很晚，游览修道院和教堂，在红酒酒窖和乳香气味中寻找庇护，隐隐害怕碰上卖酸黄瓜的小贩，可是街道各个角落都会碰上，避之不及呀。他是穿过酸黄瓜味儿去参观博物馆的，在这种味道中了解巴罗克精灵之神秘和丰韵，把布拉格打扮得金碧辉煌，美轮美奂。他觉得深处半明半暗的祭坛上幽幽发亮的金光好似摘下薄雾和阳光组成的一小片铜色天空。涡形和圆形的五金装饰，看上去酷似镀金纸制成纷繁复杂的背景，很像耶稣诞生的马槽，显得格外楚楚动人，梅尔索感受到巴罗克式的宏伟、怪诞和布局，就像狂热、幼稚和浮夸的浪漫派，借以自卫：人抵制自身的各类魔鬼。人们在教堂里崇拜的上帝是人们害怕的上帝，是人们崇敬的上帝，不是当着大海和太阳热情游戏时与世人嬉笑的那个上帝。梅尔索从阴暗的弧形穹窿下弥漫细微尘埃和虚空味儿中走出来，重新沦为无祖国无依归。每天晚上他去城西捷克修道士修道院。在修道院花园里，时间一个个小时跟随鸽子飞走，钟声悠扬，轻轻敲在草地上，但梅尔索感受到的却是身上一阵阵发烧。同时，时间在消逝，已到教堂和纪念性建筑物关门的时间，而餐馆尚未开门。这就有危险了。梅尔索沿伏尔塔瓦河[①]岸边散步，那里处处有花园，傍晚还有乐队演奏。小船纷纷从水坝到水坝逆流而上，梅尔索跟着游人们逆流而上，离开船闸发出的震耳声响和滚滚波涛，慢慢重新获得傍晚的安宁和清静，然后再

① 捷克境内流经布拉格最长的河流。

一次遇到隆隆声，响声越来越大，变成嘈杂声；到达新水坝时，才看清几只彩色小船怎么使劲也白费力气，就是过不了船闸，否则就得翻船，直到其中一只小船过了危险点，欢呼声超过了水声。船顺水往下行驶时一路负载着两岸的欢呼声，乐曲声和花园气息，沐浴着落日的铜色光辉，同时被笼罩在查理大桥上一个个雕塑奇形怪状而滑稽可笑的阴影，这一切给梅尔索带来的感觉是痛苦而热切的，出自一种缺乏虔诚的孤独，与爱涉不相关了。他停下脚步，河水和树叶的芬芳沐浴着他，喉咙哽咽，他以为是泪水，却涌不上眼睛。没准儿，只需一个朋友或敞开的双臂。但，眼睛止于缺乏温情的人世边界，而他却陷入人世不可自拔。另一些时候，梅尔索穿过查理大桥，总是在傍晚时分，他在河边城堡区散步，人迹稀少，静悄悄的，却离城市最繁华的几条大街只有几步之遥。他徘徊于那些大宫殿之间，沿着一处处铺方石的院子和制作精良的栅栏，这一切建筑都是围绕大教堂的。在这些大宫殿之间，他的脚步声在寂静中回响。一个沉闷的声音从城里升起直冲他来。在这个街区没有卖酸黄瓜的小贩，但在这样的寂静和宏伟中，总觉得有某种压迫感，以至于梅尔索到头来还得屈就于酸黄瓜味儿和手风琴乐曲，从此成了他自己整个儿故土依归。他在最早发现的餐馆吃饭，对他而言，至少已经熟悉了。他的座位还是在别着红星的人旁边，不过此人只在晚上来，喝一杯半升的啤酒，然后嚼他的火柴杆儿。晚饭时分，还是盲人拉琴，梅尔索吃得很快，付了钱便回自己的旅馆睡觉，身上发着烧，像孩子似的一觉睡到天亮，从不失眠。

每天，梅尔索都想着离开，每天即更加陷入一点自暴自弃，追求幸福的意志更加淡薄一分。他来到布拉格已有四天，还没买梳子，每天早晨他感到缺少梳子，而且已经闻到一点味儿，快到餐馆时，对面人行道上有什么事让他止步并走近看看，但见一名男子躺在人行道上，双臂交叉胸前，头部左脸贴地。三四个人靠墙而立，好像等待着什么，不过非常镇静，其中一人抽烟，另几个低声交谈。但一个衬衣袖子卷起的男人，手臂搭着外套，毡帽戴在后脑勺，围着尸体模仿着一种野人舞蹈，印第安人的舞步，间断而有力，且带骚扰性的。上空，远处一盏路灯照过来的光线很弱，与来自几步远餐馆的隐约灯光交织在一起，半明半暗。跳个不停的舞者，双臂交叉的尸体，镇静自如的围观者，这种带有讽刺意味的反差，这种不平常的沉默，在光和影稍许逼人的游戏中，静观与无辜之间一分钟的平衡过了以后，梅尔索便觉得一切将崩溃于疯狂之中。他往前更靠近一点。死者头部已转过来，伤口明显可见，躯体已经放平。在布拉格这个偏僻的角落，有点泥泞的石铺路面上灯火稀薄，几步远的地方，汽车滑行时留下长长的湿漉漉痕迹，叮当作响的有轨电车间隔着从远处来到，死亡显得令人肉麻而一意孤行。更有甚者，梅尔索觉得这就是他自己的呼声和自己湿润的气息。当下，他大步离开，头也没回。突然，酸黄瓜味儿袭来，他居然忘了。他跨进餐馆，坐到自己的桌位。那人已在场，但没嚼火柴棍。梅尔索似乎觉得此人的眼光有些失常。他驱走出现在自己脑海里愚蠢的想法，但一直在转悠，驱之不得。他什么酒菜也没点，突然逃跑，直奔旅馆，一进房间便扑倒在床上：太阳穴针刺似的生疼。心里空空的，肚子紧绷绷的：反抗爆发了。他的双眼鼓鼓地装满自己一生的图象，有个东西在他内心召唤女人们的姿态、伸开的双臂和温暖的嘴唇。从布拉格痛苦的黑夜深处，在酸黄瓜味儿和稚气的乐曲之中，巴罗克旧世界焦躁不安的面目浮现在他发着高烧的眼前。他从床上坐起来，呼吸困难，眼睛模糊，动作机械。床头柜的抽屉打开着，垫底放着一份英文报纸，他念完整篇文章。之后又倒卧在床上，想起那人侧翻的头颅伤口大得简直可以插进几根指头，他瞧瞧自己的手和指头，幼稚的欲望在心中油然而生，不禁心潮澎湃又隐蔽不露，伴着汪汪的眼泪，思念充满阳光和女人的城市，以及生机勃勃的墨绿色夜晚，可供抚摸各种伤口伤痕，当下不禁潸然泪下。他内心一大片孤独而沉默的湖泊越发扩大了，自我解脱的悲歌在湖面上荡漾。

二

梅尔索在将其载往北方的火车上仔细瞧着自己的手，雷雨天气，火车一溜烟似的往前跑，引起一股压得很低而显得沉重的乌云直往前窜。梅尔索单独一人乘坐这节暖气过热的车厢。他夜里仓促启程，现在独自面对阴暗的早晨，任由波希米亚风景的优美曼妙浸润他的心房，但在高大柔软的杨树和远处工厂烟囱之间蕴蓄着大雨，憋得直想哭的样子。然后，他注视白色警示牌上三条告示，其中一条是：Nicht hinauslehnen, È pericoloso sporgersi（切勿俯身窗外，否则危险）。读毕，他立刻想起要看下自己的双手，此刻他的双手像两只活灵活现而战战兢兢的畜生趴在他的双膝上。一只左手，修长而柔韧；另一只，右手，关节凸出，肌肉发达。他对自己的双手了如指掌，辨认有余，同时觉得两者是有区别的，自行其是，好像不以他的意志而为之。其中一只手搭在他前额，企图阻止使他两个太阳穴怦怦直跳的高烧，另一只手沿着上衣往下滑，摸进口袋取支烟，但立刻打住，因为他意识到这会使他直想呕吐，使他全身没力气。于是两只手缩回到他的双膝上自暴自弃，手心呈酒杯形状，向梅尔索奉献其生命的嘴脸，因为他的生命转向无动于衷了，谁想要他的命就送给谁算了呗。

他旅行了两天。但这回驱使他的，不是逃跑的本能。这趟出游的单调乏味本身成全了他。这节车厢带着他穿越半个欧洲，守着他处于两个世界之间。他刚来乘这趟火车，然后就要离开它。火车把他从一个他决意抹煞的生命中，甚至连同回忆中抽离出来，把他带到一个新世界的门槛，到了新世界，他想干吗就干吗。梅尔索在新世界没有厌倦，一次也没厌倦过。他一直待在自己的角落，很少被打扰，凝视自己的双手，然后观赏风景，冥思苦想。他有意把旅行延伸到弗罗茨瓦夫[①]，举手之劳，只需到海关换张车票就行。他仍想面对自己的自由，但他累了，感觉不出动弹的力气。他从自身接受一丝一毫的力气和希望，将其聚拢起来、组合起来，自己给自己重新塑造，同时塑造自己未来的命运。他喜欢这些漫长的夜晚。火车在光滑的铁轨上逃之夭夭，像龙卷风似的突然经过只有大时钟亮着灯的小站，刹车经受住定位，停在大站灯光窝棚前，模模糊糊看得见火车已经置于窝棚腹部，把大量的金色倾泻下来，把灯光和热气灌满各节车厢。榔头敲打火车轮子，宛如铁马玎珰，火车头从鼻子里喷出全部蒸汽，职工机器人似的放下红色圆盘信号。这一切迫使梅尔索跟随火车疯奔疾驰，唯独自己的头脑是清醒的，唯独自己的焦躁不安挥之不去：车厢里再一次呈现光与影交叉的游戏效应，黑色与金色翻来复去重迭。德累斯顿，包岑[②]，哥尔利兹，莱格尼察[③]漫长的夜，顾影自省，把所有的时间用来培育未来生活的所作所为，耐心地

① 弗罗茨瓦夫：波兰城市，重要工业和文化中心，在西南部奥得河畔。公元980年见于记载。西里西亚博物馆和中世纪古迹颇有名气。

② 德累斯顿、包岑：德国东部萨克森州城市。

③ 哥尔利兹、莱格尼察（省会）：波兰城市，均位于西里西亚。

跟思想搏斗，但每逢一个车站拐角，思想便不翼而飞，然后又被他召唤回来继续苦思冥想，并附加思想成果，之后又任其在闪闪发亮的雨珠和光线面前逃之夭夭。梅尔索为构建内心的希望，挖空心思寻章摘句，以便把自己的焦虑不安封闭在心里。他处在虚弱的状态下，需要讨个说法。日月如梭，纠缠说法不果之后，便以为形象没准儿可以使他识别生活的一切色彩，但这只不过是他对自己的未来萌发出的可怜而不幸的梦想。他闭上双眼。要活下去，需要时间。宛如一切艺术作品，生活要求人们对其深思熟虑。梅尔索思考他的人生，尽管心慌意乱，但追求幸福的意志尚存，这些日子，他身处这节车厢，对他而言，意味着欧洲像一间单人牢房，身处其间的人通过超越自身的东西学习认识人。

第二天早上，尽管火车穿越的地区一马平川，却明显放慢速度。距离弗罗茨瓦夫还有几个小时，天亮时进入西里西亚[①]：没有一棵树，一片黏糊糊的泥泞，天空阴霾，浓云裹挟大雨；翅膀闪闪发亮的黑色大鸟一望无际，有规律地间隔一段距离，一大群一大群地飞翔，离地面却只有几米高，毫无能力飞得更高，天空像石板似的压着。群鸟飞得很慢很沉，团团转悠，有时候其中一只鸟离群飞走，掠过地面飞行，几乎擦到地面了，几乎与大地合而为一了；同样以胖乎乎的姿

① 西里西亚：中欧地区名，包括波兰西南部，捷克和斯洛伐克北部以及德国东南部。

态一股劲地飞得很远很远，像一颗黑点突显于天际。梅尔索用双手抹去窗玻璃上的水汽，贪婪地瞧着自己用手指在玻璃上留下一道道长条纹。从荒芜的大地到无色的天空，对他而言，升起一个毫无益处的人间形象，他终于苏醒了。他作为在原始世界迷失方向的旅行者，把这片大地归结为无知无辜的绝望，从而找回自己的根基。他握紧拳头指向自己的胸脯，把脸紧紧贴在窗玻璃上，设想给自己鼓劲，竭力使自己确信潜伏在自己身上的伟大。他原本想一头扎进这片泥潭，回归大地，洗个黏土澡，然后屹立在无边无垠的原野上，满身泥泞，张开双臂，伸向披着状似绵密泡沫和烟炱的天空，好像面对生活绝望而绝妙的象征，保证与世界团结一致，尽管世界充满最令人厌恶的东西，宣告自己是忘恩负义和卑鄙下流生活的同谋。自他出发以来，促使他激荡的那股冲劲终成泡影。梅尔索把嘴唇贴在冰凉的窗玻璃上，热泪潸潸布满玻璃。火车飞驰，窗户又一次震动，平原消失了。

几小时后，梅尔索到达弗罗茨瓦夫。他从远处看，觉得是一座工厂烟囱和大教堂钟楼尖顶林立的城市；从近处看，则是一座黑乎乎砖和石组成的城市，戴短舌鸭嘴帽的男人们缓缓前行。他跟在他们后面，在一家工人咖啡馆泡了一上午：一个年轻人吹着口琴，曲调轻浮荒唐，却使人心灵得以休憩。梅尔索决定再往南行进，买了一把梳子之后，第二天到达维也纳。他睡了一部分下午和整整一夜。醒来时，他身上的烧完全退了。早餐，他胡乱吃了带壳煮的溏心蛋和新鲜奶油，出门时有点想呕吐，上午一会儿出太阳，一会儿下雨。维也纳是一座凉爽的城市，没有任何可参观之处。斯蒂芬大教堂太庞大，令他厌烦。他宁肯泡咖啡馆，因为晚上面对运河两岸附近有个小舞池。白天他沿维也纳环城大道散步，浸沉在美丽的橱窗和优雅的女士们的奢华中。他一时很享受这种轻狂而昂贵的背景，因为在这座最不自然的城市里人与自己分离了。然而，女人们着实漂亮，花园里的鲜花肥美而鲜艳，环城大道夜幕降临时，梅尔索处在体面而随和的人群中眺望历史建筑物顶端那些石头骏马在一片红光的夜色中跃跃欲试飞奔。于是，他突然想起萝丝和克莱尔这两个女友。他实在沉默过头了，于是倾诉衷情于纸上：

我的孩子们：

我从维也纳给你们写信。我不知道你们现在的情况。我一边旅游，一边挣钱。我见到许多美丽的东西，但心里很苦。这里，美让位于文明，倒也逍遥自在。我不参观教堂或胜地。我在维也纳环城大道散步。夜幕降临在豪华的剧院和宫殿上方，落日霞光照映的石马跃跃欲试飞奔，使我心头产生苦乐参半的奇怪感觉。早上我吃带壳溏心蛋和鲜奶油。我起床很晚，旅馆对我体贴入微。我很感激厨师领班，供我吃得很好（啊，新鲜奶油味道好极了)。这里有节目演出，有漂亮的女人，就是缺少真正的太阳。

你们做些什么？说说你们的情况，谈谈太阳吧，我这个不幸者，四处飘游，没有着落啊。

忠实于你们的

帕特里斯·梅尔索

这天晚上，他写完信便返回去跳舞了。晚会上，他搭上一个舞女，叫海伦，说一点法语，也听得懂他蹩脚的德语。他清晨两点离开舞池，陪她回家，最最有规矩地做了爱。他早上醒来，发现自己赤裸裸睡在陌生人的床上，靠着海伦的背，欣赏她修长的臂部和宽绰的肩膀。他淡然自若，没有欲念，心情也很好。他不想打扰她便离开，把一张纸币塞在她的一只鞋里。他走到房门时，听得叫住他："喂，亲爱的，你搞错了。"他回到床边，确实搞错了。他不熟悉奥地利货币，留下一张五百先令，而不是一百先令，但他微笑着说："没错儿，是给你的，你非常棒！"她散乱的金黄头发下露出红棕雀斑，一脸喜形于色。她猛地从床上跳将起来，亲吻他的双颊。这个吻，或许是她给他的第一个由衷的吻，使得梅尔索心头涌现一波感情冲动。他抱她上床，给她盖好塞紧被子，微笑着瞧了瞧她，对她说："永别了。"被子一直盖到她的鼻子下，她睁着大眼睛看着他消失，一声没吭。

过了几天，梅尔索收到来自阿尔及尔注明日期的信：

亲爱的帕特里斯：

我们在阿尔及尔。您的女孩子们要是能再见到您，会很高兴的。假如您没有任何地方留得住您，那就来阿尔及尔吧。我们能让您住在“家里”。我们哪，好幸福哟。当然，我们有点难为情，不太体面罢了，这也跟偏见有关。假如您乐意将就，不妨来试一试，总比重新当士官好多了吧。我们向您伸出前额，接受慈父般亲吻。

萝丝、克莱尔、卡特琳娜

附言：

卡特琳娜反对慈父一词，她跟我们住在一起。你要是乐意，她将成为您第三个女儿。

他决定途经热那亚返回阿尔及尔。正如在做出重大决定和对生命主体戏码赌一把之前，需要幽居独处。他，梅尔索，受到孤独和古怪的折磨，则需要避退到友谊和信任之中。在开始赌博之前，领略一番表面的安全。

在穿越意大利北部开往热那亚的火车上，他聆听着千万个声音在他内心为幸福而歌唱，第一棵挺立在纯洁土地上的柏树就把他折服了。于是他身心的某种东西软化了，缓和了。很快，随着太阳升起和接近大海，白天在光彩夺目的天空下，耀眼的阳光照在微微颤抖的橄榄树上，像一条条空气和阳光的江河在流淌，搅动天地的激奋与他心中的热情汇聚。火车的隆隆声，满座的车厢里，稚气的叽叽喳喳说话声包围着他，周围所有的笑声和歌声都是有节奏的，为他翩翩起舞的心灵伴奏，尽管他坐着不动，却已把他投向世界各个角落，最后把他卸到热那亚，让他兴高采烈而目瞪口呆：热那亚热闹非凡，凭着海湾和天空生机勃勃，欲望与慵懒相持不下。梅尔索如饥似渴地盼望爱情、享受和亲吻。使他心急如焚的天神们把他投入海中，任凭他游得筋疲力竭，或把他抛到港口的一个小角落，随他嗅柏油和海盐混杂的气味儿。然后他去老街区，留连忘返于狭窄而充满各种气味的街道里，无视迎面扑来的五颜六色，享用着太阳逼近下屋顶上空却越来越衰弱的阳光，不顾猫咪们与垃圾为伍抢了他的位置而悠然自得。然后，他走上俯临热那亚的公路，任凭充满芬芳和阳光的大海向他敞开胸怀，伴随着悠远的隆隆声。他抱着热乎乎的巨石，闭上眼睛坐下，然后睁开眼睛，瞭望这座城市：活力过分，引起不调和，情趣低俗得令人亢奋。在后来的日子里，他也喜欢坐在通向港口的斜坡上，中午瞧着姑娘们经过，她们从办公室再爬坡登上沿海大道。她们脚踏凉鞋，不戴胸罩，乳房在鲜艳的薄连衣裙下自由自在，直让梅尔索舌头发干，心跳加快。他再次产生性欲自由感和正当性。晚上，他在街上遇到相同的女人们，他尾随她们，觉得自己下身那只畜生热乎乎的，色眯眯的，伴着野性的甜蜜蠕动着。整整两天，他在这种不通人性的亢奋中受尽煎熬。第三天，他离开热那亚去阿尔及尔了。

整个旅途中，他静观水与光交相辉映，早上，中午，傍晚，眺望大海，一心关注天空缓缓移动和自己反躬自省。他怀疑把某些恢复庸俗化了，平躺在甲板上时，心知肚明不该睡着，必须醒着，而醒着就必须跟朋友们作对，跟灵魂和身躯作对。他却要构建自己的幸福和证明自己的正当性。或许现在的任务比较容易了。随着海上的傍晚突然凉爽起来，奇特的平和浸没他的心田。天空第一颗星慢慢突显时，白光变成绿光再变成黄光，他感到在这场大纷乱和暴风雨之后，他内心阴暗和恶劣的东西会沉淀下来，使往后的心灵之水变得澄澈，重新变得善良和果断。他看得一清二楚，早就希望得到一个女人的爱，尽管他不是天生为爱而活的人。贯穿他的经历：码头办公室，他的卧房和睡眠，他的餐馆和情妇。他唯一寻找的是自己内心的一种幸福，跟所有人一样，他认为是不可能的，于是想要获得幸福便赌上一把。但是，他从来没有自觉自愿和毫不动摇的意志去这么想这么做，从来没有，直到一天……从这个时刻起，由于在完全清醒的情况下精心策划独一无二的举动，他的生活改变了，他似乎觉得有可能获得幸福，没准儿是在痛苦中产下这个新生儿。难道是他为先前上演的可耻喜剧付了代价？例如，他看出引起他勾搭玛尔特的，是虚荣多于恋爱，直到她把双唇递给他产生的美妙奇迹，尽管这只不过是魅力所产生的惊奇，但魅力是得到认同的，引发征服，自不待言。他的整个恋爱史事实上是以坚信取代最初的惊异，以虚荣取代自己的朴实。他爱的是他的支配力，爱的是他对生活的抱负。他的性欲本身，即他全身心最深切的情趣也许来自起初对特别美的身躯进行控制和凌辱所引起的惊异。现在他明白他不是为这种爱而生，而是为他今后助纣为虐那种无可指责又杀气腾腾的爱而生。

正如经常发生的那样，他生命中最好的部分是围绕着最坏的部分凝聚在一起，密不可分。克莱尔和她的朋友们，扎格雷斯和他，以及梅尔索围绕玛尔特所持的幸福意愿，无不如此。他现在明白是由他对幸福的意愿迈出了步伐。由此他懂得必须给自己时间：掌握时间既是最难能可贵的体验，也是最充满危险的体验。无所用心只对平庸之辈是致命的：很多人甚至不能证明他们不是平庸之辈。梅尔索夺得了这项专利。但证明还是要摆出来的。唯独一件事情起了变化：他觉得对自己的过去而言是自由了。他只要求严密封口，把这空间封死在他心里，面对人世要有这种自知之明和坚韧不拔的热忱。正如人们抓住一块热面包，按压之后使之失去弹性。他只想把自己的生命掌握在自己的手里，就像在火车上那两个漫长的黑夜，他得以跟自己谈话，自行准备个活法。舔麦芽糖似的舔自己的生命，塑造之，磨砺之，最终，爱惜之，这正是他全部激情之所在。这种从他自己到他自己的“此在”，从今往后，他的努力便在于维系这个“此在”，面对他的生命全部面貌，即使为孤独付出代价，尽管如今他深知孤独何其令他难受。他不会暴露的。他所有的强势都在帮他顶住，支撑着他的那个地方，怀着对生命抱有一种躁狂的激情来与之会合的，则是他的性爱。

大海慢悠悠磨搓轮船两侧，揉皱一层层浪花。天空满载星星。梅尔索无声无息，却备感拥有极度而深厚的实力，去爱护和赞赏这个满脸泪花和阳光的生命，这种浸入盐和石中的生命，他觉得抚摸着这条生命：种种情爱与绝望的力量将会交织在一起。这是他的贫困，也是唯一的财富。这好像是零和游戏。他重新开局，但带着对自己力量的意识和坚韧不拔的热忱，催促自己面对自己的命运。

终于，阿尔及尔在望，早晨缓缓抵达卡斯巴[①]：面对大海的山峦上光彩夺目的瀑布，起伏的山丘，蔚蓝的天空，湾道延伸舒展的港湾，树木郁郁葱葱中的房屋以及已经靠近码头的气味儿。于是，梅尔索发觉自己从维也纳以来没有一次想起扎格雷斯，那个他亲手杀死的人。他确认自己有这种遗忘的本领，只属于儿童的本领，只属于天才的本领，只属于无辜者的本领。无辜，那种被喜悦乱了套的无辜，他终于明白

① 卡斯巴：阿尔及尔郊外地点。

他是为幸福而生的。

三

帕特里斯和卡特琳娜在露台阳光下用早餐。卡特琳娜穿游泳衣，男孩儿，梅尔索的女友们如此称呼他，穿三角游泳裤，脖子上围一块毛巾。他们吃着盐渍番茄，土豆沙拉，蜂蜜和大量水果。他们把桃子跟冰块拌在一起冰镇，取出桃块先舔桃子绒毛沾着汗淋淋似的汁。他们也自制葡萄汁，喝汁时仰脸朝太阳，为了把脸晒黑（至少帕特里斯知道褐色的好处）。

“嗅一嗅阳光。”帕特里斯说着把手臂伸向卡特琳娜。她舔舐一下手臂，说道：“是，你也嗅一嗅我的。”帕特里斯嗅了嗅之后，朝天躺下，一边摸了摸两边肋骨。她在另一侧趴下，把游泳衣卸至腰部说：

“我有失检点吗？”

“没有。”男孩儿说，瞧也没瞧她一眼。

阳光倾泻，移过来滞留在他的脸上，毛孔微湿；他呼吸着周边的火热，昏花蒙眬。卡特琳娜吸纳阳光，呻吟叹道：

“好舒服哟！”

“是的。”男孩儿回应道。

房屋位于山丘之顶，海湾一览无余，街区的人称之为

“三个女大学生的房子”。上山，路很陡峭，两旁始于橄榄树林，终于橄榄树林，中段有一处所谓平台，沿道有一堵灰墙，贴满淫秽图画和政治诉求，供精疲力竭的旅行者喘气时看上一眼，以资鼓气。之后，依然是橄榄树林，一片片蔚蓝天色仿佛晾在枝杈之间，沿着棕色草地闻得到黄连木的乳香，草地上晾着紫、黄、红色的纺织物。爬坡至此已是汗流浃背，呼吸困难，疲惫不堪了；推开蓝色小篱笆时，小心翼翼避开九重葛的爪状根须，然后还得爬天梯般陡峭的阶梯，好在有蓝色遮阳棚覆盖形成半明半暗，使人觉得不那么口渴了。萝丝、克莱尔、卡特琳娜和男孩儿在外人面前称他们的住房为“面临大千世界的楼阁”，由此可饱览天下全景，宛如一叶小舟悬在灿烂的天际，俯瞰天下多姿多彩的舞蹈。从最下端曲线完美的港湾开始，整个海边，海水一股劲儿搅拌海草和阳光，烘托着松树林和柏树林以及灰头土面的橄榄树林和桉树林，直至楼阁脚下。这些大自然供品的核心，随着季节交替，盛开白色大蔷薇花和金合欢花，抑或忍冬，沿着楼阁的墙往上长，夏日夜晚散发其清香。晾着的白色内衣、红色的屋顶，大海的微笑，海上的天空宛如用图钉从海平线一端钉到另一端没有一丝皱痕，“面临大千世界的楼阁”凝视着五彩缤纷且光辉灿烂的宽广海港。但，遥远处，一条紫色崇山峻岭的棱线，通过一道险峻的斜坡连接海湾，囊括着令人陶醉的远景。于是，任何人都不抱怨陡峭的山路和疲劳了。人们每天要去争取自己的快乐。

面对天地如此生活，如此感受其重量，每天看到自己的面目发光后熄灭，为了翌日显得青春神采奕奕，楼阁四位居住者意识到“在场”，既是判官又有正当性。进而在这里，世界拟人化了，权作我们更乐意请教的人物，因为在这样的人物身心，平心静气并没有扼杀情爱。他们让这里的世界作证。帕特里斯无缘无故地说：

“我与大千世界，咱们才不认同您哪！”

卡特琳娜，对她而言，赤裸意味着摆脱偏见，利用男孩儿不在场去平台脱个精光，所谓看到了天空面含羞涩而变色。她在饭桌上以一种性感傲慢的方式说：

“我刚才赤身裸体面对大千世界。”

“好哇，”帕特里特轻蔑地说，“娘儿们自然喜欢想入非非，甚于她们的身心感觉。”卡特琳娜听后跳了起来，因为她不乐意充当知识分子。萝丝和克莱尔同声道：

“住口，卡特琳娜，你错了。”

因为，理所当然，卡特琳娜总说错话，既然大伙儿以同样的方式喜爱她。这不，她的身体皮实，线条突出，烤焦面包色的皮肤，对世间根本的东西有着动物般的本能感受：解读树、海、风的深奥语言没人比得上她。

“这小妞儿，”克莱尔一边不停地吃，一边说，“有一股大自然的力量。”

然后，大伙儿去晒太阳，默不作声了。人使人的力量衰减，大千世界却使人的力量得以保全。萝丝，克莱尔，卡特琳娜和帕特里斯待在他们楼阁的窗户旁，生活在意象和表象之中，顺应他们之间这种心照不宣的游戏，嘻嘻哈哈，既友好又温情。不过一旦回首眺望天和海交相辉映，便重获他们命运的神秘色彩，于是又在他们内心最深处自我相撞。时不时，猫儿们来跟主人们混一混。母猫居拉凑到他们跟前，一副受委屈的样子，绿眼带着疑问的黑点。它，瘦瘦的，颇秀气，突然之间发疯似的与阴影打斗起来。萝丝评论道："这是内分泌腺出了问题。"她说完，哈哈大笑，前俯后仰，环形鬈发下，起了皱纹的眼睛透过圆形眼镜，显得很快活，招来居拉跳到她身上，颇感受宠若惊。她用手指抚摸亮光光的皮毛。萝丝显得温柔，放松，活像眼睛柔和的母猫，用温和而友好的手指抚慰小畜生。这不，猫儿们成了萝丝走向大千世界的出路，好比赤身裸体是卡特琳娜走向大千世界的出路。至于克莱尔，她更喜欢卡利，小公猫温吞吞，傻乎乎，连毛也白得邋遢兮兮，经常受虐待。克莱尔长着一副佛罗伦萨人的脸蛋儿，觉得自个儿天性优美大方，沉默寡言又不露声色，但时不时突然发作，她胃口挺好。帕特里斯见她日见发胖，训斥她说：

"您真叫我们恶心，一个美人儿无权变丑。"

但萝丝插进来说：

“您戏弄这女孩子没有完啦！吃吧，我的克莱尔妹子。”

白天围着众山陵从日出转到日落，沐浴在柔和的阳光里。大伙儿笑逐颜开，插科打诨，策划未来，笑迎各种表象，装作俯仰无愧于天地。帕特里斯从天地万物之面目到年轻女子们正经而微笑的面孔一览无余。有时他对周围涌现的大千世界感到惊讶。信任与友谊，太阳与一色白屋群，近乎精致的色调，从中产生未受损伤的幸福，他一概估量得出确切的共鸣。他们之间戏称“面临大千世界的楼阁”，不仅是一座寻欢作乐的楼阁，而且是他们备感幸福的楼阁。帕特里斯明显感觉得到，每当傍晚转脸相望，大家随着最后的微风浸入心肺，却怀有人性和危险性的企图，不三不四的，各怀鬼胎的企图。

今天，卡特琳娜日光浴后便去办公室上班了。萝丝突然出现说：

“亲爱的帕特里斯，报告您一个好消息。”

男孩儿这天在露台间大模大样躺在半榻沙发上，手捧一本侦探小说，回应道：

“亲爱的萝丝，有什么吩咐？”

“今天轮到您下厨。”

“好吧。”帕特里斯回答，并没有挪动身子。

萝丝走了，拎着女学生书包，胡乱往包里塞午餐用的甜椒和拉维斯[①]味同嚼蜡的著作《法国史》第三卷。帕特里斯该去煮小扁豆之前，闲待着静观赫石色四壁的平台：家具置有半榻沙发，搁物架，绿色、黄色、红色面具，橘红色条纹生丝挂毯。他一直待到十一点，急忙去一边煮小扁豆，把食油注入炖锅，放一个葱头拌一拌，再加一个西红柿，饰以一束香菜，忙个不停，一边骂居拉和卡利，它们因为饥饿而抗议，尽管萝丝昨天已经向它们讲解过了：

“听着，小畜生们，夏天太热，不会饿的。”

十二点差一刻，卡特琳娜到达，身穿轻飘连衣裙，脚踏露趾凉鞋。她必须先淋浴和晒日光浴，最后一名上桌吃饭。萝丝严肃地说：“卡特琳娜，你真叫人讨厌！”因为浴室水管嘘嘘作响。当下，克莱尔气喘吁吁跑来说：

“您煮小扁豆？我有个烹饪配方……”

“我知道，鲜奶油准备好啦……您加上便是，亲爱的克莱尔。”

事实上，克莱尔所谓种种配方总是先加鲜奶油。萝丝刚到便插嘴说：

“他说得对。”

“对就好，”男孩儿说，“咱们上桌吃饭吧。”

他们吃饭的那间厨房，兼用来存放各种杂物，毕竟还有

---

① 拉维斯（1842—1922），法国历史学家，法兰西学院院士。

一个记事本，用来记录萝丝的名言佳语。克莱尔说：

“咱们既要有帅气，又要随和一点。”一边用手指掰红肠吃。

卡特琳娜晚到得还算得体，却神情恍惚且病恹恹，眼睛因困顿而苍白。她想到自己的办公室，内心不禁叫苦连天：每天从自己人世和生命中扣除八小时，去献给一部打字机。她的女友们心知肚明，也想着要从各自的生命截取一天八小时。帕特里斯一声不吭。

“是的，”萝丝说，她不喜欢悲天悯人，“反正不让你闲着呗。先不说，你每天跟我们唠叨你的办公室。我们剥夺你的发言权。”

“但是……”卡特琳娜叹息道。

“要不然表决吧。一、二、三，你瞧，大多数反对你。”

“看到了吧。”克莱尔补充道。

小扁豆上桌，太干了，大伙儿默默吃着。每当轮到克莱尔掌勺，她上桌时先尝一尝，总是以满意的神情加添道：“味道好极了。”帕特里斯保持着自己的尊严，宁愿什么也不说，直到大家哈哈大笑。卡特琳娜今天考虑欠周，居然想得到每周四十小时工作制[①]，提出让人陪她去劳工总联合会。萝丝说：

① 1936年法国以饶勒斯为首的社会主义运动提出每周工作从48小时降至40小时，但不久即宣告失败。现在法国实行每周35小时工作制。

“错，毕竟是你干活啊。”

这个具有“大自然力量”的姑娘生气了，径自去躺下晒太阳，很快大家也都跟着去了。克莱尔漫不经心地抚摸卡特琳娜的头发，认定“这个女孩子”缺少的，是个男子。这不，在“面临大千世界的楼阁”，大伙儿习惯于决定卡特琳娜的命运，给她提供需求，并决定其范围和种类。诚然，她时不时明确提出她已足够成熟，等等，但别人不听她的。“好可怜哟，”萝丝说，“她需要有个情人。”

然后，大家各自沐浴阳光。卡特琳娜并不记恨，讲起公司的闲话，说有个高个儿金发姑娘快要结婚了，兜着圈子打听情况，旅行结婚会遭受哪些可怕的情况，结果大大松了口气，婚假后回到公司，笑着声称：“没什么了不起！”卡特琳娜摆出一副悲天悯人的样子说：“她三十岁了。”

萝丝指责这些冒风险的故事，对卡特琳娜说：“得了，卡特琳娜，咱们这里并非只有姑娘哪。”

就在这个时刻，航空邮件班机飞越城市上空，从天到地熠熠生辉，散发金色荣光。班机沿着海湾运行，宛如海湾般倾斜，加入地球运行，突然失灵似的，猛然旋转，慢悠悠投向大海，终于缓缓降落水面，溅起白与蓝相间的海水大爆炸。居拉和卡利侧卧着，它们小小的蛇嘴露出玫瑰色上腭，从奢华而猥亵的梦中惊醒，被吓得两侧肋部发抖。天空以太阳和色彩之重从最高处坠落。卡特琳娜紧闭双眼，感受着慢悠悠而沉甸甸的坠落，促使她回到自己的本原，这头动物像精灵似的缓缓蠕动着。

接下来的星期天，他们接待客人，由克莱尔下厨做饭，萝丝拣菜备料，整理餐桌，摆放餐具。克莱尔把蔬菜放入相关器皿，看守火候，一边在自己房间看书。由于摩尔女人米娜今年第三次丢失父亲，今晨没有来上班，萝丝兼做家务。客人们陆续到来，艾莉娅娜被梅尔索称为理想主义者。“为什么？”她问道。

“因为每当有人对您说一件使您反感的真事，您总说确实如此，但这不好哇。”艾莉娅娜心地善良，自己觉得像《戴手套的男子》[①]。虽然遭到大家否认，她自个儿却在房间里贴满《戴手套的男子》的复制品。艾莉娅娜是搞研究工作的，她第一次来“面临大千世界的楼阁”，就宣称对该楼居民“不持偏见”而喜出望外。久而久之，她感到这里的人们不太厚道。对她而言，不持偏见在于说她精心讲述和编派的故事是地地道道沉闷乏味的，还在于说，她一开口讲话就被好声好气地告知：“艾莉娅娜，您简直是一头母驴。”

当下，她跟诺埃尔，第二位客人，职业雕塑师，进厨房时碰见卡特琳娜，因从不下厨做饭而处于平常姿态：她仰躺着，一手抓葡萄吃，另一只手捣蛋黄酱，还在开始阶段。萝

① 《戴手套的男子》：意大利文艺复兴时期绘画大师提香作品。

丝，穿着蓝色长围裙，正在欣赏居拉的聪明，它跳上方砖砌的炉灶去吃中午甜食。

“您以为，”萝丝怡然自得地说，“噢，您以为它聪明吗？”

“是的，”卡特琳娜说，“它今天表现得比以往好些，”但加添道，“今天早上越来越聪明，居然打碎小绿灯和一个花瓶。”

艾莉娅娜和诺埃尔，或许一时喘不上气来，不便表明他们的恶心，决定自行找个位子坐下，至此谁也没给他们让座。克莱尔来了，和蔼可亲却无精打采，跟客人们握手后就径自去为在火上炖着的普罗旺斯鱼汤[①]尝鲜。她认为大家可以上桌吃饭了，但今天帕特里斯迟到，他姗姗来迟，说话滔滔不绝，向艾莉娅娜解释他情绪特好，因为街上的女人们漂亮极了。季节刚开始回暖，凉爽的连衣裙已经上身，硬朗的躯体颤动着显露其身材。用帕特里斯的话来说，令他口干舌燥，太阳穴直跳，下身发热。听着如此确切的语汇，艾莉娅娜好生害臊，沉默不语。餐桌上，开始喝汤，一片惊愕。克莱尔，颇有风情，用极其纯真的朗朗口气说：

“恐怕这锅普罗旺斯鱼汤有一种洋葱头烧煳的味道吧。”

“没有煳味儿呀，”诺埃尔说，大家都喜欢他有副好心肠。

于是，萝丝为了检验他心地善良，请他为楼阁之家添购

① 普罗旺斯鱼汤：法国南部普罗旺斯地区特色菜肴，即各式海鲜加佐料用文火炖成。

一些实用品，比如浴水加热器，波斯地毯和冰箱。诺埃尔回应谨请萝丝做祷告祝他中彩票，萝丝倒挺实在，一口答应："既然要祷告，咱们就为自个儿祷告吧。"

天气热得厉害，腾腾热气使得冰镇酒水和应时水果弥足珍贵。喝咖啡时，艾莉娅娜壮着胆子谈论爱情，说什么，她若恋爱，便出嫁。卡特琳娜对她说，更为紧迫的是，若爱上谁，赶紧做爱，这种物质主义策略令艾莉娅娜惊厥。萝丝注重实效，赞成这个说法，假如"很不幸，经验证明不了婚姻扼杀爱情"。

然而，艾莉娅娜和卡特琳娜因为观点对立而进一步歪曲了各自的想法，这样她们俩都错了，因为人各有自己的脾性。诺埃尔，是以形体和黏土塑造来思维的，在具体而不堪重负的现实社会中，想到的是老婆、孩子们和家长制这些实际情况。于是，萝丝被艾莉娅娜和卡特琳娜的嚷嚷弄得厌烦了，假装突然明白诺埃尔多次造访的目的，她说：

"我感谢您，难以向您表达这一发现多么令我销魂。明天，我就去跟父亲说说'咱们的'计划，这样您过几天就可以向他提亲了。"

"这……"诺埃尔一时摸不着头脑。

"咳！"萝丝豁出去了，"我懂您的意思，您不需要说出来。您属于那种不把话说透的人，需要人家猜您的心事。况且，我很高兴您已经公开了，因为您来访的频率开始玷污我的纯洁名声了。”

诺埃尔很开心，不过隐约感到不安，宣称很高兴看到自己的愿望得以实现。帕特里斯点燃一支香烟前说道：

“且不提必将让您充当傻瓜。萝丝的情况给您一个快马加鞭的义务。”

“什么？”诺埃尔问道。

“我的上帝，”克莱尔说，“咱们只认识两个月呀。”

“再说啦，”萝丝怀着温情和说服力加添道，“到了您这个年龄，应当乐于在别的男孩儿身上认识自己。”

诺埃尔皱起眉头，克莱尔挺随和地说：

“开个玩笑嘛，是带有风趣的玩笑。”

与此同时，道德准则的讨论告一段落。不过，偷偷做好事的萝丝轻轻跟艾莉娅娜说话。大房间里，帕特里斯去窗口待着，克莱尔正襟危坐于桌旁，卡特琳娜横躺在席子上。其他人坐在长沙发上。一层厚厚的轻雾笼罩城市和港口。一条条拖轮午休后重新开始作业。庄严的呼喊声伴随着柏油和鱼货的气味一直传到这里，红色和黑色的船壳，铁锈斑斑的缆桩，一捆捆黏乎乎的海带，这一切景象在最下端苏醒。一日复一日，强力风格的生活发出雄健而博爱的呼唤，这个小天地所有的人感同身受或听到直接的呼唤。艾莉娅娜垂头丧气，对萝丝说：

“其实，您也跟我一个样子呀。”

“不，”萝丝说，“我只不过是追求幸福，最大可能的幸福。”

“爱情不是唯一的手段。”帕手里斯进来说，并没有转过身来。

他对艾莉娅娜很有好感，担心刚才让她伤心了。但他理解萝丝确是盼望幸福。

“这是一种平庸的理想。”艾莉娅娜说。

“我不知道是不是一个平庸的理想，但这是一种健康的理想。这个，您明白……”帕特里斯没往下讲。萝丝有点闭目养神，居拉蹬上她的双膝，得到她久久抚摸头颅骨。萝丝在为这场秘密的婚姻作准备：眼睛半眯的猫儿与一丝不动的女人将以相同的眼神望着一个相似的天地，各自在拖轮长长的呼唤中若有所思。萝丝听任居拉在她旁边空当儿打呼噜，热气正冲着它的眼睛，使它默默经受其血液的击打。猫儿整天睡觉，一往情深于傍晚第一颗星到翌日黎明。它们的情欲性欲熬熬待哺，而它们的睡眠则隐情喑哑。

“是的，”萝丝睁开眼睛说，“获得幸福，最大可能的幸福。”

梅尔索想念吕西埃娜。他稍早前说过大街上女人们美极了，心里尤其觉得一个女人很美。他是在朋友家认识她的。一个星期前，他们俩一起外出，没有任何事情可做，便在大街上散步，沿着港口大道，是个美丽的上午，天气暖和。她没有开口说话，梅尔索陪她回家，无意中发现自己跟她握手良久，一边向她微笑。她身材修长，不戴帽子，脚踏开口拖鞋，穿一件白麻布连衣裙。他们在大道上散步时微风习习。她穿平底鞋踏在热乎乎的石板街上，身子略为挺起挡风：在做这样的动作时，连衣裙贴紧身躯，勾勒出腹部平坦而紧实；金黄头发向后梳理，小鼻子挺拔，一双乳房曼妙奔放；她象征并认同与大地之间的一种默契，使她十分接地气，指令大千世界围着她的活动转悠。她右手戴着银手镯，每当拎包摆动时，手镯碰着皮包拉链发出喀喀声，她一边用左手举到脑门儿挡太阳，右脚尖还在地上却准备马上离开地面，帕特里斯备感她的一举一动与天地紧密相连。

就这样，他切身感到神秘的和谐把自己的步伐跟吕西埃娜的步伐协调一致了。他们一起走得很顺，他不需要费劲配合。没准儿这种融洽得益于吕西埃娜的平底鞋吧。但同时他们各自的步子在跨度和柔韧上有某种共同之处。就在这样的时刻，梅尔索注意到吕西埃娜的沉默和她脸部拘谨的神情。他心想她很可能并不聪明，暗自为此高兴。没头脑的美女具有某种超凡的东西，比任何女子都好，梅尔索善于把握这种敏感性。所有这一切使他不急于碰吕西埃娜的手指头，经常见她，跟她在一起散步很久，总是默然迈着相同的步伐，脸上一起被太阳晒黑抑或一起仰望星星，一起游泳，协调他们的手势和步伐，却根本不用交换他俩的躯体方位。这一切一直坚持到昨天晚上，梅尔索重新获得一个熟悉的奇迹：吕西埃娜的双唇令他销魂。至此使他感动的是她牵住他衣服的方式，是她挽住他胳膊随着他走，这份坦诚，这份信任感动男人的心窝。她的沉默把她完全投入到她活动的姿态之中，身形动作和猫儿一般惟妙惟肖，她的举止中有种猫的持重。

昨天，晚饭后，梅尔索跟她在堤岸马路散步。某个时刻，他们停下脚步靠在大马路斜坡上，原来吕西埃娜滑了一下靠在梅尔索身上。天色已黑，他感到自己的手指碰到她冰凉的高颧颊上，也戳着她的热唇，因为手指碰到嘴，觉得温热，不禁喊出声来，不带企图心的，热情似火的，当着爆满星星的天空，而城市恰如翻了个儿的天空，充满人间灯火，从码头升起的热浪长驱直冲他的脸盘儿，引起他对温吞水源的渴望，在生机盎然的嘴唇上以脱缰之意志，领会这种非人间而沉睡的世界全部涵义，恰似他嘴里含着一种沉默。他欠下身去，好像用双唇亲吻一只小鸟，吕西埃娜哼哼唧唧。他把她的双唇含在嘴里，好几秒钟嘴对着嘴，吸吮温情蜜意，觉得飘飘然，仿佛把整个世界都拥抱在怀里。然而，她一味钩住他，快要淹死似的，从被投入的深洞里突然冒出来一股劲头，先推诿后吸引，最终掉入黑暗冰冷的水中却全身发烧似的热气腾腾，飘飘欲仙……

……艾莉娅娜已经离开。一个漫长的下午等着梅尔索在自己的房间默不作声和冥思苦索。晚餐时大家都不吭声，晚饭后不约而同都去露台。日复一日，日日终而复始：从海湾上的清晨，光彩夺目的轻雾和阳光，到海湾上的傍晚，曼妙和顺。白日从海上升起，傍晚从山陵背后沉落，因为天空只有一条路，从大海到山陵。大千世界从来只表达一件事，起先引人注目，后来使人厌烦，但总有一天会到来，由于不断重复，定能获得坚持不懈的价值。就这样，“面临大千世界的楼阁”的日子，编织在嬉笑和质朴行为举止的昂贵料子中，天天在露台上面对充满星光的夜晚告别。卡特琳娜背靠护墙坐着，其他人都躺在长椅子上。

幽暗夜晚的面庞映照在火红而神秘的天上，亮光在港口很远的地方经过，一列列火车的尖厉呼啸越来越稀少。星星渐渐变大而后变小消失，之后又再现，把变化无常的远近风貌连系在一起，再与其他风貌相融合，使之历历在目。在寂静中，黑夜越发变得浓郁和密实，星星纷纷滑落，在观者眼中引起的光线效应，恰如眼泪盈眶，潸潸似麻。每个人都投入天空的深处，企图在这个一切相安相得的极点，想出奥妙而亲和的主意，从而获得幽居独处的生活。

卡特琳娜顿时被性爱冲击得喘不过气来，一味唉声叹气。帕特里斯觉得她的声音都变了，赶快问道：

“你们没着凉吧？”

“没有，”萝丝说，“况且这景色多美啊。”

克莱尔起身，把双手搁在护栏上，抬头仰望天空，面对大千世界一切初级的和高等的物体，她把自己的生活和对生活的渴望混为一谈，把她的希望与行星的运动交融一体。她猛然转过身对帕特里斯说：

“在顺心的日子里，信任生活，等于迫使生活正面回应。”

“是的。”帕特里斯说，但没瞧她一眼。

一颗星星陨落。随之其后，一盏远方的探照灯在此刻更为黑暗的夜里射出宽广的光芒。一些男人正在爬坡，听得见他们的踏步声和气喘吁吁。

大千世界从来只定夺一件事。从星星到星星这种不由自主的实在性为自身奠定一种自由，旨在把我们自身与其他人分隔开来，正如另一种不由自主的实在性，旨在从死亡走向死亡。于是帕特里斯、卡特琳娜、萝丝和克莱尔所意识到的幸福来自他们从容顺应大千世界，如果说这夜作为他们命运的象征，他们便赞赏自己的命运既是有血有肉的，又是神秘莫测的，其面貌掺杂泪水和阳光，而他们充满痛苦与快乐的心就会理解这种通向幸福死亡的双重寓意。

夜深深，已是子夜。黑夜的前沿好比大千世界在歇息和思索，一阵隐性鼓胀声和星星的喧哗预告即将到来的苏醒。从满天星斗倾泻的亮光颤悠悠的，帕特里斯瞧着他的女友们：卡特琳娜，蹲靠着栏墙，头朝后仰着；萝丝蜷缩在长椅上，双手伸平搭着居拉；克莱尔，站着，僵直靠着栏墙，饱满的前额上白斑明显可见。

年轻人是能够获得幸福的，可在一起谈论他们的青春时，却保守着各自的秘密。梅尔索走向卡特琳娜，瞧着她胖乎乎的肩膀沐浴着阳光，好像她肩上映着天色浑圆。萝丝也走近栏墙，他们四人面对着大千世界，仿佛隔了夜更清爽的露水把他们孤独的痕迹从各人的额头洗涤了，同时使他们摆脱了自己，通过这种颤颤巍巍的、稍纵即逝的浸礼把他们送回人间。在这星星泛滥的夜间，他们的一举一动都凝固在天空无声的大脸上。帕特里斯向黑夜伸出手臂，乘势挥臂带动了一束束星星，顺手抓了一把露水。阿尔及尔在他的脚下，围绕着他们，像给他们披上一件宝石和贝壳的大衣，熠熠生辉却前景渺茫。

四

凌晨，梅尔索驾驶小汽车，开着照明灯，奔驰在海滨公路上。出了阿尔及尔，他便加快速度超车，比如超越送牛奶的货车。这不，拉货车的马匹跑得一身热汗，加上残留着马厩的味儿，散发的气息，他觉得早晨的新鲜空气更加沁人心脾。天色尚黑，最后一颗星星还在天上缓缓融化，公路却在昏暗中闪闪发亮，他只感觉马达像个快乐的动物吵闹着，时不时更远一点传来马蹄碎步小跑以及油罐满满引起颠簸的噪声，最后依稀辨别出前面公路黑暗处传来马的四蹄清脆的碎步声。然而一切消失在汽车的风驰电掣中。随着夜色很快转为白日，他行进得比较快了。

汽车开出蜷缩在阿尔及尔山陵之间的黑夜，走上一条俯瞰大海畅通无阻的大路，海上的早晨呈现圆形。梅尔索开足马力直奔前方。车轮滚动在被露水浸湿的公路上频频发出气门的声响。大路有许多弯道，每一次急刹车都使轮胎发出尖利啸声，转到直道上行驶便重新发出马达沉闷的隆隆声，一时覆盖了从下面海滩传上来的变得轻微的吼声。只有坐飞机比坐汽车更使人获得孤独感。开汽车，自己有完全的实在感，对自己一举一动的准确性会产生有意识的满足。梅尔索能够既恢复知觉又重新全神贯注。此刻天已大亮，一路畅行。太阳在海上升起，随着海边田野在望，刚才僻静冷落，现已百鸟苏醒，百虫飞舞，呈现红色。时不时，一个农夫穿越一处田野，由于梅尔索车速飞快，只瞥见一个背着袋子的身影，在肥沃而泥泞的土地上拖着脚步艰难前行。每开一段路，汽车就把他时不时拉回俯瞰大海的山坡，而且山坡越来越庞大，其轮廓稍早一点就像借着日光上演的皮影，一个影紧接着一个影，零星地越显庞大，向梅尔索呈现满山遍野的橄榄树和松树以及墙壁上涂灰泥的小屋，山坡豁然开朗。之后，另一个拐弯把汽车引向正在鼓鼓涨潮的大海，扑面迎来大海散发上来的奉赠：盐味儿，红色斑点和蒙胧睡意。于是汽车呼啸着在公路上飞驰，再次向另外的山陵进发，但大海始终依然如故。

一个月之前，梅尔索向“面临大千世界的楼阁”宣布他将离开。他先外出旅游，然后在阿尔及尔郊区定居。儿周后返回时，他确信旅行对他的生活而言已格格不入：他觉得离开家乡不过是提心吊胆的幸事，毕竟水土不服。再说，他已感到身心有一种隐约的疲惫，于是急着实现早已想好的计划，购买一幢小屋，依山傍海，位于舍努阿山，离提帕萨废墟几公里处。他到达阿尔及尔时，就把自己的外在场景布置妥当了：先前已买下一家德国医药品企业的有价证券，雇了一名职员，按营业额付工资，以此表明他不在阿尔及尔的正当性，又可过着独立生活。况且，生意还算马马虎虎，他补贴偶尔的亏损，尽此义务就可彻底自由，犯不着悔恨。事实上，给世人一个让其看得懂的外貌足矣。剩下要做的，怠惰和松懈即可万事大吉。这样，独立自处凭几句廉价的私房话便可得到。然后，梅尔索着手打理吕西埃娜的命运。

她没有双亲，独自生活，在一家煤炭公司当秘书，主食水果，锻炼身体。梅尔索借书给她看，她还书时什么也不说。回答问题时，她说“是的，很好”，或者说“有点儿忧伤”。梅尔索决定离开阿尔及尔的那天，向她建议跟她一起生活，但让她居住在阿尔及尔而无需上班工作，当需要她时会叫她来找他。梅尔索说此话时相当自信，以致吕西埃娜没有任何受辱的感觉，也确实丝毫没有使人感到委曲求全。这不，吕西埃娜经常通过玉体感受到脑子感受不到的东西。她接受了。梅尔索加添道：

“如果您坚持的话，我可以许诺娶您，但我认为没有必要。”

“随您的意愿吧。”吕西埃娜回答。

一周后，他娶她为妻，并准备离开。在此期间，吕西埃娜为自己买了一个橙色独木舟，准备去蓝色大海。

梅尔索急打方向盘以免压死一只早出门的母鸡，因为脑子里还想着先前与卡特琳娜的谈话。出发前夕，他离开“面临大千世界的楼阁”去旅馆独自住了一夜。

下午开头，由于一上午下雨，海湾整个儿像一扇洗净的窗玻璃，天空像一件清爽的内衣。正对面，弧形弯曲的海湾末端海岬呈现一种神奇美妙的纯净，被阳光染成金黄，长长的湾道舒展在海里，活像一条夏天的巨蛇。帕特里斯把箱子整理完上了锁，双臂搭在窗梃上，贪婪地凝望大千世界的新生。

“我不明白你为什么要走，你在这里很快乐呀。”卡特琳娜对他说。

“我生怕在这里被人爱上，小卡特琳娜，这会让我感到不幸福的。”

卡特琳娜盘曲在半榻沙发上，头部有点下垂，用她美丽而无底的眼神望着帕特里斯。他没有回头，对空说：

“许多男人把他们的生存复杂化了，臆造一些命运。至于我，非常简单。瞧瞧……”

他向着大千世界说话，卡特琳娜觉得被遗忘了。她瞧着帕特里斯长长的手指悬在前臂终端，而屈臂搭着窗梃，他的躯体只支撑在一边臂部上。她看不着他的目光，但猜想是迷失的。

“我很想……”她说，但沉默了，一味瞧着帕特里斯。

小帆船趁着风平浪静开始纷纷出海，抵达航道，拍打着双翼，很快把航道塞满，突然出海而去，拖曳着一条条尾涡航迹，空气搅和着海水泛起层层浪花，酷似长长的泡沫在打寒战。卡特琳娜从她的位置，看着小帆船进入大海后向前航行越远就在海上冒得越高，仿佛在帕特里斯周围出现一群编队飞行的白鸟。他似乎感到她的沉默和凝视，转过身来，握着卡特琳娜的双手，把她拉近自己，对她说：

“千万不要放弃，卡特琳娜，你身上有许多优点，尤其高贵的是幸福感。别光等男人给你人生，为此很多女人给耽误了。要靠你自己。”

“我不抱怨，梅尔索，”卡特琳娜轻声说，拍着帕特里斯的肩膀，“目前最重要只有一件事：保重身体。”

于是他感到他的自信多么脆弱，他的心肠硬得离奇。

“这话，现在不该说啊。”

梅尔索提起箱子先走下陡梯，然后走小道，两旁除了橄榄树还是橄榄树。唯有舍努阿山等待着他，那片废墟和苦艾的森林，一起既无希望又无绝望的爱，伴随着醋意和繁花的生活回忆。他转过身子，但见楼阁上卡特琳娜瞧着他离开，没有打任何手势。

不到两个小时，梅尔索到达可望见舍努阿山的地方。此时，夜晚最后的紫色亮光还滞留在通往大海的斜坡上，而山顶则辉映着红色和黄色的光芒。地平线上显现的轮廓具有萨赫勒[①]起始的蓬勃刚劲气势，又转为巨兽肌肉发达的宽厚脊背，而后从最高峰直奔入海。梅尔索买下的房子屹立在离海一百米的数个斜坡之间，已经披上热乎乎的金色阳光。底层上面只有一层楼，在这层楼上只有一个房间以及几个附属室。但这间房宽敞，通向门前花园，然后通过一个平台往下延伸，经过一处优美的小海湾而后入海。梅尔索快速登上自家平台。极目远眺，大海已经开始冒雾，同时海蓝变成深蓝，平台上的方石板热烘烘的红色与阳光交相辉映。华丽的玫瑰沿着涂灰泥的栏杆攀援而上，第一批花已在争奇斗艳。玫瑰是白色的，已经开花的玫瑰冷眼对着大海，坚实的花瓣显得饱满，令人觉得丰盈。底层几间屋中有一间面对舍努阿山第一系列山坡，斜坡上种满果树，另外两间对着花园和大海。花园里两棵柏树疯长，撑竿似的冲向天空，只在顶端覆盖泛黄和浅绿相间的毛茸茸枝叶。从别墅眺望，只能见到从两棵树之间

---

① 非洲北部撒哈拉沙漠和中部苏丹草原地区之间的一条总长1 000多公里的地带。

的空间和两棵树干之间呈现的远处海湾。此刻，至少有一艘小汽艇经过他眼前出海，梅尔索从一棵松树到另一棵松树之间的空间凝望小艇出海全过程。

这就是他即将生活的地方。或许这个地方的美打动了他的心，也是为了这个地方他买下这幢房子。但他希望得到的休闲现在有点使他害怕了。他如此清醒透彻思考过后得到的独处幽居，现在了解其背景之后，反倒使他更提心吊胆了。村庄并不远，几百米之遥。他走出家。从公路下来的一条小路通向大海。他刚踏上小路便第一次瞥见海另一端的提帕萨小海角，其终端映衬庙宇金色圆柱以及周围破损不堪的废墟，其间的苦艾每隔一段距离形成一簇簇灰色羊毛似的茸毛。梅尔索心想，六月的夜晚，风没准儿会把那边苦艾饱享阳光后散发的芬芳穿海吹向舍努阿山。

他必须安置他的屋子，打理妥当。最初几天很快过去：墙上刷灰，到阿尔及尔买帷幔吊帘，重新安装线路电灯。他每天干活，除了一天三顿饭在镇上旅馆用餐，去海里洗澡游泳，有时竟忘却为什么来到这里，因为精力分散了，劳累不堪，腰酸背痛，双腿硬硬的发酸，操心缺涂料或走廊的双路开关装置是否损坏。他睡在旅馆，慢慢认识镇上的人：男孩子们星期天下午玩俄式台球和乒乓球，他们玩整个下午，最惹老板生气的是，他们只消费一次。姑娘们傍晚在大路上散步，俯瞰大海，她们胳膊挽着胳膊，唱唱歌，但唱的歌词只听得出字母最后的音节。佩雷兹，渔夫，给旅馆供应鲜鱼，他只有一条胳膊。梅尔索也在那里结识乡村医生贝尔纳。房子安顿完那天，梅尔索就把自己的东西搬进去了。他这才安心一点儿，已是夜晚了。他待在二楼大屋里，窗户里外两个世界争夺两棵柏树之间的空间。窗外，几乎透明的，繁星越来越多；窗内，空气更加浓密，光线更加昏暗，海水汩汩搏动，向他告示大海近在咫尺。

直到目前，他生活处世无拘无束：会见帮他干活的工人们，抑或跟咖啡店老板聊天。但这天晚上，他意识到没有任何人要见面，明天也没有，永远不会有了，他终于面对盼望已久的独处。一旦他不该见任何人，便觉得明天非常临近了。不过，他依然深信这正是他毅然决然需要的：他面对他自己，很长很长时间，直到终结。他决定耽着抽烟和思考到深夜，但十点钟便困了，上床睡觉了。第二天醒得很晚，已是十点，自做早饭，吃完后才梳洗。[①]他觉得有点儿倦怠，没有刮胡子，头发蓬乱打结。但吃完早饭，并没有去浴室，而是一个房间一个房间转悠，翻阅一本杂志，最后很高兴发现一个转换开关从墙上脱落，于是着手修复。有人敲门，原来是旅馆小跑堂给他送午饭来了，是头天说好的。他就是这个样子，懒洋洋上了餐桌，免得菜凉了，但吃着没胃口。之后，

① 加缪时代，大多数法国人早晨醒来先在床上吃早饭，然后梳洗之后活动或去上班。直到现在，还有一些法国人先早餐后梳洗。

便躺在底层房间半榻沙发上抽起烟来，不觉又睡着了，醒来对自己大发肝火，已是下午四点。于是，他梳洗，精心刮胡子，穿着停当后写了两封信，一封给吕西埃娜，另一封给三个女大学生。天色已晚，夜幕降临。他依然径直走到村庄去邮局投信，回家时竟没有遇见任何人。他上楼去卧室，再走出房间去露台。大海与黑夜在沙滩上在废墟中对话。他思考，回想浪费一天而烦恼。至少今晚，他想工作，做点什么，读书或出去夜行。花园的栅栏门吱嘎作响，晚饭送到。他饿了，吃得很香，于是觉得无力外出了。他决定到床上好好看书，但看了最初几页，眼睛就闭上了，第二天醒得很晚。

后来几天，梅尔索企图抵抗这种蔓延。随着日子一天天过去，完全被栅栏门的嘎吱声和数不清的香烟打发掉，焦虑油然而生，于是衡量起使他过上这种生活的所作所为与这种生活本身之间的差异。一天晚上，他写信给吕西埃娜叫她过来，就这样打破了自己多么热切等待的独处。信件发出后，暗自羞愧不已。吕西埃娜到达时，这种羞愧化为某种傻乐和欣喜，非常高兴重逢一个熟人。她的在场意味着生活方便多了。梅尔索对她呵护备至，吕西埃娜颇为惊异地瞧着他，一边始终专注于自己熨得很平整的白布连衣裙不被弄皱。

于是，他在乡间走动，但带着吕西埃娜；他跟人世重新找回默契，但把手搭在吕西埃娜肩上：在人身上躲避，即可逃避自己的隐忧。然而两天之后，吕西埃娜便使他厌倦了。

她偏偏选择此时向他提出跟他一起生活，当时他们正在吃晚饭，梅尔索直截了当拒绝了，双眼盯着自己的盘子，头也没抬。

一阵沉默之后，吕西埃娜以平淡的声音加添道：

“你不爱我。”

梅尔索抬起头，但见她热泪盈眶，他缓和语气说：

“我从来没对你这么说呀，亲爱的。”

“是啊，”吕西埃娜说，“所以这么问嘛。”

梅尔索起身，走到窗前。从两棵柏树之间望去，繁星布满夜空。帕特里斯也许心里从来没有如此焦虑不安又对刚过去的几天日子如此厌恶，他说：

“你很美，吕西埃娜，我看不到更远了。我对你没有任何更多的要求，这对咱俩足够了。”

“我知道。”吕西埃娜说。她转身背对帕特里斯，用手中的刀尖在桌布上乱刮。

帕特里斯过来用手摸着她的颈窝说：

“相信我，不存在什么大痛苦、大悔恨、大回忆。一切自行遗忘，甚至伟大的爱情，这是因为生活中既有使人伤心的也有振奋人心的，只不过对事情有怎么个看法罢了：某种看法时不时会冒出来。为此在生活中体验伟大的爱情，经历不幸的激情，毕竟很好哇，对我们不堪重负的无理由绝望权充托词吧。”

梅尔索说完后反思片刻，加添道：

“我不知道你是否明白我的意思。”

“我以为我是明白的，”吕西埃娜说，但猛然回头对他说，“你不幸福吧。”

“我会幸福的，”梅尔索粗暴地说，“我必须幸福：我有这里的黑夜，有这里的大海，有我手指下的颈窝。”

他转身向着窗户，用手紧抓吕西埃娜的脖子。她不吭声了，但过了一会儿，并没有瞧他而脱口问道：

“至少，你对我有点儿友爱吧！”

帕特里斯在她身旁屈膝下蹲，啃着她的肩膀说：

“友爱，是的，就像我对黑夜的友爱。你取悦我的眼睛，但你不知道这种愉悦能在我心中占有的位置。”

她第二天就走了。第三天，梅尔索自个儿拿不定主意，干脆开车去阿尔及尔。他先去了“面临大千世界的楼阁”。她的女友们答应本月底去看望他。然后他决心回自己的老街区。

他的房子租给了咖啡店老板。他打听箍桶匠的消息，谁都跟他说无可奉告。人们以为他去巴黎找工作了。梅尔索随便走走，去了餐馆。塞莱斯特见老了，总之老了一点儿。雷内一直在那儿，肺病依旧，神情严肃。大家都很高兴重见梅尔索，他也觉得这次重逢心里很激动：

“嘿，梅尔索，”塞莱斯特对他说，“你没变呀，老样子哟。”

“是的。”梅尔索回应道。

他赞赏这种有悖常理的盲目，这不，世人对自己身上发生的变化了如指掌，却硬是把他们自己脑子里一劳永逸的形象强加给他们的朋友。对于他，人们按照他过去那个样子评判他。正如狗改不了本性，世人对大写的人而言却是狗。由于塞莱斯特，雷内和其他人跟他太熟了，看不出他已经变得陌生和内向得如同无人居住的星球了。不过，他还是跟他们友好地分手了，刚走出餐馆，正好碰见玛尔特。见到她，梅尔索这才意识到差不多把她忘了，同时又希望碰见她。玛尔特始终保持着浓妆艳抹的女神面目。梅尔索见到她，隐隐欲念依存，但缺乏信心了。他们一起走了走。

“啊，帕特里斯，”她说，“我多么高兴见到你，现在怎么样啊？”

“没怎么样，你瞧，我住在乡下。”

“这太棒了，我啊，做梦都想乡下。”她沉默片刻，接着说：

“知道吧，我不怨你。”

“是呀，”梅尔索笑着说，“你找到怀抱安慰了吧。”

“别使坏，好吗？”此时，玛尔特的语气令他刮目相看，“我明明知道总有一天会这么了结的。你是个怪人儿，而我，只不过是小姑娘，诚如你所说的，当事情发生时，当然，我气疯了，明白吗？但我最后想通了，因为你倒霉呗。你说，怪不，我不知道怎么说，反正第一次咱们之间发生的事情让我既悲伤又欣慰。”

梅尔索很吃惊，注视着她。突然，他想起玛尔特一直跟他很好，她按他的样子接纳他，让他消磨许多孤独的时光。他对她不仗义。同时，他的想象力和虚荣心给了自己太多的价值，而他的自尊心却心有余而力不足。他感到怪离谱儿的：我们总是一再错怪我们心爱的人儿，先是对他们有利的，后是对他们不利的。今天他明白了玛尔特曾经跟他在一起是很自然的，她就是她自己，在这方面，他亏欠她很多。雨快停了，街道上的灯光多起来并四散开；他透过夹着灯光的雨水看到玛尔特突然严肃起来的面孔，觉得对她抱有一种难以表达又诉说不尽的感激，若在别的时刻，他很可能将其视为一种爱吧，但他只找到很贫乏的话语，他说："你知道，我挺喜欢你的。现在依然如此，如果我能帮你做点什么……"

"不必了，"她对他说，"我还年轻，不缺什么，你想是吧。"

他赞同。他们之间，既保持距离又暗自默契。他在她家门前告别，她把他的雨伞打开，对他说：

"希望咱们还能见面。"

"好吧。"梅尔索说。她报以一个微微的苦笑，梅尔索接着说：

"对啦，你还保持着小姑娘的脸。"

她退到门下，收起自己的雨伞。帕特里斯向她伸出手，轮到他笑着说。

“再见，给个面子吧，表象。”

她迅速搂住他，突然亲吻他两边面颊，然后奔上楼梯。梅尔索待在雨中，双颊还感觉得到她冰凉的鼻子和热烈的嘴唇。这个突然而无私的亲吻完全是纯洁的，就像维也纳那个长红斑点小妓女的亲吻。

然而他又去找了吕西埃娜，在她家过夜，第二天要求她跟着去大马路散步。时近中午，他们下坡去海边。橘黄色船壳晒着太阳，像一大块一大块片状水果。鸽群及其影子形成双重飞翔，先朝码头往下，然后立刻转头往上，勾画出一条悠游的弧线。阳光灿烂，暖洋洋的。梅尔索凝望红黑相间的邮船缓缓驰出航道，加快速度，大幅度转向之后直赴天与海接合引起泡沫般的光涌潮。对于看着别人出发的人来说，一切出发都含有一种带苦涩的甜蜜味儿。吕西埃娜说：

“他们好运气哦。”

“是的。”帕特里斯回答，心里却想：“不。”抑或至少他不羡慕这种运气。对他而言，重新开始，出发，新生活，保持其吸引力，但他心知肚明，只有懒汉和阳痿者的头脑珍惜幸福。幸福意味着一种选择，在选择中，要有协商调和的意志和清醒明晰的头脑。他领会扎格雷斯的话：“不要怀着弃绝的意志，而要抱有幸福的意愿。”他用手臂搂住吕西埃娜，用手掌抚摸女性温暖而柔软的乳房。

当天晚上，梅尔索开车回舍努阿山，一路上面对海水潮起潮落和突然显露的山陵，感到内心十分宁静。他几次煞有介事地重新开始，并意识到自己过去的生活，终于暗自确定想做什么人和不想做什么人。这些散乱的日子让他感到羞愧，虽然他断定这样的日子是危险的，但是必要的。他本可沉沦其中，唯其缺乏正当性而已。反正也不得不适应一切吧。

梅尔索，在两次刹车之间，深信这条既使人丢人现眼，又不可估量的真理，即他所追求的怪诞幸福在天天早起，按时海水沐浴和保持意识健康之中能找到得以实现的条件。他说干就干，很快决定乘势落实到位，安顿新的生活，以便往后不再费很多精力，在时间与生活的安排上协调一致，免得上气不接下气。

第二天上午，他起得很早，下山去海边。天已大亮，清晨布满鸟儿吱喳叫和翅膀瑟瑟声，但太阳只掠过海平弧线。梅尔索下水时，海面尚未有亮光，仿佛在模糊不清的夜色里游泳，一直游到太阳出来，把双臂摇入冰凉而通红的金黄熔流中。就在此刻，他往回游，然后回家。他觉得自己的身体敏捷了，准备好迎接一切。在此后的那些早晨，他总在太阳出来前一点下山，这第一项活动引导着整个儿一天。况且天天海水澡，弄得他很累。但同时，通过给他留下的疲乏和精力使他一整天有从容的情致和喜出望外的倦息。然而，他觉得白天还是太长，还未把他的时间从他作为基准点的习惯框架中剥离开来。他没有任何事情有可做，于是他的时间听任广延。每分钟都找回其奇迹般的价值，尚未对其认同罢了。同样在旅行时，日子好像没完没了，而相反在办公室从星期一到星期一闪电似的过去了，同样，失去了支点，他还硬要在一种不知干什么的生活中把日子重新找回来。有几次他拿起一只手表，瞧着指针从一个数字移到另一个数字，眉飞色舞地发现五分钟使他觉得长得没完没了似的。想必这只表给他打开艰难困苦而受尽折磨的道路，通往无所事事这门顶尖艺术。他学习散步。下午有时候，他沿着海滩一直走到位于另一个湾角的废墟。然后在苦艾丛中躺下，把手搭在热乎乎的石头上，他睁开眼睛，向着充满热气的天空令人难以忍受的壮观敞开心胸。他使自己血液的流动去顺应下午两点太阳光强烈的脉冲，深陷于旷野气味儿和昆虫昏昏欲睡的沉闷齐鸣之中；他凝望天空从白色变为纯蓝，不久通风之后变成绿色，并且把温存和柔和撒向依旧炎热的废墟。然后他早早回家躺下睡觉。从此，他从一日太阳奔向另一日太阳，日子过得按部就班，其节奏缓慢而奇特，却也成为像从前那样不可或缺了：坐自己的办公室，去自己常去的餐馆，睡在自己的床上。前后两种情况，他几乎没有意识到有什么区别。现在至少在清醒的时候，他感觉时间是属于他的，就在从泛红的大海到泛绿的大海这个短促的时间内，某种永恒的东西每秒钟都在向他呈现。但他在日复一日的弧线之外并没有窥见永恒，更没有发现超乎人类的幸福。所以，幸福属于人类，永恒即是一日复一日。一切在于善于谦卑，以每天的节奏调整心态，而不是迫使自己的心屈从于希望的弧线。

正如在艺术层面，必须善于适可而止，某个时刻总会来临，比如一件雕刻作品不应该再修改，就此而言，不明智的意志总是对艺术家更有用，胜过洞察力最机灵的源泉，同样也应该有最小限度的不明智使生活在幸福中得以美满，使那些不具备最小限度不明智的人也能在幸福中生活。

此外，星期天，梅尔索跟佩雷兹一起玩台球。佩雷兹是独臂人。残废的手臂截肢至肘关节上端，所以他打台球的方式很古怪：拱着身躯，用他的残肢端顶住杆尾，以便手持球杆击球。早晨他去捕鱼，梅尔索始终欣赏老渔夫的敏捷机灵：他把左桨搁在腋窝下，站在渔船上，斜着身子用胸脯划一支桨，用手划另一支。两支桨配合得非常好。佩雷兹用辣酱汁做乌贼鱼，即把乌贼放进辣酱汁里煮，梅尔索跟他分享滚烫的黑汁：两人用面包往锅里蘸着汁吃，但锅底全是灰，搁在渔夫灶间。况且，佩雷兹从不主动说话。梅尔索很感激他保持沉默的能耐。有时候早上，他沐浴海水后，看见佩雷兹把船拖下海，于是走过去问道：

"我跟您去，佩雷兹？"

"上船吧！"他回答。

他们把桨固定在两边不同的系索耳上，协力划桨，留神

（至少梅尔索留神）别让脚缠着延绳上的钓鱼钩。然后他们钓鱼。梅尔索注视浮在海面上闪闪发亮的钓鱼线，水下则呈黑色，随波起伏。阳光洒落海面，碎成千万个小片儿。梅尔索嗅得一种很沉闷的味道从海上升起，仿佛一次又一次呼吸。有时佩雷兹钓着一条小鱼，赶紧把它扔回水里，一边说道："快去见你娘吧。"十一点儿，他们返回，梅尔索两手满是亮晶晶的鱼鳞，脸被太阳晒肿了，回到家就像进入凉爽的地窖，而佩雷兹去准备一盘鱼，晚上与他共进晚餐。

一日复一日，梅尔索就这样听其自然地过日子，恰似让自己慢慢滑进海水。靠双臂与海水密切配合就得以托举起肉体在海中前行，只需几个关键动作就行。又比如一只手扶着一根树干或在海滩上一阵奔跑，就足以使自己完好无损和意识清醒。由此，他重新与纯粹状态的生活接轨了，重新找回只赋予最不具备智慧或最最具备智慧的动物的一个天堂，达到思想否定思想时，他便触及真理，掌握了真理就有极度的荣耀和情爱。

多亏了贝尔纳，他也融入村镇的生活。有一次因为有点儿不舒服，他不得不叫人去请贝尔纳医生，他们很快见了面，后来很高兴常常见面。贝尔纳沉默寡言，但思想有点尖刻，还经常从玳瑁架眼镜后面流露出来。他曾在印度支那服务多年，之后，四十岁那年来阿尔及尔的这个角落隐居。几年来，他跟妻子在这里过着安宁的生活，妻子是印度支那人，几乎等于哑巴，头发盘成髻却穿一身西式套装。贝尔纳因为能够宽容，适应各个阶层，故而他喜欢整个村庄的人，大家也喜欢他。医生把梅尔索拉进自己的圈子。梅尔索已经认识旅馆老板，旧时的男高音，在自己的柜台唱歌，吼几声《托斯卡》歌剧之余，必然痛打一顿老婆。大家请帕特里斯跟贝尔纳一起加入节庆委员会。七月十四日[①]和其他节日，他们巡视时，手臂上别着红白蓝三色袖章，或与别的委员讨论事情，围着一张黏糊糊的绿色铁皮板喝加糖开胃酒，露天乐台周围必放一圈卫矛或棕榈。有人甚至想把他拉进选举冲突中。但梅尔索过了一段时间才结识镇长。正如镇长所言，十年来“他主持着全镇居民的命运”。这种近乎持久性使他倾向于自以为是拿破仑·波拿巴。他靠种葡萄致富，自盖一幢希腊式房屋。他请梅尔索参观：房屋底层填高了一层，镇长不惜工本，安装了电梯，并让梅尔索和贝尔纳试乘了一次。贝尔纳沉着地说：“运行顺溜！”从这天起，梅尔索对镇长赞赏备至。于是他和贝尔纳不遗余力施加影响使镇长确保已有位置及其应得的种种头衔。

春天，山与海之间，鳞次栉比的红顶房小村庄，漫坡遍野鲜花，茶蔷薇、风信子和九重葛以及虫鸣。午休时辰，梅尔索跨入自家平台，眺望村庄在泛滥的阳光下午睡和冒烟。

① 法国国庆日。阿尔及利亚当时是法国殖民地，属法国领地，是一年之中最重要的节日之一。

这个村镇的名气出自两大家族的竞争，闹得沸沸扬扬，这段出了名的历史发生在莫拉莱斯和班盖斯之间，即两个西班牙殖民富豪之间：一系列投机倒把使他俩变成百万富翁。当下，他俩着了风魔似的比阔炫富：一个买了一辆汽车，即选择最贵的，另一位买同样款式的车，但装上银门把。本案之人精当属莫拉莱斯，人称“西班牙之王”。就是说在各个方面他都把缺乏想象力的班盖斯打败了。战时，班盖斯认购好几十万法郎的公债，而莫拉莱斯则宣称：“我，做得更好，献出了我的儿子。”确实，他让尚未成年的儿子入伍了。1925年，班盖斯开着一辆布加迪豪华跑车从阿尔及尔回来。两个星期之后，莫拉莱斯却给自家建了一座飞机库，买来一架高德隆[①]飞机。这架飞机至今仍躺在库里。只在周日供客人们参观。班盖斯讲起莫拉莱斯，称他“是个叫花子”，而莫拉莱斯谈起班盖斯时，则称为“这个石灰窖子”。

贝尔纳领梅尔索去莫拉莱斯家。在充满葡萄味儿和胡蜂满天飞舞的农场，莫拉莱斯处处把他们当作贵宾接待，但见他脚踏绳底帆布鞋，身穿卷袖子衬衣，因为他忍受不了西装革履。莫拉莱斯领着他们参观飞机和数辆汽车，向他们展示挂在客厅镶着框子的功勋勋章，是他儿子获得的。然后他向

① 得名于高德隆两兄弟：加斯东·高德隆（1882—1915）和雷内·高德隆（1884—1959），法国工程师，飞机设计师，以他们姓氏命名的飞机制造公司是法国最早的飞机制造公司，曾制造大量一战和二战时使用的飞机。二战之后，与雷诺汽车制造公司合并。

梅尔索解释远离法属阿尔及利亚外国人的必要性：他本人是入了法籍的，“但，例如班盖斯，他是外国人呀”。接下来，莫拉莱斯领他们去看他最近的新发明。他们一起进入一处很大的葡萄园，中央开辟一处圆形广场，用最珍贵的木材和帆布搭建一座路易十五式沙龙。这样，他，莫拉莱斯，便可在他的庄园接待贵宾。梅尔索彬彬彬有礼地讯问下雨天怎么办，莫拉莱斯嘴上叼着雪茄烟毫不犹豫回答：“我把它搬走呗。”梅尔索和贝尔纳在回家的路上谈论怎么区别暴发户和诗人，贝尔纳认为莫拉莱斯像个诗人，而梅尔索则认为他倒像罗马帝国末期了不起的皇帝。

此后不久，吕西埃娜来舍努阿山玩了几天就走了。一个星期日早上，克莱尔、萝丝和卡特琳娜来拜访梅尔索，正如她们所承诺的。但帕特里斯已经与他隐居初期那些日子促使他来阿尔及尔的思想状态相隔很远了。但他仍很乐意与她们重逢。他约了贝尔纳一起去长途公共汽车公司班车下车处迎接她们。天气好极了，镇上有好多肉商漂亮的红色流动车，一簇簇鲜花，人们穿着浅色服装。应卡特琳娜要求，他们在咖啡馆待了一会儿。她欣赏这里的光彩和生活，猜想背靠的墙后定是大海。当他们离开的时候，突然响起一阵惊人的音乐声，是最近处街上传来的，想必是《卡门》中的《斗牛士进行曲》，但伴奏得太使劲儿太奔放，乐器各奏各的调，使得乐团队伍乱了套。“是体操社团闹的。”贝尔纳说。但见走出二十来个陌生乐师不停地吹着各类乐器。他们向咖啡馆走来，在他们及其吹奏乐器后面冒出莫拉莱斯，头上一顶扁平狭边草帽戴在后脑勺儿，里面垫着一块毛巾，手上拿着一把做广告的扇子，用来纳凉的。是他，莫拉莱斯，花钱向镇里把这些乐师租来的，后来他解释道："乐队发生了危机，年头不景气呗，生活太苦闷了。"他找了个位子坐下，把乐师们安排在他周围，从而结束这场演奏游行。咖啡馆挤满了人，莫拉莱斯终于站起来，在乐师们身旁转了一圈，庄重地宣布："在我要求下，乐队再演奏一遍《斗牛士》。"

少见多怪的姑娘们离开时，笑得喘不过气来。总算到家了，屋内各间房都很阴凉。花园阳光充足，使室内墙壁晶莹的白色更引人注目。她们重获寂静和融洽，这在卡特琳娜身上体现为去平台晒日光浴的欲望。于是，梅尔索先送贝尔纳回家。这是贝尔纳第二次见到梅尔索生活中的情况。他们俩从来没有推心置腹地谈过。梅尔索意识到贝尔纳不曾有过幸福，因此贝尔纳面对梅尔索的生活有点莫名惊诧。他们分手时没说一句话。梅尔索跟女友们约定第二天一大早四人一起远足。舍努阿山高难爬，可预见会有美好的一天：阳光灿烂，却令人精疲力竭。

凌晨，他们就爬完了最初的陡峭山坡。萝丝和克莱尔走在前面，帕特里斯和卡特琳娜跟在后面，他们都默不作声。他们慢慢爬到看得见大海的高度，但见海面上还是笼罩着晨雾茫茫一片白色。帕特里斯也一声不吭，完全与大山融合了，与蓬头散发般的秋水仙、与冰凉的泉水、与阴影、与太阳相融合了，总之，感到自己的躯体正在半推半就地与大自然融合。他们集中精力涉足其间，早晨的空气进入他们的肺部宛如烧红的铁片或如锋利的剃刀；全力以赴，超出自己的限度，竭力战胜山坡。萝丝和克莱尔太累了，放慢速度。卡特琳娜一直走在前面，很快前后互相就看不见了。

“行吗？”帕特里斯问道。

“行呀，非常美。”

太阳升上天空，随之耳边传来吱吱嗞嗞虫鸣声越来越响。很快，帕特里斯脱下衬衫，光膀赤膊，继续上路。汗水直流到已被太阳晒得脱皮的双肩。他们走上一条路，好像绕山腰而过。他们脚下踩的草更加湿润了。很快一眼泉水声迎候他们，从山腰凹部突然散发出阴凉气息。他们互相洒水，喝了一点，于是卡特琳娜在草地上躺下，而帕特里斯，黑头发上还留着泉水，鬈发覆盖前额，眯着眼睛久久望着一片片废墟，一道道亮光，山路上一摊摊阳光。然后，他在卡特琳娜身旁坐下。

“梅尔索，现在只有咱俩，告诉我，你幸福吗？”

“瞧瞧吧。”梅尔索指着眼前回答道，道路在太阳下微微颤抖，一大片五颜六色的弧菌出现在他们跟前儿。帕特里斯微笑着抚摸自己的双臂。

“是的，但我还要对你说，当然喽，你若觉得烦，不回答我也罢了。”卡特琳娜犹豫了一下又问，“你爱你的妻子吗？”

梅尔索微笑着回答：“这不是必须的嘛。”他抓住卡特琳娜的肩膀，摇了摇头，往她脸上洒了点水，接着说：“小卡特琳娜，错就错在以为必须选择，错在必须做人们决意做的事，错在必须具备幸福的条件。你瞧，重要的只是幸福的意愿，一种始终‘此在’的巨大意识。至于其余，诸如女人、艺术品或社交好评，不过是托词而已，一块等待着我们刺绣的底布而已。”

“是的。”卡特琳娜说，双目充满阳光。

“重要的是，幸福要有一定的品质。我能品尝的幸福只能在幸福与不幸福执拗而剧烈的对峙中得到。我是否幸福？卡特琳娜，你知道著名的格言吧：‘假如我必须重新开始生活，’那么，‘我会重新开始现在所过的生活’。当然，你不能明白这意味着什么。”

“是不能。”卡特琳娜承认道。

“怎么对你说好呢，小姑娘。我之所以幸福，是多亏我自欺欺人。我需要离开，需要得到孤独，让我内心能够面对该面对的冲突，比如，什么是阳光，什么是眼泪……不错，从人的观点上说，我是幸福的。”

萝丝和克莱尔到达，很快他们一起再度扛着各自的背包。道路依然沿着山峦绕行，一直处在茂盛丰满的植物区。条条山路两旁排列着仙人掌、橄榄树和枣子树。一路上时不时碰上骑毛驴的阿拉伯人。然后再往高处爬。此时的太阳火辣辣地烤着路上每一块石头。中午炎热难熬，他们周身被芬芳和疲乏搞得阵阵昏眩，他们扔下包裹，放弃登到山顶：上面山坡多岩石，布满燧石。一株小橡树发育不良，投下一圈阴影，刚够他们遮阳。他们从包裹取出食品，吃午饭。整座大山似乎在光焰和蝉鸣下微微颤抖。气温继续升高，向躲在橡树下避暑的他们袭来。帕特里斯趴在地上，胸部贴着石头吸入火热的石香味儿。他的腹部承受着大山仿佛在活动的无声震荡。他们感到单调无味，炎热的石头和荒野的芬芳催眠似的使帕特里斯睡着了。

他醒来时，全身大汗淋漓，腰酸背痛。大约下午三点钟，女孩子们不见踪影了。很快笑声和喊叫预告她们回来了。热浪消退，该下山了。就在此时，正当下山之时，梅尔索第一次发生昏厥。当他苏醒后重新站立起来，瞥见湛蓝的大海介于三张焦急不安的面孔之间。他们更加放慢步伐下山。到达最后的山坡，梅尔索要求歇息。大海随着天空变成绿色，水平线上升起温情曼妙的色调。在围着小海湾一直延伸到舍努阿的山陵上，柏树林慢慢变成墨色。大家一声不吭，克莱尔开口说：

“您好像累了。”

“或许吧，小姑娘。”

“您知道，这跟我不相干。不过，这个地区对您毫无价值。离大海太近，湿度太大。为什么不去法国生活，或去山区呢?”

“这个地区对我毫无价值，但我觉得在这里幸福，觉得和谐。”

“要能够完全幸福啊，而且更久的幸福。”

“人活得幸福不在于更长或更短，一言以蔽之，当下幸福就行。死亡不算什么事儿，反正是一次幸福出了意外事故。”

“不过，我不信服。”萝丝过了一会儿说。

夜色降临，他们缓慢走回家。

卡特琳娜自告奋勇去请贝尔纳。梅尔索待在自己房间从门窗玻璃闪亮的阴影上方望出去，看得见栏杆的白色斑渍，看得见大海像一条好似波浪起伏的深暗布带，却没有星星。他感觉自己很虚弱，却有一种神秘的有益感，他的虚弱反倒使他如释重负，使他头脑清醒。当贝尔纳敲门，梅尔索感到自己要向他倾诉衷肠了。并非因为他的秘密压着心头难受，其实并没有什么秘密。他之所以至今秘而不宣，是因为在某些阶层人们并不暴露自身的想法，明知自身的想法会触犯偏见和愚昧。但今天他的身体精疲力竭了，怀着极大的真诚，像艺术家那样，经过长期琢磨和构思自己的作品，某天感到有必要将其公开，与世人交流。梅尔索觉得自己应该和盘托出。但又不肯定会这么做，所以迫不及待等着贝尔纳。

底层屋里传来两人爽朗的笑声，引起梅尔索微微一笑。当下贝尔纳进屋问道：

“怎么啦？”

“嗨，就这样呗。”梅尔索回答。

贝尔纳给他听诊，什么问题也看不出来，但最好去照个X光片子，如果梅尔索乐意的话。

“以后再说吧。”后者说。

贝尔纳不吭气了，坐到门窗洞凸边上。他想了想说：“我不喜欢生病，我呀，知道什么滋味儿。没有比疾病更难为情更不光彩的了。”

梅尔索却毫不在乎，他从扶手椅起身，请贝尔纳抽烟，自己取了一支，笑着说：

“我可以向您提个问题吗，贝尔纳？”

“当然。”

“您从不下海游泳，为什么选择这个地方退隐呢？”

“是啊，我也说不好，很久以前的事啦。”他想了一会儿接着说，“哎，我从前总是感情用事，一气恼之下行动。现在好多了。以前，我硬要图幸福，做必须要做的事情，比如，偏要安顿在一个会使我喜欢的地方。但情感上的预测总是错误的。因此，必须按我们活得最方便的方式去生活，千万别自我勉强。这有点玩世不恭吧，但这是世上最美丽的姑娘的观点。在印度支那，我使出浑身解数。在这里，我深思熟虑，反思反省。就这么简单。”

“是呀，”梅尔索不停地抽烟，深陷在自己的扶手椅中，凝望着天花板，“但我不肯定一切情感预感都是错误的，只是不切合实际罢了。不管怎样，我所感兴趣的唯一经验是那些恰恰像人们所希望的经历。”

“是的，一个量身定做的命运。”贝尔纳笑着说。

“一个人的命运，”梅尔索纹丝不动地说，“总是引人入胜的，假如与激情相贴合。对某些人而言，情感的命运始终是一种量身定做的命运。”

“是的。”贝尔纳说。他吃力地站起来，凝望黑夜一会儿，背朝梅尔索，没有正面瞧他，接着说：

“您跟我在这个地区是唯一没有女伴而单独生活的人。我不讲您的妻子和女友们，我很清楚这是些生活插曲。但，您好像比我更热爱生活。”他转过身来说，“因为对我而言，热爱生活，沐海水浴算不上呀，而是要活得晕头转向，心惊胆颤。女人，冒险，异国他乡。这意味着行动，强行其事。一种火热而神奇的生活。总之，我想说，您明白我的意思吧，”他好像如此激动很不好意思，“我太热爱生活，大自然满足不了我。”

贝尔纳收拾好听诊器，关上医药箱。梅尔索对他说：

“您骨子里是个理想主义者。”

他，贝尔纳，觉得一切被禁锢在从诞生到死亡这个时间段，一切受到审判，一切也得到成全。他不无沮丧地说：

“不过您要明白，一个理想主义者的对立面，在太多的情况下，是个没有爱心的人。”

贝尔纳久久握住他的手，一边微笑着说：

“按照您的想法，世人中只有两种人，要么靠极大的失望而活着，要么靠极大的希望而活着。”

“也许两者合一，同时具备吧。”

“喂，我可不是发问啊。”

“我明白。”梅尔索一本正经回话。但，贝尔纳走到门口时，梅尔索在情不自禁的冲动下喊住他。

“喔。”大夫转身回应。

“您是否可能对某人产生鄙视?”

“有可能哪!”

“在何种条件下呢?”

“我觉得这相当简单，”大夫想了想说，“此人在无论什么情况下都受利益或钱欲所驱使。”

“确实很简单，”梅尔索说，“晚安，贝尔纳。”

“晚安!”

梅尔索独自一人，沉湎于思考。他达到现在这样的程度，早已把蔑视个人置之度外了。不过，他承认贝尔纳身上有着跟他很接近的深切共鸣，只是他觉得自己身上一部分审判另一部分是难以忍受的。他是受利益驱使而行动的吗？为争取获得自己的尊严，金钱是最可靠最快捷的手段之一，他意识到这个基本真理，尽管是不道德的而以前一切好端端的正常人都认为好命运是与生俱来的，包括成长条件也是天赐的，这是极不公平的、卑鄙无耻的看法，现在梅尔索，他，能够清除这种苦楚了。所谓穷人的生活，在贫困中开始也在贫困中结束，这种可鄙的、令人愤慨的厄运，梅尔索以金钱战胜金钱，以憎恨战胜憎恨，终于将厄运唾弃了。在这场兽与兽的搏斗中，有时也会出现天使，完全沉浸在幸福之中，拍打着翅膀满载着荣耀，在大海的温和气息中出没。好在他什么也没有给贝尔纳说，他的作为从此秘而不宣了。

第二天下午五点，女孩子们走了。卡特琳娜在上公共汽车时转身向大海呼唤：

“再见，海滩！”

片刻后，三张笑盈盈的脸通过车厢底排座位玻璃窗望着梅尔索，黄色公共汽车像一只金色大虫消失在阳光下。天色尽管纯清，却有点儿气闷。梅尔索独自站在路上觉得心底泛起解脱与忧伤相混杂的感觉。今天他的独处才成为实在，因为今天才感觉到他与独处贴合在一起了。接受了独处，明确知道从今往后自己主宰日子了，使他充满伤感，却是十足的温柔哀怨。

他没有走大路回家，而是绕道小路回到豆角树和橄榄树中间，那是山脚一条通往他屋后的小道。他用脚踩碎几个橄榄，瞥见小道布满斑斑黑色渍汁。夏末，豆角树让整个阿尔及利亚散发出一种做爱产生的气味儿，傍晚或雨后，就像整个大地在把自己偎依给太阳之后，她的下腹湿透了，精液散发出苦巴旦的香味儿。一整天，从大树散落的这种气味儿，既沉闷又逼人。在这条路上，随着傍晚的到来，随着大地放松的叹息，白日变得轻松，帕特里斯的鼻孔几乎感觉不出什么了，恰如跟情妇一起上街漫步了整整一个闷热的下午之后那种感觉：她跟你肩靠肩在灯光和人群中注视着你。

梅尔索闻着做爱的气味儿，望着他踩烂后发出气味的果子，得知季节正在衰竭。大冬天即将来临，但他已经成熟，将拭目以待。从这条路上，看不见大海，却能够瞥见山峰上淡红色轻雾飘浮，以示傍晚。叶丛阴影之间的斑斑光线，显得苍白无力。梅尔索强烈吸纳苦涩芳香的气味儿，终于今晚成全了他与大地的婚礼。这个降临于世的傍晚，在橄榄树与乳香黄连木之间的道路上，在葡萄园和红土地的上空，近临轻声唿哨的大海，这样的傍晚像潮汐涌入他的心田。那么多类似的傍晚在他心田涌动，恰似一种幸福的许诺，并作为一个幸福加以体验，供他估量自己从希望到征服所跨越的道路。他在问心无愧中接受这片绿色的天空和这块被做爱的精液湿透的土地，就像他问心无愧地杀死扎格雷斯时带着激情和欲望的那种战栗。

五

一月，巴旦杏树开花。三月，梨树、桃树、苹果树覆满鲜花。次月，泉水悄悄涌涨，直到恢复正常流量。五月初，收割牧草；五月最后几天，收割燕麦和大麦，已到杏子夏熟了。六月，早熟梨已经丰收在望。不过，泉水已经慢慢枯竭，炎热逐步升温。然而，大地的血脉这边枯竭，而使别处棉树开花葡萄蓄糖。巨大的热风使耕地枯干，处处引起火灾。然后忽然觉得一年又过了一大半，匆忙之间葡萄收获完毕。反正九月到十一月大雨滂沱，横灌大地。同时夏季农活刚一结束便开始收拾麦田和初期播种。再晚一点，巴旦杏树又冒着蓝色寒天泛白：新的一年在天地之间从容不迫继续迈进。烟草已经种下，葡萄园地已经翻耕，葡萄藤上已经撒硫，树木已经嫁接。同一个月份，欧楂已经熟透。再一次夏季收割草料、收获和耕种。年中，大个儿水果汁多粘手指，餐桌上摆着无花果，桃子和梨子，经过两次搅拌，吃起来总那么令人贪婪。接下来收获葡萄，天空阴霾。椋鸟和斑鸠一群群黑乎乎静悄悄从北方飞来。对于它们来说，橄榄已经成熟，要等它们迁徙过后，人们才收获。此时，黏性土地第二次小麦发芽泛青。也是来自北方的重重乌云一团团飞渡大地和大海，卷起千层浪花，在水晶般的天空下，海水却是清澈冰凉。有好几天晚上，闪电静悄悄从远方传来，已是初寒来临。

就在这年乍寒还暖的季节，梅尔索第一次病倒在床：突发胸膜炎迫使他足不出户，守在卧房一个月。当他起身走动时，舍努阿山最后斜坡的树木已经开花，迤逦而下至海边都覆盖了鲜花。从来没有哪个春天像今年这样使他感触之深。他康复后第一个夜晚，走了很长的路，穿过旱地，一直到山丘，那里是提帕萨沉睡的废墟。夜把天地抹上一派乳白色，寂静中处处有自天而降丝绸般的瑟瑟声。梅尔索走在悬崖上，沉浸在夜色庄严的沉思中。海水随潮汐往下退，水啸也减轻了。但见海上洒满月光，丝绒般柔软，兽皮般光滑。在这样的时刻，他觉得他的生命离他太远了，孤独一人，对一切对自己都无动于衷了；他感到自己终于得到他诉求的东西，安宁占满他的身心，产生于对自己不由自主的唾弃；他也坚韧不拔地追求这种唾弃，是在热心的人们帮助下达到的。这不，周围的人们并不认同他，却始终和颜悦色。他轻手轻脚地走着，觉得自己的脚步怪怪的，或许似曾相识吧，很像动物在荆棘丛和乳香黄连木林里发出的瑟瑟声，又像大海的拍岸声或天空深处黑夜的跳动声。同样，他对自己身体的感觉，跟对春夜暖洋洋的气息一样有外在的意识，如同对大海冒上来盐味儿和腥味儿的感觉。他在大千世界的奔走，对幸福的追求，扎格雷斯留下可怕的创伤刻骨铭心挥之不去。“面临大千世界的楼阁”温馨而有节制的时刻，他的妻子，他的希望，他的诸神，这一切展现在他眼前，但就像所有故事中偏爱的一则故事，没有什么站得住脚的理由，既渺不相关又似曾相识，是特受喜爱的书，既迎合又认同心灵最深处的想法，却由另一个人书写。他有生以来第一次感觉到自己只有一种境界，别无其他；只有一种类型的境界，诸如具有冒险的激情，心存活力，怀着聪悟而由衷的本能与人世沾亲带故。他无愤无恨，故而无悔。他坐在一块岩石上，用手指摸了摸粗糙的石面，凝望海水在月光下静静地鼓胀峰涌。于是他想到自己抚摸过吕西埃娜的脸，忆及她双唇的温暾。月亮，在海天相连的水面上，恰似一片浮油，随波漂泊长长的微笑。海水大概是温吞的，像嘴巴，软软的，随时准备沉溺于男人的腹下。梅尔索一直坐着，此时觉得幸福是多么接近眼泪，全身心沉浸在无声的激扬亢奋之中，其中交织着人生的希望与绝望。既有意识又与己无关；既被激情吞食又与世无争，梅尔索心知肚明他的生命和他的命运到此结束，今后他将竭尽全力安顿这份幸福，好生面对这个可怕的现实。

他现在必须潜入温暖的大海，让自己消失正是为重新找到自己，在月光与温暾中游泳，为的是使内心有关过去的事儿沉默不语，而让深沉的歌声唱出他的幸福。他脱下衣服，跨下几块岩石，进入大海。他觉得大海暖如人体，从他的手臂遛走，又黏附他的两条大腿，酷似一种难以捉摸又始终在场的裹挟。他，规规矩矩地游着，觉得自己背上的肌肉跟他的动作很有节奏。每次提起胳膊，向浩淼的大海抛出一串串银色水珠，对着无言而活泼的天空，为收获幸福而播撒绝妙的种子。然后手臂重新入水，酷似一把强劲的犁铧翻耕式斩波击浪，把海水劈为两半，以便取得一个新的支点，一个更年轻的希望。他双脚打水，身后激起一阵泡沫翻腾，同时出水的汩汩声，黑夜在孤独而寂静中显得出奇的清澈。他一旦感到大海的节奏和活力，身上一阵亢奋油然而生。他游得更快了，不久就离开海岸很远了，单独一人处在黑暗和大千世界的中心。他突然想到脚下延伸的深度，赶紧停止再往前游。在他脚下的一切吸引他，就像一个陌生世界的面目：这个夜晚的延伸使他回归自己，此处是海水的心脏，一个尚未发掘的生命要素。一种诱惑吸引了他，但他很快从整个身心喜不自胜中将其排除：他更强劲地游得更远，在一种妙不可言的疲乏中往回游向海岸。此时，他突然进入冰冷的水域，不得不停下来，牙齿打战，动作失调。这种海上的惊喜使他乐不可支，他的四肢虽然冰冷彻骨，他的心却是火热的，仿佛得到神明的爱，一个既清明又热情的爱，让他好生歇息。他往回游时更加吃力，登上岸面对天空和大海，穿衣服时牙齿直打战，但充满幸福的喜悦。

梅尔索一回到家就感到不舒服。一条小路从大海蜿蜒而至他的别墅，一路上可看到正对面多岩的岬角及其圆柱光滑的身子和废墟上其他光滑的支架。忽然，他觉得一阵风景倒转，他靠上一块大岩石，半躺在乳香黄连木下的灌木丛中，落地的叶子被踩烂后散发着气味儿。他艰难地回到别墅。他的身体刚才使他极乐无比，现在却使他失魂落魄，肚子难受极了，迫使他闭上眼睛。他煮了茶，但取了一口脏锅烧水，茶很油腻，恶心之极。但他硬是喝了才去睡觉：脱鞋的时候，发现双手失去了血色，指甲发红，玫瑰红，肿胀，弯曲，一直红到指尖。他从未有过这样的指甲，使他的手变得弯曲变形。他感到自己的胸部好像由老虎钳给钳住了。他咳嗽，好几次正常吐痰，尽管嘴里留着血腥味儿。上床后不停地打寒战，他觉得从身体最底部往上打颤，聚至双肩，恰似两条细细的冰水流动。他觉得被单湿了，头露出被单，牙齿上下打战格格作响。房间仿佛宽阔了许多，他往常听得的声响传得无限的远，好像声音不受墙壁阻碍而中断了回响。他听得见大海波涛滚滚，恰似卵石滚动，也听到外边黑夜拍打他家的大玻璃窗，还听到远处农庄的狗叫。他觉得很热，把被单掀掉，然后又觉得冷，再把被单盖上。他在两种病痛之间昏昏欲睡，可是这种焦虑不安又使他睡不着觉，他突然意识到他病了。一种恐慌油然而生，他或许可能在这种失去知觉时死去，再也不能看景色了。村子里，教堂的大钟敲响，他确认不了敲了几下。他可不愿意像病人那样死去，对他而言，他可不乐意疾病像经常发生的那样，逐渐逐渐地虚弱，活像朝着死亡的一种过渡。他尚且下意识地愿意在血气旺盛和身体健康的时候遇到死亡。不要把死亡摆到面前，也不要面对几乎死亡的状况。他站起身来，吃力地拖一把扶手椅到窗边，坐下后给自己盖上被单。他透过轻薄的窗帘波状皱褶不厚的地方看得见星星。他长长呼吸一口气之后，用双臂紧贴椅子两边把手，企图扼制双手发抖。他决意夺回自己清醒的头脑。“这有可能。”他这么想。同时，他想到煤气在厨房一直开着呢。“这有可能。”他再次自言自语。头脑清醒也是要有长期的耐心。一切都可以亡羊补牢，犹未为晚。他用拳头击打椅子扶手。人并非生下来就坚强的、就懦弱的，或就倔强的。人是变得坚强的，人是变得头脑清醒的。命运不在人身上，而在人的四周。这么一想，不禁潸然泪下。一种无以名状的软弱，一种因病而引起的怯懦，使他返回童年时代，竟然痛哭流涕。他双手冰凉，心中涌现一股极大的厌恶。他想起自己的指甲，摸了摸自己锁骨下几个淋巴结，觉得十分肿大。屋外，大千世界一派美好。他不愿意抛弃他的生活情趣，唯恐失去的心理使他妒火中烧。他想到阿尔及尔的那些夜晚，在汽笛声的召唤下，人们从工厂出来，熙熙攘攘，嘈杂声升向绿色的天空。苦艾的味道，废墟上的野花和萨赫勒四周有柏树围绕的孤零零小屋，在这样的氛围中编织一种生活的形象：优美和幸福具有绝望的面孔，而梅尔索却获得一种稍纵即逝的永恒。这不，他愿意离开这副面孔，也不愿意这个形象没有他还能继续存在。于是，他怀着反抗和怜悯，看到扎格雷斯的面孔转向窗户。他久咳不停，呼吸困难，穿着睡衣还憋气。他冷，他热。他怒火中烧，却莫可名状，紧捏拳头，后脑勺儿整个儿血液怦怦直跳；眼神茫然若失，等候新一轮打战，再把他投入失去理智的高烧中。这不，他又打战了，被投入潮湿而封闭的世界；他双眼合拢，扼制兽性的反抗，唯恐失去自己渴和饿的欲望。好在睡着前，他还来得及看到窗帘外黑夜有点泛白了，还来得及随着黎明和大千世界的苏醒，仿佛饱含温情和希望无边无际的呼唤，或许奠定他对死亡的恐惧，但同时也使他安心，这就让他找到死亡的一个理由了，而恰恰是在他活下去的全部理由中找到的。

他醒来时已是大白天，鸟儿和昆虫在炎热中成群哄叫齐鸣。他想到吕西埃娜应是当天到达。他心力交瘁，很吃力地回到床上，发高烧引起嘴里有股味儿，这种虚脱感在病人眼里显得事情更为严峻，使病人变得更难以相处。他差人叫来贝尔纳，他来时总是不声不响，一副忙碌的样子，马上给他听诊，取下他的眼镜擦一擦玻璃片子。“糟糕，”他说，顺手给梅尔索打了两针：尽管不怎么娇气软弱的他，一秒钟内失去知觉。他醒过来时，贝尔纳用一只手抓住他的手腕，另一只手拿着表，他说：

“瞧见了吧，您晕厥了一刻钟，您心脏衰弱哇。您要是再昏厥一次，没准儿醒不过来了。”

梅尔索闭上眼睛，筋疲力尽，双唇发白，嘴干舌燥，呼吸急促。他说：

“贝尔纳！”

“请说吧！”

“我决不乐意在一次晕厥中了结。我需要看个明白，您懂吗？”

“懂的。”贝尔纳说着，一边给了他几小瓶药剂，“您若觉得衰弱，就破开瓶颈，吞服！这是肾上腺素。”

贝尔纳出门时，正好碰上刚到的吕西埃娜。他说：

“总那么漂亮迷人。”

“帕特里斯病了？”

“是的。”

“严重吗？”

“不，他很好啊。”贝尔纳回答，不过在离开前加添道：

“对啦，一个忠告，尽可能让他独处吧。”

“啊，”吕西埃娜说，“不碍事的。”

一整天，梅尔索感到气闷，很不自在。有两次，他感到虚脱，冰凉而挥之不去，会导致晕厥，服用两次肾上腺素才管用。一整天，阴郁的眼睛望着美不胜收的乡间。下午四点，一艘红色小船高耸在浪头上，渐渐变大，阳光闪闪，海水淋淋，鱼鳞烁烁。佩雷兹站在船上，有板有眼划桨。黑夜很快降临。梅尔索闭上眼睛，从昨夜以来，第一次微笑，但始终不开口说话。吕西埃娜在他的房间有一会儿了，隐约显得焦急不安，赶紧向前亲吻他。

“坐下，”梅尔索说，“你可以留下。”

“别说话，”吕西埃娜说，“别累着你。”

贝尔纳来到，打了几针便走了。大片大片的红色云彩从天边缓缓飘过。梅尔索头埋在枕头里，两眼望着天边，吃力地说：

“我小时候，听妈妈说，死人的灵魂升入天堂：我有一颗红色的灵魂，当时乐不可支呀。现在我知道这是一张空头支票，但也令人惊喜啊。”

黑夜开始降临。梅尔索眼前仿佛有图象接二连三出现：神奇古怪的巨兽在荒芜的景色上摇晃着脑袋。梅尔索在高烧中慢悠悠把一个个图象挪开，只让血淋淋但友善的扎格雷斯过来：曾经把后者弄死的人即将死亡，就像当时对扎格雷斯而言，对自己一生具有清醒的眼光。时至今日，梅尔索活过了，现在别人也可以谈论他的一生了。这种毁坏性的巨大冲劲把他往前卷走，这种生命瞬息即逝而富有创造性的诗现在只剩下诗的反面这个没有裂痕的真相。这种生活一开始，就像每个人一样肩负着全体世人，各种各样的人把他们的根子既不互相混淆又交杂在一起，他现在知道自己是哪一种人了。命运在人身上作出选择，而他也有意识地、勇敢地作出了选择。这是他活着和死去的全部幸福。他虽然怀着畜生般的惊慌失措注视这起死亡，但心里明白惧怕死亡意味着惧怕生活，惧怕死亡证明对自己身心活生生的东西无限眷恋。凡是为提升自己的人生做出决定性行为的人们，凡是惧怕或赞赏无能为力的人们，他们一概惧怕死亡，因为死亡是对人生的惩罚，况且是他们没有被牵连进去的生活惩罚。死亡恰如一种行为：绝对不向徒劳寻找止渴的旅行者提供清水。但对其他人而言，死亡则是致命而温存的行为，把你勾销把你否定就是了，既对感激微笑，也向反抗微笑。梅尔索一天一夜坐在自己的床上，双臂靠着床头柜，环抱着脑袋，躺平睡呼吸困难。吕西埃娜在他身旁坐着，观察着他，不说一句话。梅尔索时不时瞧瞧她，心想在他死后，第一个抱她腰肢的男人将使她发软。她将完全倒在另一个男人的怀里，就像她曾经向他奉献的那样。世界会在她半掩半启的温馨双唇中继续存在下去。有时候他抬起头，从窗户眺望。他没有刮胡子，他的眼圈通红，双眼深深凹陷，已失去其深暗的光泽，双颊干瘪苍白，蓄着发青的汗毛，已使他面目全非了。

他病猫似的眼光盯在窗玻璃上。他呼吸均匀了，把身子转向吕西埃娜，微微一笑。这张脸已经过气，疲沓萎靡，这个生硬而清醒的微笑显示一种新的力量，严重性减轻了。

“还好吗？”吕西埃娜头问道，声音微弱。

“还好。”

于是，梅尔索转向处于黑暗中的双臂，处于他体力和抗力的极限上，第一次从内心与罗兰·扎格雷斯会合，后者的微笑起先使他恼火。他的呼吸短促而急速，给床头柜的大理石喷上一层湿气，很快湿气热乎乎向他返熏。在这种不卫生的温暾中，他更觉得手指端和脚趾端冰凉冰凉。这种感觉甚至揭示一次生命：在从冷到热的过程中，他重新获得控制住扎格雷斯的亢奋，感谢"生命对他而言继续燃烧"。他对此公产生强烈如兄弟般的情爱，尽管觉得离他非常遥远了，他明白，杀掉他就是跟他一起成全他俩永远结合在一起的这份良缘。这段沉重的历程充满泪水，在他，恰似生与死混杂的滋味儿，他心知肚明，他们俩是心照不宣的。看到扎格雷斯面对死亡纹丝不动摇，梅尔索从中找回自身生命隐秘而冷酷的形象。高烧给他顺水推舟，在这种激昂的信念下，帮他把自己的意识保持到底，然后睁着眼睛死去。扎格雷斯死的那天倒是眼睛睁得大大的，眼泪在眼眶中打转，那是他最后的软弱，因为未能自己下手了结生命。帕特里斯并不惧怕这种软弱。高烧下的血液在他躯体界内几公分的地方流动，他依然明白这种软弱不会是他的软弱，因为他尽了人事，完成了他的角色，履行了做人的唯一义务：仅仅获得幸福而已。也许是不久前的事吧，但时间于事无补。只有一个障碍，或者什么事也不会再有了。他摧毁了障碍，寄于自己内心孕育一位难兄难弟，其成活两年或二十年无关紧要。幸福依然如故。

吕西埃娜站起来，把滑落的被子拉回到梅尔索的两肩。这个动作使他打了个寒颤。自从他在扎格雷斯别墅附近小广场上打了喷嚏，直到此时，他的躯体一直忠实地为他服务，把他推向世界。但同时，他继续过着一种固有的生活，与他塑造出来的自己是剥离的。通过这几年缓慢的瓦解，现在完成自己人生的弧线，正准备离开梅尔索，将其还给大千世界。梅尔索意识到这个突然的寒战，再一次留下不谋而合的踪迹，这种串通共谋的关系使他们俩赢得那么多喜悦。仅此一条，梅尔索把这个寒战视为一种喜悦。心知肚明，必须毫不欺骗，毫无怯懦，意识与躯体，一对一，面对面，睁大眼睛面对死亡。关键在于这是爷们儿之间的事儿。赤手空拳，没有爱心，没有背景，却是孤独与幸福无边无际的沙漠，此处梅尔索打出了手上握有的最后几张牌。他感到自己的生命气息衰竭了。他吸了一大口气，在这个动作中，他胸部所有的肺管肺叶恰似管风琴呼呼作响。他觉得自己的腿肚冰凉，双手已失去知觉。天亮了。

破晓之后的清晨充满鸟鸣和新鲜空气。太阳很快升起，在地平线上喷薄而出。大地铺满金光，热气腾腾。上午，天空和大海交融，溅起蓝光和金光，构成一大片一大片蹦蹦跳跳的浪花。一阵轻风掀起，透过窗户飘进带盐味儿的气息，使梅尔索的双手着实凉爽了一阵。中午风停，白日恰如爆裂的熟透水果，土地上到处流淌温热而令人窒息的气味儿，猛不丁知了齐鸣，形成鼓噪乐团。大海也披上这种金色汁液，酷似抹上一层油，向已经被太阳逼迫得喘不上气的敞胸大地反射一阵热气，任凭苦艾、迷迭香和火热的石头散发香味儿。梅尔索从床上瞥见这种冲突和这个祭坛，睁大眼睛眺望无边的大海，弧形的大海，耀眼的大海，布满他心中诸神微笑的大海。他突然察觉自己坐在床上，吕西埃娜的脸跟他的脸离得很近。他觉得好似有块砾石从腹部慢慢往上拱，一直拱到他的咽喉。他呼吸越来越快，苟延残喘于每次往上拱的间隙。砾石依旧往上拱。他瞧着吕西埃娜。他微笑时脸部没有抽搐皱紧，这不，他的微笑也来自心底。他倒在自己的床上，觉得自身缓缓上升。他瞧着吕西埃娜肿胀的双唇，在她后边，却是大地的微笑。他以相同的眼光，怀着相同的情欲，瞧着吕西埃娜和大地。他心里琢磨：

“再过一分钟，再过一秒钟。”砾石往上拱停止了。然后，他变成了一块石头，落入荒石中间去了，满怀着喜悦回归静止的大千世界实在。

补　编

面临大千世界的楼阁

我跟女友们居住
面临世界的楼阁，
早晚望大千世界。
白日楼空楼自转，
回绕我们的沉默。

一个人间停歇处，
一种友情油然生。
执拗的欲望透明，
我们的自由规范，
我们楼顺势而行。

殊不知蓝天之下，
世人嬉笑却麻木。
几小时同伙结伴，
生命成微笑游移，
喜爱死亡真奇妙。

图书在版编目（CIP）数据

阴界与阳界/（法）加缪（Albert Camus）著；沈志明译.—上海：上海译文出版社，2020.6（2024.7重印）
（译文经典）
ISBN 978-7-5327-8298-7

Ⅰ.①阴… Ⅱ.①加… ②沈… Ⅲ.①散文集—法国—现代 Ⅳ.①I565.65

中国版本图书馆CIP数据核字（2020）第066866号

阴界与阳界
[法] 加缪 著 沈志明 译
策划／冯 涛 责任编辑／黄雅琴 装帧设计／张志全工作室

上海译文出版社有限公司出版、发行
网址：www.yiwen.com.cn
201101 上海市闵行区号景路159弄B座
杭州宏雅印刷有限公司印刷

开本787×1092 1/32 印张9.75 插页6 字数140,000
2020年7月第1版 2024年7月第4次印刷
印数：10,001—12,000册

ISBN 978-7-5327-8298-7/I·5089
定价：58.00元